变形的人

卡夫卡 精选集

Franz Kafka (1883—1924)

KAFKA
100

Der Proceß

审判

[奥地利]

Franz Kafka

弗朗茨·卡夫卡—著

冯亚琳 马嫽—译

译林出版社

图书在版编目（CIP）数据

审判 /（奥）弗朗茨・卡夫卡著；冯亚琳，马嫽译
. — 南京：译林出版社，2024.5
（变形的人：卡夫卡精选集）
ISBN 978-7-5753-0050-6

Ⅰ.①审… Ⅱ.①弗… ②冯… ③马… Ⅲ.①长篇小说 – 奥地利 – 现代 Ⅳ.①I521.45

中国国家版本馆CIP数据核字（2024）第044110号

审判 ［奥地利］弗朗茨・卡夫卡 / 著 冯亚琳 马 嫽 / 译

责任编辑 韩继坤
装帧设计 廖 韡
校 对 梅 娟
责任印制 颜 亮

出版发行 译林出版社
地 址 南京市湖南路 1 号 A 楼
邮 箱 yilin@yilin.com
网 址 www.yilin.com
市场热线 025-86633278
排 版 南京展望文化发展有限公司
印 刷 南京新世纪联盟印务有限公司
开 本 787 毫米 × 1092 毫米 1/32
印 张 9.875
插 页 4
版 次 2024 年 5 月第 1 版
印 次 2024 年 5 月第 1 次印刷
书 号 ISBN 978-7-5753-0050-6
定 价 55.00 元

卡夫卡画作

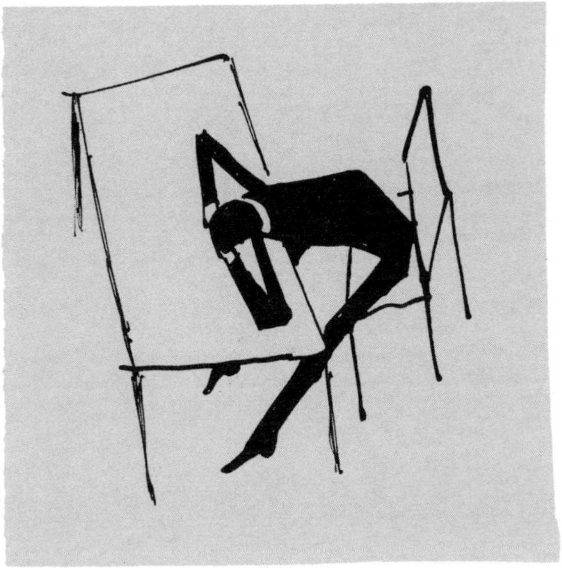

目录

审判

冯亚琳 译

译者序

1924年，弗朗茨·卡夫卡在经受了病痛的百般折磨后辞别人世。他逝世之后，他的朋友马克斯·布罗德没有遵照他销毁一切手稿的嘱托，而是开始整理出版亡友的遗作，《审判》（又译《诉讼》）在这种情况下于1925年出版。

《审判》出版之后，和卡夫卡的其他主要作品一起，在全世界的读者中，尤其是研究者中，引起了强烈的反响。第二次世界大战后，西方世界逐渐形成一股卡夫卡热；二十多年后，这股热浪也蔓延到我国。一时间，“卡夫卡世界”几乎成了恐怖、凄惨、阴沉的代名词；卡夫卡式隐晦、荒诞的艺术表现手法，也成了人们研究讨论的热门课题。过去近百年间，人们从各自不同的时代和文化背景出发，思考着，探索着，试图摆脱面对卡夫卡的困惑，寻求隐藏在离奇故事情节背后的真实含义。在卡夫卡研究领域，仁者见仁，智者见智，先后出现了从各种理论视角出发的讨论——阐释学的、犹太文学的、心理分析的、符号学的、结构主义的、话语分析的、女性主义的，等等，不一而足。评价视角的优劣，不属于我们在此要探讨的范围；但涉及我们译介的《审判》，有一点却有必要强调指出，这便是人们在阅读这部长篇小说的时候，往往都有意或无意地将其视为一部完整的作品——或者干脆就称它为一部业已完成的作品，从而在很大程度上忽略了这部伟大作品的开放性，忽略了它的形式和内容上的片断性和意义上的多层次性。

事实上，《审判》是作者离世九年之前就被“束之高阁”的未竟之作。它动笔于1914年8月15日，当时，卡夫卡刚刚在柏林与女友菲丽丝·鲍尔解除了婚约，他怀着自我拯救的强烈愿望，在孤独之中开始了《审判》的创作。在完成第一章“被捕”之后，他一反往日的习惯，没有按部就班地续写下一章，而是很快就创作出了“结局”。后面的工作，则是补写故事的开头与“结局”之间的情节；有人确证，作者有时甚至是同时撰写不同的章节。1915年1月28日，也就是卡夫卡解除婚约后再次见到菲丽丝的前夕，他（至少暂时）放弃了这部小说的写作，细心地将手稿保存了起来。这份手稿，便是我们如今看到的《审判》的全文。

有论者指出，《审判》故事情节的发展与作者的写作过程这两者之间存在着某种奇特的平行关系。[1]它的被放弃，很大程度上是作者的无奈之举。约瑟夫·K在大教堂里回答神甫时所说的话似乎暗示了这一点：“以前我想肯定会有一个好的结果的，现在连我自己有时候都对此产生了怀疑。我不知道结果会怎样……”作者自己此时大概也对当初为小说设定的

1 参见米夏埃尔·米勒：《卡夫卡：〈审判〉，二十世纪小说评论》，斯图加特：莱克拉姆出版社，1993年，第108—111页。

“结局”产生了怀疑。了解这一点，可以帮助我们更好地理解小说的内涵。

1921年，卡夫卡尚在世时，布罗德就曾这样介绍过这部小说：“卡夫卡最伟大的著作，长篇小说《审判》中的主人公……名叫约瑟夫·K,（这部作品）在我看来，是已经完成了的，可是在作者看来，它还没有完成，不可能完成，不可能出版。”[1]然而，这样一部作者自己认为并没有完成的作品何以在他身后风靡世界，获得如此大的关注呢？

从情节上看，《审判》讲了一个荒诞而离奇的故事：约瑟夫·K是一家银行的高级职员，他三十岁生日那天清晨，某个神秘而具有无上权威的法庭，突然以“莫须有”的罪名逮捕了他。从此，K开始了他漫长的“诉讼案”。开始时，他还可以享受某些自由，只需在指定时间去设在郊区某个阁楼上的法庭接受“审讯”。然而随着时间的推移，K的命运越来越受到官司的左右，那个神秘的法庭仿佛是一张庞大而无形的网，无论被告人怎样挣扎和反抗，都难以摆脱它的控制。在K三十一岁生日前夕，他终于被法庭派来的两个刽子手杀死在郊外一座偏僻的采石场上。

正因为是一部未写完的作品，《审判》的某些细节经不起推敲是可以理解的。这一点，不仅表现在一些片段如“检察官”“与副经理的明争暗斗”“那栋房子”等难以确定其属性，而且其他章节之间也往往缺乏连贯性，文字上偶尔也有前后

1 参见米夏埃尔·米勒：《卡夫卡：〈审判〉，二十世纪小说评论》，斯图加特：莱克拉姆出版社，1993年，第111页。

矛盾的现象，如“律师——工厂主——画家”一章开始说的是冬天，可后来又成了“可恶的秋天”。然而，正如米勒所指出的，《审判》的完整性体现在一个更高的层次上，即作品的“精神理念”上。[1]

像卡夫卡的所有作品一样，《审判》中的世界是一个虚拟的现实世界。说它是虚拟的，是因为它是独一无二的，不可替代的，是卡夫卡个人的；说它是现实的，是因为它细节上真实、形象，也因为在主人公约瑟夫·K身上显然有作者卡夫卡本人的影子，但更重要的，还是由于它采用寓意和象征手法，形象地展示了病态的、荒谬绝伦的社会以及生活在这个社会中的人的内心恐惧，写了人们或许感觉到却没有说出来或者说不出来的东西。而卡夫卡的伟大则在于把这种难以言说之物用形象的方式展现在了读者面前。

像《城堡》中那个可望而不可即的城堡一样，《审判》中法庭的最高权威机构也始终都是个谜团。在与它的斗争中，K宛如陷入了迷宫，无论做何种努力，他都不可能直接面对它，他接触到的人，都不过是最下层的法官。他就像大教堂里神甫所说的那个乡下人，虽然瞥见了法律的光辉，却在法律门口无谓地等待了一生，直到耗尽生命；法律的大门据说是专为他开的，可他却至死都不得入内。在法庭这个庞大的组织里，没有公理，没有道德，有的只是营私舞弊的看守，故作姿态让人把自己画成大法官模样的下层官员。而那些多多少

1 参见米夏埃尔·米勒:《卡夫卡:〈审判〉，二十世纪小说评论》，斯图加特：莱克拉姆出版社，1993年，第114页。

少都与这个法庭有点关系的人，诸如辩护律师胡尔德、律师的女佣莱妮以及画家迪托莱利，他们虽然都声称愿意帮助K，但最终也都不过是领着他在迷魂阵中多转了几个圈。画家迪托莱利所说的他可以帮助K的三种可能性（无罪释放、假释以及拖延诉讼），让人感受到的不是希望，而是绝望。

面对这样无形而无处不在的权力机构，暴露在它面前的人极易受到伤害。卡夫卡形象地用穿衣和脱衣来象征主人公的反抗和他反抗的失败：约瑟夫·K是在床上，也就是说在只穿着睡衣的情况下被捕的；第一次接受审讯时，他挑选了最好的黑上装，这说明他接受了挑战，决心捍卫自己；在迪托莱利的住所，即使再热再闷，K都不愿意脱掉上衣，后来不得已脱了，也是放在腿上，随时准备穿上。更能说明问题的是，在"结局"一章里，尽管事先并没有人通知K会有人造访，他也已是一身黑礼服，在等待着那两个行将结束他生命的人了。而到了采石场后，那两个人也是先脱光了K的衣服再动手杀死他的。

阅读《审判》，给人印象最深的还有那令人窒息的环境。对K的初审是在一栋贫民楼上进行的，房间里乌烟瘴气，听众衣着破烂，表情怪诞，而下层人物就只能弯着腰站在楼座上旁听了。设在阁楼上面的法院办公处，环境更为恶劣，"健康"的人到了那里就像生了病似的；而让人奇怪的是，长年在那里工作的办事员又见不得新鲜空气，否则也会生病。《审判》中的世界不仅肮脏，而且充满了黑暗：辩护律师家里只点一支蜡烛，大教堂里黑得让人辨不清路径。在这个肮脏、黑暗的世界里，活动着一些形形色色病态或者行为怪异的人：银行职员卡米纳因患慢性肌肉抽搐症，总是一副可憎的笑容；辩护律师病入膏肓，只能躺在床上接待客人；前途无量的法学大学生是个罗圈腿；画家迪托莱利家楼里的小姑娘不但浪荡，还“有点儿驼背”；就连待K不薄的上司也总是病怏怏的……至于那些官司缠身的被告，更是个个如行尸走肉一般，有人迟钝呆板，连回答一句问话的勇气都没有（像那些在法院办公处等候的被告）；有人卑躬屈膝，那个已经打了五年官司的商人布洛克，干脆就跟一只癞皮狗似的，跪倒在律师胡尔德的床前，全然没了人的尊严。

《审判》中另一个贯穿始终的现象是人的迷惘和困惑。尽管约瑟夫·K一直不愿放弃努力，试图看透一切，弄清自己被捕的原因，尽管他至死都在告诫自己要“保持理智”，但他最终什么都没弄明白。可以说，无意义充斥了K的一切努力，他慷慨陈词地自我辩护，他煞费苦心地到处求救，到头来都不过是无谓的行为。在不同的场景中，作者多次提到事物的不可理解（商人布洛克读不懂深奥的法律文件；神甫斥责K“你难道看不到两步之外的事情吗？”），他想告诉我们的无非是：在一个荒谬的世界里能有什么逻辑和认识可言？

有论者认为，从某种意义上讲，《审判》也是卡夫卡的自我审判，它包含着“对个体生存及其整体背景的深刻检讨”。[1]鉴于卡夫卡对于父亲和对于菲丽丝一家人的“愧疚”心情，

1 见林和生：《地狱里的温柔：卡夫卡》，四川人民出版社，1997年，第232页。

鉴于他一贯的想要世俗生活又惧怕世俗生活的矛盾心理，这种观点有它的道理。但一部《审判》之所以能够打动全世界数以百万计的读者，大概主要还在于它对现代资本主义社会的无情揭露，在于它以独特的艺术方式展示出生活在一个病态的社会中的人的困惑和痛苦。“……我总是试图倾诉那些难以倾诉的，解释那些难以解释的，叙述我骨子里感受到的东西，这些东西只有在骨子里才体验得到。”[1] 卡夫卡如是说。

最后要说明的是，《审判》一书在我国目前已有几种译本，作为重译者，本人不敢奢望自己的译文能超越前人。我所注重的，是尽量忠实于原文，其中包括保留了原文中某些前后不一致的地方。重译所依据的原著，是德国莱克拉姆出版社 1990 年的版本，该版本更多地保留了原著的片断性质，几个难以确定顺序的章节均附录于后。译者尤其希望我国的卡夫卡研究者能注意到这一点。

冯亚琳

1 弗朗茨·卡夫卡：《致米莱娜的信》，法兰克福，1986 年，第 296 页。

再版前言

影响深远且常读常新的文学名著虽然很多，但就20世纪的外国文学而言，首当其冲的莫过于卡夫卡的作品了。很高兴这本二十多年前翻译的卡夫卡的《审判》能进入译林出版社新策划的“变形的人：卡夫卡精选集”，而修订译稿的过程于我而言也是再一次细读这部作品的过程，同时它也给了我一个进一步斟酌书名译法的机会。德语词Proceß（新正字法：Prozess）意为“过程”或者“进程”，也有法律意义上的“诉讼”和“起诉”之意，不过以往的译者大多将其译为“审判”，我当时也采用了后一种译法。记得后来在一次德国文学学术研讨会上，中国社科院的叶廷芳教授就该书名的翻译发表了自己的观点，认为应该将Proceß译作“诉讼”。叶老的观点自有他的道理。因为按照词解，与“审判”相比，“诉讼”似乎更强调打官司的过程性。不过考虑之后，我还是决定保留原译名“审判”，除了读者对这一译名已普遍接受的原因，更重要的是，无论是“诉讼”，还是“审判”，放在卡夫卡这部小说的关联中，这两个法律概念均属于借用。小说荒诞不经的故事情节和寓言特质，是不能用法律词语做准确表达的，从这个意义上讲，能指和所指之间的断裂是必然的，甚至是必要的。

说到“寓言”（Fabel），一般认为，“在大教堂里”这一章里的神甫给K讲的“在法律门前”的故事对应的是K的官司，但细读文本，会发现除了这两个层面外，还有一个往往被人们忽略掉的层面，那便是K作为银行襄理的职业生涯。这三个层面在叙述进程中相互纠缠，交叉前行，同时在意义建构上又相互指涉，相互映射，形成了一个三重奏的叙事结构。这再次说明，这部未竟之作虽然在形式上没有全部完成，故事缺少完整性，但小说在叙事结构上显然是经过深思熟虑的，而由此表达出的，一方面是个体的生存危机，其惶惶不可终日的危机感以及面对难以触摸的未来的迷茫和无助，另一方面则是人对于权力的热衷与追求，无论他们在这一权力网中处于何等位置。主人公约瑟夫·K所具有的代表性则恰恰在于他的矛盾性。在法院主导的案子中，他是被告，是遭受无妄之灾、无法把握自己命运的弱者，是遍寻帮助而不得的可怜虫；在银行里，他却是一个受人仰视、对他人呼来唤去的上等人，是可以随意买下一大堆劣等画作的施舍者，是与对手明争暗斗（虽不乏危机感）的竞争对手。

回到小说三重奏的叙事：它结构上的闭环丝毫不影响小说整体上的开放性。因为无论在哪个层面，都存在着一股卡夫卡小说独有的神秘莫测的力量，这股力量深入于文本内部，难以理解和把握，荒诞不经而缺少逻辑，却直抵现代人生存的本质。这大概也是这部小说自它诞生之日起就不断地被研究者们从各种视角出发进行阐释的原因所在吧。或者在此可以借用神甫在大教堂里对K所说的话，来说明即使在今后，对《审判》的阐释也将是无穷无尽的："文字是不变的，而看法往往只是一种绝望的表达。"

从这个意义上讲，《审判》这部小说本身就是一篇现代寓言，它提供给读者的仅仅是一个意象层面（Bildebene），而我们所要做的，则是通过阅读去寻找意义层面。至于到底怎么解读，则是见仁见智之事。

这个夏天因故无力于左顾右盼，恰恰可以静下心来再次体味一番卡夫卡。

借译本再版之际，特做此小记。

感谢家人，感谢朋友，感谢译林出版社。

冯亚琳

2023年8月写于北京

被捕

一定是有人诬陷了约瑟夫·K，因为他没干什么坏事，却在一天清晨被逮捕了。房东格鲁巴赫太太的厨娘每天都在早晨八点钟左右给他送来早餐，这天她却没来。这可是从来没有过的事儿。K 等了一会儿，从枕头上看着住在对面的那个老太太，她正在以一种异样的好奇观察着他。他觉得奇怪，肚子也饿了，于是摇响了铃铛。很快便有人敲门，一个他在这屋里从未见过的人走了进来。这人瘦长个儿，长得却很结实，身穿一件紧身黑衣，上面类似旅行装一样打了不少褶子，还有各种口袋、襻儿、纽扣什么的，另外还系着一条皮带，虽然不知道这些都是做什么用的，但看上去特别实用。“您是谁？”K 问道，同时从床上欠起身来。来人却不搭腔，仿佛他的出现是理所当然的事情，只问了一声：“您摇铃了吗？”“安娜该给我送早点了。”K 说完便闭了嘴，凝神思量，试图弄清楚来人到底是谁。可对方很快就避开了他的目光，转身朝门口走去，把门打开一道缝儿，对着显然就在门外面的人说：“他想让安娜给他把早点送来。”隔壁房间传来一阵窃笑，听不出来是否有好几个人在那儿。虽然这陌生人并不可能从中得知他之前不了解的事情，可他还是以传达的口气对K说：“这不可能。”“这倒是新鲜事儿。”K说着跳下床，很快穿好裤子，“我倒要看看隔壁是些什么人，看看格鲁巴赫太太怎样跟我解释这一搅扰。”虽然他马上意识到不该大声说这话，因为这就等于在某种程度上承认了陌生人的监视权，但他觉得这一点现在不重要。可陌生人倒真是这样理解的，因为他说：“您不觉得待在这儿更好吗？”“在您向我自我介绍之前，我既不想待在这儿，也不想被您搭讪。”“我可是好意。”陌生人说着，却主动打开了门。K不由得放慢了脚步，走进隔壁房间，乍看上去，里面和昨晚没有什么区别。这是格鲁巴赫太太的起居室，这间塞满家具、被褥、瓷器和照片的房间今天或许比往日宽敞些许，但这一下子看不出来，尤其是因为主要的变化是里面多了一个正坐在敞开的窗前看书的男人。此人这时抬起头来。“您应该待在自己的房间里！难道弗朗茨没告诉您吗？”“告诉了。你们到底要干什么？”K说道，目光由新出现的人身上转向停在门口的那个被称作弗朗茨的人，继而又转了回来。从敞开的窗户望去，他又看见那个老太太，她以老年人特有的好奇走到对面的窗前，好继续把一切看个明白。“我不过想找格鲁巴赫太太。”K说着做了一个动作，仿佛要从两个男人手里挣脱走出去似的，虽然他们站得远远的。“不行。”窗口的那个人说道，他把书扔到一张小桌上，站起身来，“您不能离开这里，您被捕了。”“看上去好像是这么回事儿，”K说，“可究竟为什么呢？”他接着问道。“我们不是来告诉您为什么的，回到您自己房间里等着吧。案子的审理程序已经开始，您会及时了解一切的。我这么客气地劝告您已超出了我的使命。不过我希望除了弗朗茨没有人听到我的话，弗朗茨自己也违反了规定，对您过于客气。假如您往后像在给您派看守的事情上一样走运的话，那您就可以期待有好结果了。”K 想坐下来，可是他看了看，整个房间里除了窗前的那张椅子外，再没有别的地方可坐。“您将来就会明白，这话有多么对。”弗朗茨说着，就和另外那个人一齐朝他走来。尤其是后面那个比 K 要高出许多，连连拍着他的肩膀。两人查看了 K 的睡衣，说他现在得换上一件质地一般的衬衫，他们将把这件睡衣连同他的其他衣物一起保管起来，假如案子最后没事，他们会把东西还给他的。“把这些东西交给我们比放在仓库里强，”他们说，“因为仓库里常常有贪污现象，而且过一段时间就会把所有的东西统统卖掉，不管案子了结没有。天知道这一类案子得拖多久，尤其是最近一段时间！当然啦，您最后会从仓库得到变卖款，可第一，这笔钱本来就很少，因为拍卖时看的不是出价的高低，而是有多少贿赂；第二，根据经验，这样的进款，年复一年地转来转去，只会越来越少。”K 几乎没有听进去这番话，他并不重视他或许还有的对个人物品的支配权，对他来说更要紧的是弄清楚目前的处境。但有这帮人在场，他简直无法思考。第二个看守——只能是看守了——不断亲热地用肚子顶着他的身子，可当他抬起头来时，看到的却是一张与那肥胖的躯体毫不相称的瘦干脸，脸上的大鼻子朝一边歪着，正越过他的头顶跟另外一个看守交换着眼色。这到底是些什么人？他们在说什么？他们属于哪家机构？ K 不是生活在一个法治国家里吗？天下太平，法律健全，谁竟敢在他的寓所里抓他呢？他一向喜欢尽量乐观地对待一切，最糟糕的事情也是非得等发生了之后他才会相信；即使一切都充满凶兆，他也不会事先就为未来做准备。可这里发生的事却让他觉得不大对劲。虽然可以把这一切看成一场玩笑，是银行的同事们不知道出于什么原因——或许因为今天是他三十岁的生日——跟他开的一个大玩笑？这完全有可能。也许他只需要冲两个看守笑那么一下，对方也就会跟着笑起来。再或者他们就是街头的值勤人员，他们跟那些人没什么两样——尽管如此，从第一眼看到看守弗朗茨起，他就决心不放弃自己在他们这些人面前或许还有的哪怕是一丁点儿的优势。至于以后会有人说他不懂得玩笑，这在 K 看来也没什么了不得的。可他还是回想起几桩本身无关重要的小事——并不是说他有从往事中吸取教训的习惯——他不像他的朋友们那么警觉，不计后果，草率行事，结果自是受到了惩罚。这样的事情不能再发生了，起码这一次不能。如果这是一场喜剧的话，那么他也要配合着登台同演。

他还是自由的。“借过。”说着，他便快步从两个看守中间穿过去，返回自己的房间。“看上去他还算明智。”他听到背后有人说。一回到房间，他便打开书桌的抽屉，里面一切都放得再好不过，可就是由于情绪激动，一下子找不到他要找的证件。最后他只找到了他的自行车执照，都想带着它去见看守了，可又觉得这证件太微不足道，于是他又继续找，最后找到了出生证。当他重新回到隔壁房间时，对面的门打开了，格鲁巴赫太太正想迈步进来；可转眼又不见她了，因为她几乎还没有认出 K 来，就满脸尴尬地一边道着“对不起”，一边退了回去，并小心翼翼地关上了门。K 只说了声：“您倒是请进来呀。”此时他拿着证件站在房间中央，眼睛望着门，它却再也没有打开，直到看守的喊声吓了他一跳，K 这才发现，那两人正坐在敞开着的窗前的小桌旁，在吃着送给他的早点。“她为什么不进来呢？”他问道。“不许她进来，”大个子看守说，“您被捕了呀。”“我怎么会被捕了呢？而且是以这种方式？”“您这是又来了不是，”那看守一边说着，一边拿着黄油面包往蜂蜜罐里蘸了蘸，“这样的问题我们不回答。”“可您必须回答。”K 说道，“这是我的证件，现在请给我看看你们的证件，尤其是拘捕证。”“我的天哪！”那看守叫道，“您还不能顺应您的处境，您好像是存心要惹恼我们呀。目前所有人中，我们可是跟您关系最密切的了。”“的确如此，您就信了吧。”弗朗茨说，他端着咖啡杯，不是把杯子送向嘴边，而是久久地注视着 K，目光似乎意味深长，深奥难懂。不由自主地，K 和弗朗茨对视起来，随即却又拍了拍他的证件说：“这是我的证件。”“我们要它干什么？”大个子看守又叫了起来，“您简直就像个孩子。您到底要干什么呀？跟我们这些看守讨论证件和拘捕证就能很快结束您那该死的案子吗？我们只不过是受雇于人的小人物，不懂得什么证件不证件的，除了在您这儿站十个小时的岗，然后拿工钱外，跟您的事儿没有别的干系。这就是我们要干的活。尽管如此，我们还是明白，我们为之效劳的上级机关在签发拘捕令之前，都会非常认真仔细地调查清楚拘捕的理由和被拘捕者的情况的。这一点不会错的。就我所知，当局——当然我只了解最底层的机构——不会在人群中寻找罪行，而是像法律规定的那样，会被罪行所吸引，然后就会派出我们这些看守。这就是法律。这怎么会有错呢？”“这种法律我不懂。”K说。“那对您只会更糟糕。”看守答道。“这法律大概只存在于你们的脑子里吧。”K说。他想以某种方式窥视看守的内心想法，或者使其朝着对自己有利的方向转变，或者就去顺应他们。可看守只是回绝道：“将来会有您好受的。”弗朗茨插进来说：“你看，威廉，他承认不懂法律，却又声称自己无罪。”“你说得对，可没办法让他明白。”另外一位说。K不再搭腔，心下想着：“我非得让这些底层组织的人——他们都是这么承认的——的胡言乱语把自己弄糊涂吗？他们说的反正是连他们自己都根本不懂的。他们的自信来源于他们的愚蠢。与跟我能力相等的人说上几句话，也比跟这些人费尽口舌更有用，更能弄明白一切。”他在房间里的空处踱了几个来回，看见对面那个老太太正在把一个年龄大得多的老头儿拽到窗前，用手搂着他。K得结束这场戏。“请带我去见你们的上司。”他说。“等到他想见您的时候，在这之前不行。”那个叫威廉的人说。“而且我劝您，”他补充道，“回到您的房间去，冷静下来，听候对您的发落。我们奉劝您，不要用一些无谓的想法来分散您的注意力，还是应该集中精力，会对您提出很高的要求的。您这么做可对不起我们的帮忙，别忘了，不管我们是什么人，与您相比起码现在是自由的，这可是个不小的优势。不管怎样，假如您有钱的话，我们愿意从对面的咖啡店里给您端一份早点来。”

K没有理会这个建议，而是默默地在那儿站了一会儿。如果他打开套间的门，甚至前厅的门，或许这两个人根本就不敢阻拦他，或许解决整个问题的最简单的方法是把事情做过头。可也许他们会抓住他，而一旦他被制服，那他在某些方面在他们面前还保持着的一切优势就会失去。于是他还是选择了更保险的解决方法，顺其自然，回到自己的房间去，看守和他都没有再说什么。

他躺到床上，从床头柜上拿起一个鲜亮的苹果，这是他昨晚为早餐准备的。这苹果现在成了他唯一的早点，不管怎样，他咬了一口就知道，这比看守们恩准的从肮脏的夜间咖啡店里弄来的早点要强多了。他感觉不错，信心满满，虽然今天上午耽误了去银行上班，但他的职位比较高，很容易请到假。他真应该请假吗？他准备这样做。假如别人不相信他，这也是可以理解的，他可以找格鲁巴赫太太做证，或者找对面楼上的那两位老人，他们这会儿可能正在朝着对过的窗户走过来呢。K觉得奇怪，至少从看守的角度考虑会觉得奇怪，他们居然把他赶回房间，让他独自一人待着，这样他就有了十倍的自杀的可能性。不过，他同时又在问自己——从自己的角度考虑——他有什么理由自杀？难道就因为那两个人坐在隔壁并截下了他的早点？自杀太无意义了，即使他想这样做，也会因为这种行为的无意义而做不到的。若不是看守如此愚笨，或许可以认为，他们出于同样的看法认为让他一个人待着不会有危险。假如他们想看的话，现在就可以看到他怎样走到小壁橱那里，从里面拿出他保存的一瓶上好的烧酒，第一杯代替早点，第二杯用来壮胆，只是以防万一，应付始料不及的情况。

这时，隔壁房间里一声呼叫，惊得他牙齿都磕到了杯子上。“督察官传您。”有人喊道。正是这喊声吓了他一跳，这简短、不连贯的军人式的叫喊声，让他简直难以相信是弗朗茨发出的。可命令本身却是他乐意听到的。“终于来了。”他应声道，关上小壁橱，快步走进隔壁房间。站在那儿的两个看守又把他撵回自己的房间，似乎这是理所当然的事。“您想怎么样？”他们叫道，“要穿着衬衣去见督察官吗？他会打断阁下的腿，还会捎带上我们的！”“放开我，见鬼。”K吼道，他已经被挤到了衣箱旁边，“既然突然在床上逮捕我，就别指望看见我穿着礼服。”“这样没用。”看守们说。每当K吼叫的时候，他们就冷静下来，甚至有点伤心，这倒把他给弄糊涂了，甚至可以说在某种程度上使他恢复了理智。“可笑的礼仪！”他还嘟囔着，却已经从椅子上拿起一件外套，在手中托了一会儿，仿佛要让看守们看看行不行。他们摇摇头。“必须是一件黑色的外套。”他们说。K把衣服往地上一扔，自己也不知道怎么就说了一句：“又不是正式审讯。”看守们笑了，却坚持道：“必须是一件黑色的外套。”“如果这样能加快事情的进展，我倒没意见。”K说着自己打开衣箱，在衣服堆里翻了半天，这才选了他最好的一件黑色制服，这件外套非常合身，曾差点儿在熟人中引起轰动；他同时另外换上一件衬衫，开始仔细穿戴起来。看守们忘了逼他去洗澡，他暗自以为这样就达到了加快整个事情进展的目的。他观察着他们，看他们会不会想起这件事来。他们当然根本就没想起来，倒是威廉没有忘记派弗朗茨去报告督察官，说 K 正在穿衣服。

穿戴停当后，他穿过空荡荡的隔壁房间走进套间，那里的两扇门早已打开，威廉紧跟着他。K 很清楚，这屋里不久以前搬进来一个叫毕尔斯特奈[1]的小姐，她是个打字员，每日早出晚归，K 和她除了互致问候没有别的交往。现在床头柜被移到了房间中央充当审判桌，督察官就坐在桌子后面。他跷着二郎腿，一只胳膊放在椅子背上。在房间的一个角落，有三个年轻人站在那里，正在看毕尔斯特奈小姐挂在墙上壁毯上的照片。窗子敞开着，插销上挂着一件白色的女式衬衣。对面窗口趴着那两个老人，不过这会儿他们还多了一个伴儿，他们身后站着一个高出他们一大截的男人，他的衬衫敞到胸部，正在用手捻着他那发红的山羊胡子。

“是约瑟夫·K 吗？”督察官问道，可能只是为了把 K 走神的目光吸引到他身上来。K 点了点头。“今天早晨的事可能让您受惊了吧？”督察官一边问，一边用双手摆弄着桌上的几样东西，一支蜡烛、一盒火柴、一本书和一个针插，好像这些都是他审判必需的东西。“当然。”K 说，一阵快感向他袭来，他终于面对一个明白人了，可以和他谈谈自己的事了，“我当然感到吃惊，可并没有特别吃惊。”“没有特别吃惊吗？”督察官问，他这会儿把蜡烛移到小桌子的中间，其他的东西则放在蜡烛的周围。“您也许误会了我，”K 赶忙补充道，“我是说——”K 说到这里停了

1 原文为 Bürstner，与 bürsten 近似，后者意为洗刷、梳理，作为俗语用又指性交。

下来，看看四周有没有椅子，“我可以坐下来吗？”“没有这种惯例。”督察官回答说。“我是说，”K说，没有再停顿，“我当然吃惊不小。可我也在这世上活了三十岁，又注定要单枪匹马地闯世界，已经磨炼得不惧怕意外事件了，不太在意这些事情，尤其是今天的这件事。”“为什么尤其不在意今天这件事呢？”“我并不是想说我把整个事情看成一个玩笑，这样的话，这些活动的规模似乎未免也太大了。公寓里所有的人想必都参与了，还有你们，这超出了一个玩笑的限度，所以我不想说这是一个玩笑。”“完全正确。”督察官一边说一边看火柴盒里还有多少根火柴。“但另一方面，”K接着说，他面对所有的人，甚至还想转向那三个看照片的人，“另一方面，事情也不会太严重。我由此得出这一结论：我被控告了，可找不到一点儿可以让人控告我的罪过。即使这一点也是次要的，主要的问题是：是谁告的我？是哪个部门受理了这个案子？您是法官吗？你们没有谁穿制服，如果不想把您的衣服——”这时他转向弗朗茨，“叫作制服的话，它倒是更像旅行装。我要求对这些问题做出一个明确的答复，我相信，只要弄清了事情真相，我们就会互相热情道别的。”督察官把火柴盒往桌子上一摔。“您弄错了，”他说，“就您的案子来说，这些先生和我完全是次要的，我们对此案甚至一无所知。我们尽可以穿上最正规的制服，而您的案情却一点儿也不会因此而变得更糟。我根本不能说您被控告了，更确切地说，我都不知道您是否被控告了。您被逮捕了，这一点没错，其余的我不知道。也许看守们叨叨了些别的什么事，但那只不过是瞎说罢了。虽然我现在回答不了您的问题，可我还是想奉劝您一句：少想我们，也少想您将会怎么样，最好多考虑一下您自己的处境。别那么大声嚷嚷，吵着说您无罪，这会败坏您给人留下的还不错的印象。尤其是说话的时候您应该更克制一些，您刚才所说的那些话，其实从您的行为中就看得出来啦，即使您不开口；再说，这对您也没有任何特别的好处。”

K 呆呆地望着督察官。难道要他在这里听一个或许比他还年轻的人指手画脚的教训吗？难道要他为自己的坦诚受到训斥吗？而关于他被拘捕的原因以及谁是逮捕他的主使他只能一无所知？他有些激动起来，来回踱着步，没有人阻拦他；他卷起袖口，摸了摸胸口，又理了理头发，从三位先生身边经过时说：“简直毫无意义。”那三个人随即转过身来，和蔼却又严肃地望着他；他终于又停在了督察官的桌子前。“哈斯特勒检察官[1]是我的一位好朋友，”他说，“我可以给他打电话吗？”“当然，”督察官说，“不过我不知道这有什么意义，除非您有什么私事要跟他商量。”“什么意义？”K 叫道，震惊多于愤怒，“您究竟是什么人？您要求我要有意义，自己却做着这世上最无意义的事情！这难道不荒唐吗？诸位先是突如其来地逮捕了我，现在要么闲坐要么闲站在这里，却让我在你们面前演猴儿戏。既然说我被逮捕了，那我给一个检察官打电话能有什么意义？那好吧，我不打了。”“打吧，”督察官边说边伸手指着放电话的前厅，“您打吧。”“不，我不想

---

1 关于此人，具体可见“残篇”一章的第二节。

打了。”K说着走到了窗前。对面的那伙人还站在窗口，不过由于K这会儿走到了窗前，稍稍搅乱了他们静静的观看。两个老人想抬起身来，可后面的那个男人让他们放心。“那儿也有这样一帮观众。”K用食指指着外面冲着督察官高声喊道。“走开。”他随即又朝对面喊道。那三个人顿时后退了几步，两个老人甚至退到了那个男人的身后，他那宽大的身躯挡住了他们，从口型上看得出他在说什么，但因为离得太远听不清楚。可他们并没有完全消失，而似乎是在等待时机，以便能又悄悄地重新回到窗口来。“真是些纠缠不休、肆无忌惮的家伙！”K说着转过身来。K觉得用眼睛的余光瞥见督察官在点头。但也有可能他根本就没有注意听，因为他把一只手使劲按在桌子上，好像在比手指的长短。两个看守坐在用一张装饰布遮着的箱子上，用手搓着膝盖。那三个年轻人双手叉腰，漫无目标地四下环顾。屋里安静得像某个被人遗忘了的办公室。“我说，先生们，”K叫道，一时间他仿佛觉得肩上扛着所有的人似的，“看你们的样子，可以说我的事情结束了。我认为最好不再考虑你们的做法是否合法，而是双方握手言和了结此事。如果你们同意我的看法，那就请——”说着他走到督察官的桌前，伸出了手。督察官抬起眼睛，一边咬着嘴唇，一边看着K伸出的手。K仍以为督察官会同意的。可是他却站起身来，拿起放在毕尔斯特奈小姐床上的硬礼帽，像试新帽子似的，用双手小心翼翼地戴好。“您把事情看得太简单了！”他对K说，“您认为我们应该和解了事吗？不，不，这可不行。但另一方面，我也并不想说您就没希望了。不，怎么会呢？您仅仅是被捕了，没有别的。我只是要告诉您这一点，这我做到了，也看到了您是怎么接受这件事的。那么今天就到这儿吧，我们可以告别了，不过只是暂时的。您现在或许要去银行吧？”“去银行？”K问道，“我还以为我被捕了呢。”K有些斗气地说，因为虽然他握手的提议遭到拒绝，他却越发觉得可以摆脱这些人了，尤其是在督察官站起来以后。他在跟他们做游戏。他打算，假如他们要走的话，他将追到大门口要他们逮捕他。因此他重复道：“我被捕了，怎么还能去银行呢？”“您可以去。”已经到了门口的督察官说，“您误解了我的意思，您是被捕了，不错，可这并不妨碍您从事您的职业。您以往的生活方式也不应受到妨碍。”“那么被逮捕也就不那么严重了？”K说着便走到督察官跟前。“我从来也没说过不是这样啊。”督察官说。“那么通知我被捕似乎也就没有多大的必要了。”K说着便往前靠近了一点儿。别的人也靠上前来，大家都挤到了门口那一小块地方。“这是我的职责。”督察官说。“愚蠢的职责。”K毫不让步地说。“可能吧。”督察官答道，“可我们不想说这些话来浪费时间。我猜您想去银行。由于您注意别人的每一句话，我再补充一句：我不强迫您去银行。不过我是猜您想去。为了您方便起见，为了让您到银行时尽可能不惹人注意，我留下这三位先生听候您的差遣，他们是您的同僚。”“什么？”K叫道，吃惊地盯着那三个人。可不是嘛，这三个如此普通、面无血色的年轻人，在他的记忆中一直是围在照片旁边的，他们的确是银行里的职员，但说不上是他的同僚——这么说太过分了，这证明督察官并非无所不知，虽然他们确实是银行里的下层职员。K 怎么可能忽略了这一点呢？他不得不那么全神贯注地对付督察官和看守们，竟没有认出这三个人来。表情生硬、双手挥来挥去的是拉本施泰纳，双眼深陷、满头金发的是库里西，而因患慢性肌肉抽搐症、面露令人不堪忍受的笑容的则是卡米纳。“早上好！”K 顿了一下说，同时向这三个正儿八经弯腰鞠躬的人伸出手去，“我简直就没有认出你们几位来。我们这就去上班，对吗？”这几个人笑着使劲点头，仿佛他们一直都在等着这句话似的。当 K 找不着他的帽子时（帽子还在他的房间里），这三个人一溜烟都跑到他房间里去拿帽子了，这证明他们毕竟还是有些难堪。K 默默地站在那里，透过两扇敞开的门看着他们，走在最后的自然是冷漠的拉本施泰纳，他只不过摆出了一个优美的小跑姿势而已。卡米纳把帽子递给 K；就像在银行里常有的那样，K 不得不清楚地告诉自己，卡米纳的笑不是有意识的，他的笑根本就不可能是有意识的。在前厅，看上去并不很知情的格鲁巴赫太太给一伙人打开了大门，K 像往日一样，垂眼看了看她那毫无必要地紧勒在肥腰上的围裙带。到了楼下，K 手里拿着表，决定叫一辆车，免得再拖延时间，因为已经迟到半个钟头了。卡米纳跑到街拐角处去叫车，另外两人显然是想分散 K 的注意力，库里西突然指着对面的大门，刚才那个长着金黄色山羊胡子的男子这时出现在门口，当他发现他整个暴露在众人面前时，有些尴尬地退回墙根靠着。而那两个老人可能还在楼梯上。K 有些不高兴库里西让他看那个男人，他自己早就看见了，甚至预料到他会出来。“别往那边看！”他脱口而出，没留心以这种口气对一个成人说话是多么奇怪。可这也用不着再解释，因为正好此时车到了，他们一坐上去，车就开了。K 这时才想起来，他根本没察觉到督察官和看守们已经走了，先是督察官在他面前给这三个职员打掩护，现在又是这三个人给督察官打掩护。这证明他还不够警觉，K 决定在这方面观察得更仔细些。然而他还是不由自主地转过身，伸长脖子越过车尾朝后面望去，看看是否还能看见督察官和看守们，可他根本没有搜寻到什么人，便立刻转过头来，很舒服地倚在角落里。虽然没有迹象表明如此，这时的他却恰恰很需要几句劝慰，然而这些先生好像都疲倦了，拉本施泰纳看着右边车外，库里西看着左边，只有卡米纳面带痴笑听候他的吩咐。不过可惜的是，拿这一点开玩笑为人性所不容。

谈话——先是跟格鲁巴赫太太，而后是跟毕尔斯特奈小姐

这年的春天，K 通常是这样消磨晚上的时间：下班以后，如果有可能——大多数情况下，他要在办公室里待到九点钟——他就独自一人或者和熟人一道散会儿步，然后到啤酒馆去，跟多是些上了年纪的人一起坐在固定的餐桌旁，往往一直待到十一点钟。但这种安排也有例外的时候，比如银行经理有时会邀请 K 去开车兜风，或者到他的别墅吃饭。经理很器重 K 的工作能力，并赞赏他的可靠。除此而外，K 每周要去一个叫艾尔萨的姑娘那儿一次，这姑娘在一个酒吧当女招待，通宵工作，白天则在床上接待客人。

可这天晚上——白天在紧张的工作和充满敬意与友谊的生日祝福之中很快过去了——K 只想马上回家。在白天的工作间歇休息时，他老是想起那件事情；尽管不清楚到底是怎么回事儿，可他觉得，早晨发生的事在格鲁巴赫太太的屋里引起了很大的混乱，而他有必要恢复秩序。只要秩序一恢复，事情便不会留下一

丝痕迹，一切都将走上正轨。尤其是那三个职员就再也没什么可怕的了：他们将消失在银行庞大的职员队伍中，身上也不会有什么变化能被发现。K 多次把他们单个或者一起叫到他的办公室里来，不为别的，只是想观察他们一下；每一次他都很满意地又放他们走了。

当他晚上九点半钟回到家时，在门口碰到一个小伙子。小伙子双腿叉开，站在那里抽着烟斗。“您是谁？”K 马上问，并把脸凑到小伙子跟前，因为走道上黑乎乎的，什么也看不清。“我是公寓管理员的儿子，尊敬的先生。”小伙子回答道，从嘴里取出烟斗，站到一旁。“公寓管理员的儿子？”K 边问边用手杖不耐烦地敲着地。“先生有什么吩咐吗？要我叫我的父亲吗？”“不用，不用叫。”K 说话的语气好像小伙子做了什么坏事，而 K 原谅了他似的。“没什么。”他说着朝前走去，可跨上楼梯前又转过身看了一眼。

他本来可以直接回自己房间去的，可他想跟格鲁巴赫太太谈谈，随即便敲响了她的门。她正坐在桌旁补着一只长筒袜，桌上还堆着一堆旧袜子。K 心不在焉地道了声歉，说不好意思这么晚还来敲门。可格鲁巴赫太太非常和气，不愿意听道歉的话，说他任何时候都可以找她谈，还说他应该明白，他是她最好的、最讨人喜欢的房客。K 环顾四周，一切又是老样子了，早晨窗前小桌子上的早点餐具已被端走了。女人的手还真能够在神不知鬼不觉之间整顿好一切，换了他，他可能会当场砸烂那些餐具，而不会将其端走。他怀着某种感激之情望着格鲁巴赫太太。“您怎么这么晚了还在干活儿？”他问道。这时他们两人都坐在了桌子旁边，K不时地把一只手伸到袜堆里去。“事情太多。”她说，“白天我的时间都用在房客身上，要做自己的事情就只剩下晚上了。”“我今天恐怕还给您添了一件额外的麻烦。”“怎么会呢？”她问道，变得急切起来，活儿搁在膝上。“我是说今天早晨来的那些人。”“哦，那件事嘛，”她说，又恢复了平静，“那倒没给我添什么麻烦。”K默默地看着她又拿起袜子来补。“她似乎很奇怪我提起这件事，”他想，“似乎认为我不应该提起这件事。那么我就更得谈了。只有和一个老太太我才能谈这件事。”“不对吧，肯定是添了麻烦的。”于是他说，“不过，这种事不会再发生了。”“是的，不会再发生了。”她加重语气说，望着K露出几近忧郁的笑容。“您真的这样认为吗？”K问道。“是的。”她轻声说，“不过最要紧的是您不要太把它放在心上。世上什么样的事不会发生啊！您既然这么信任我，跟我谈这件事，我也可以告诉您，我在门后面偷听到一点，那两个看守也向我透露了一些情况。这事关系到您的幸福，所以我对此真的很关切，也许关切得过分了一点儿，因为我只不过是一个房东而已。是的，我是说我听到了一些情况，可我不能说这是一件很严重的事。不，您是被捕了，但和一个小偷被捕不一样——那是很糟糕的——您的被捕却让我觉得很玄奥，如果我说的是蠢话，那么请您原谅，我觉得很玄，虽然我不明白，可也不是非明白不可。”

“格鲁巴赫太太，您说的根本不是蠢话，至少我同意您的部分看法，只是我对整个事件的判断比您还要尖锐一些，我根本不认为这有什么奥秘可言，而是简直就不值得一提。我突然受到了袭击，仅此而已。假如我醒来后马上起床，不管安娜来不来，也不管有没有谁挡住我的路，直接到您这里来，那我可能破例在厨房吃一顿早餐，让您给我从房间里把衣服拿来。简单地说，假如我做事理智一些，就不会有什么事发生了，事情在开始之前就被排除掉了。可是我没有多少防备。在银行里，我就有防备，在那里，这种事根本不可能在我身上发生，那儿我有自己的听差，外线和办公室电话就放在我面前的桌子上，不断有人来，客户和办事员什么的；还有呢，我在工作期间思想很警觉，要是在那里碰到这种事情，对我来说简直就是一件趣事。现在事情过去了，我本来也根本不想再谈此事，我只是想听听您这个明事理的女人的看法，很高兴咱们能够不谋而合。不过现在您得伸出手来，这样的不谋而合必须要握握手来确认一下。”

“她会把手递给我吗？那个督察官就没有和我握手。”他心想，一边用不同于方才的目光审视着面前这个女人。她跟着他站了起来，有些拘谨，因为K所说的她并没有完全听懂。由于拘谨，她说了句她本不想说、现在也不合时宜的话：“K先生，您别把这件事情太放在心上。”她说着，拖着哭腔，自然也就忘了握手。“我并没有把它放在心上呀。”K说，突然感到一阵困倦，而且意识到这女人的赞同全无意义。

走到门口，他又问了一句：“毕尔斯特奈小姐在家吗？”“不在。”格鲁巴赫太太说，尽管回答得干巴巴的，可脸上关切的笑容却很得体，只是晚了一些，“她去看戏了。您找她有事吗？要我向她转达吗？”“啊，我只想跟她说两句话。”“可惜我不知道她什么时候回来；她去看戏总是回来得很晚。”“那没什么关系，”K说着便低下头，转向门口准备走开，“我只不过是想向她道个歉，今天用了她的房间。”“这就没有必要了，K先生，您太认真啦，毕尔斯特奈小姐什么都不知道，她一大早出去还没回过家呢，再说一切都收拾好了，您自己看看吧。”她打开毕尔斯特奈小姐的房间门。“谢谢，我相信您的话。”K说道，可还是走到敞开的门前。月光悄然射进昏暗的房间。凡是能够看见的，的确都恢复到了原位，包括那件衬衣也不再挂在窗户的插销上了。床垫显得很高，一部分浸在月光中。“毕尔斯特奈小姐常常很晚才回家。”K说，一边看着格鲁巴赫太太，好像她应对此负责似的。“年轻人都这样！”格鲁巴赫太太歉疚地说。“当然，当然，”K说，“但这会太过分的。”“或许吧，”格鲁巴赫太太说，“您说得太对了，甚至包括在这件事上。我当然不想说毕尔斯特奈小姐的坏话，她是一个好姑娘，人很和气，爱整洁，又守时，工作勤勤恳恳，这些我都很赞赏。但有一点是真的，她应该更自爱一些，更谨慎一些。我这个月已经有两次在僻静的街道上看见她，每次都和一位不同的先生在一起。这让我觉得很尴尬。我向上帝保证，K先生，我只把这件事告诉您一个人。不过我也免不了要跟毕尔斯特奈小姐本人谈谈了。再说，她让我产生怀疑的还不只是这一件事情。”“您完全搞错啦。”K掩饰不住他的愤怒，生气地说，“另外您也误解了我关于毕尔斯特奈小姐的话，不是那个意思。我郑重告诫您，不要向她说什么。您完全错了，我很了解她，您说的话没有一句是真的。不过我可能太过分了，我不想阻挠您，您爱跟她说什么就说什么吧。晚安。”“K先生，”格鲁巴赫太太央求道，跟着K走到他的门前，他已经打开了门，“我还不打算跟毕尔斯特奈小姐说什么呢，当然这之前我还要继续观察她，我只是把知道的事情告诉了您。说到底，保持公寓的纯洁也是为了所有的房客好，我的所作所为没有任何别的目的。”“纯洁！”K从门缝里大声吼道，“如果您想保持公寓的纯洁，那您就应该首先让我搬出去。”之后他砰地关上了门，不再理睬外面轻轻的敲门声。

由于尚无睡意，他决定等一会儿，趁这个机会看看毕尔斯特奈小姐什么时候回来。不管合适不合适，或许还能跟她说上几句话。他趴在窗口，揉着困乏的眼睛，一时想到要说服毕尔斯特奈小姐一起搬走，来惩罚一下格鲁巴赫太太。不过，他马上又觉得这样做太过分了，甚至怀疑自己是因为早晨发生的事情才想换个住处的。没有什么比这更无聊、更无意义，也更令人生疑的了。

他望着外面空荡荡的街道，直到厌倦了为止，于是先把通往前厅的门稍稍打开了一点儿，然后躺到沙发上去。只要有人进来，他立刻就能看见。他这样安安静静地躺在沙发上，抽着雪茄，到十一点钟左右，再也躺不住了，于是到前厅里去走了走，仿佛这样一来，毕尔斯特奈小姐就能快点儿回来似的。他并不是特别想见她，甚至想不起来她长得什么模样，可是他想跟她谈谈，而且让他生气的是，在这一天结束的时候，她的晚归还带来这么多的不安和混乱。由于她，他今天没有吃晚饭，本来想去艾尔萨那儿的，结果也没去。不过这两件事都还可以弥补，他可以现在就去艾尔萨工作的那个酒吧。然而，他还是决定和毕尔斯特奈小姐谈完之后再去。

过了十一点半，楼梯口有了响动。陷入沉思的K正在前厅来回踱着步，就像那是他自己的房间似的，此时他连忙逃到自己的房门后面。是毕尔斯特奈小姐回来了。她关上门，冷得直哆嗦，把披在瘦削的肩上的丝围巾裹裹紧。她随即就要走进自己的房间了，这深更半夜的，K当然不能跟进去，因此必须现在就叫住她。不巧的是他忘记开自己房间的灯了，就这样从黑屋子里闯出去，岂不像是要袭击她？至少也会吓她一跳的。由于不能耽误时间，他一时着急，就从门缝里小声叫道："毕尔斯特奈小姐。"声音听起来像是在请求，而不像在呼唤。"有人吗？"毕尔斯特奈小姐问道，睁大眼睛四下望着。"是我。"K说着走了出来。"噢，是K先生啊！"毕尔斯特奈小姐微笑着说，"晚上好！"说着她向他伸出手来。"我想跟您说几句话，您看现在可以吗？""现在？"毕尔斯特奈小姐问，"非得是现在吗？这有点儿奇怪，不是吗？""我九点钟开始就等着您了。""是这样啊？我去看戏了，不知道您会等我。""我要告诉您的事情是今天才发生的。""那好，我原则上没意见，只是我累得都快倒下了。您到我房间里待几分钟吧。我们不能在这儿聊天，这样会吵醒大家的，就算不为别人想，这也会令我们难堪的。您在这儿稍等一下，我把我屋里的灯打开，您再关上这儿的灯。"K照她说的做了，又等了一会儿，直到毕尔斯特奈小姐从她房间里再次小声请他进去。"请坐。"她指着一张沙发说，自己却站在床头，虽然她刚才还在说累；她甚至连那顶花团锦簇的小帽子也不曾摘下。“那好，您有什么事？我真的很好奇。”她稍稍交叉着腿。“您也许会说，”K开口道，“事情并非急到了非得现在谈不可的程度，可——”“对开场白我从来不感兴趣。”毕尔斯特奈小姐说。“这倒使我觉得更容易些了。”K说道，“您的房间今天早上被人弄乱了，在某种程度上是因为我，是一些陌生人违背我的意愿干的，可就像刚才说的，是因为我。为此我想请您原谅。”“我的房间？”毕尔斯特奈小姐问，她不看自己的房间，反而在审视着K。“是这样的。”K说，两个人的目光这才第一次相遇，“事情发生的方式本身不值一提。”“可有意思的本来正是这一点。”毕尔斯特奈小姐说。“不。”K说。“那好吧，”毕尔斯特奈小姐说，“我不想探听您的秘密。但既然您坚持说没什么，那我也没什么好说的。您请求原谅，我也很乐意原谅您，尤其是我并没有发现凌乱的迹象。”她把手按在腰部，在房间里转了一圈。走到别着照片的壁毯那里，她停了下来。“哎呀，您瞧，”她叫起来，“我的照片确实被弄得乱七八糟。这太不像话了。这么说真是有人擅自闯入了我的房间。”K点点头，心中暗暗咒骂着那个叫卡米纳的职员，那家伙总是管不住自己乏味而无聊的好动劲儿。“真奇怪，”毕尔斯特奈小姐说，“现在我不得不禁止您本来应该禁止自己做的事：不要在我不在的时候进入我的房间。”“可我向您解释过了，小姐，”K说着，也走到了别着照片的地方，“弄乱了您照片的不是我。可既然您不相信我，那我只得承认：是调查委员会带来了三个银行职员，其中一个我一有机会就会让他从银行滚蛋的，可能是他动过您的照片。是的，有一个调查委员会到过这儿。”因为看到毕尔斯特奈小姐疑问的目光，K补充说。“是因为您吗？”“是的。”K回答。“不会的！”毕尔斯特奈小姐笑出声来，大声说。“确实因为我。”K说，“您相信我是无辜的吗？”“至于您是否无辜……”毕尔斯特奈小姐说，“这么一件重要的事情，我可不想立刻就妄加评判，再说我也不了解您，不过，马上就派来一个调查委员会，那只能是名重案犯了。可既然您没被抓走——至少从您平静自若的样子看，您不可能是从监狱里逃出来的——那您不可能是犯了什么大罪的。”“对，”K说，“但也有可能是调查委员会发现我是无辜的，或者我的罪不像他们想象的那么大。”“是的，这倒是有可能。”毕尔斯特奈小姐很谨慎地说。“瞧，”K说，“在法律方面您没有多少经验。”“是的，我是没有多少经验，”毕尔斯特奈小姐说，“我也常常为此感到遗憾，因为我什么都想知道，尤其对法律问题很感兴趣。法院有一种特殊的吸引力，不是吗？但我肯定能够弥补我这方面的知识缺陷的，因为下个月我就要到一个律师事务所去当文书了。”“那真是好极了，”K说，“您或许在我的案子里能帮上忙。”“有可能，”毕尔斯特奈小姐说，“为什么不呢？我很愿意运用我的知识。”“我可是认真的，”K说，“或者至少有您认为的一半那么认真。请一位律师，我这案子还太小，可是请位顾问还是必要的。”“是的，可是要让我当顾问的话，我得知道是怎么回事儿。”毕尔斯特奈小姐说。“麻烦也就在这里，”K说，“连我自己都不知道是怎么回事儿。”“那您不是跟我开了一个玩笑吗？”毕尔斯特奈小姐大失所望地说，“可您也没必要挑深更半夜来开这样的玩笑呀。”说着她便从照片那儿走开了，他们两个人在那里一起站了很久了。“不是的，小姐，”K说，“我不是开玩笑。是您不愿意相信我！我把所知道的都告诉您了，告诉您的甚至比我知道的还要多，因为根本不是什么调查委员会，我这么说，是不知道该把它叫作什么。根本没做什么调查，我只是被捕了，被一个委员会逮捕了。”毕尔斯特奈小姐坐在沙发上，又笑了起来。“是怎么一回事儿？”她问道。“可怕至极。”K说，可他现在想的却不是这件事，而是完全被毕尔斯特奈小姐的模样迷住了，只见她一手托腮，胳膊肘放在沙发垫上，另一只手慢慢地抚着髋部。“这太笼统了。”毕尔斯特奈小姐说。“什么太笼统了？”K问。他这才想起来要说的话，于是又问：“要不要我把当时的情景演示给您看看？”他想做动作，可又没挪地方。“我已经累得很了。”毕尔斯特奈小姐说。“是您回来得太晚了。”K说。“您反倒怪到我头上来了。不过这也有道理，谁让我放您进来呢。而且看来也没那个必要。”“有必要，您马上就会看到的。”K说，“我可以把小桌子从您床边挪过来吗？”“您想要干什么？”毕尔斯特奈小姐说，“这当然不行！”“那我就无法演示给您看了。”K激动地说，仿佛这会给他造成巨大损失似的。“如果您是出于表演的需要，那您尽管挪好了。”毕尔斯特奈小姐说。过了一会儿，她又发出弱弱的声音，补充道：“我太累了，让您做的已超出允许的范围了。”K把小桌子搬到房间中央，然后坐到桌后。“您得想象一下那些人分别所处的位置，这很有意思。我是督察官，那边箱子上坐着两个看守，照片那儿站着三个年轻人。顺便提一下，窗子插销上挂着一件白色衬衣。现在开始。对了，我忘记我本人这个最重要的人物了，是的，我就站在这小桌子的前面。督察官坐得非常舒服，跷着二郎腿，胳膊从椅子背这里垂下来，一副无赖的样子。好吧，现在正式开始。那个督察官喊了一声，仿佛要把我从睡梦中唤醒似的，他简直是大声叫嚷。为了让您明白，我也得喊叫，不过他喊的只是我的名字。”毕尔斯特奈小姐一直在笑着听，这时她把食指放在嘴边示意K别喊，可是已经太晚了，K表演得太过投入，拉长了声音喊道：“约瑟夫·K！”其实，他喊得并没有他声称的那么响亮，可即使如此，突然爆发出的喊声还是在房间里慢慢散开去。

这时，隔壁房间的门上敲了几下，声音响亮、短促而均匀。毕尔斯特奈小姐一下子变得脸色苍白，把手按在了胸口上。K更是大吃一惊，因为他一时还回不过神来，注意力全在早晨的事件和他正在给她做表演的姑娘身上。等他一定下神，就跳到毕尔斯特奈小姐身旁，握着她的手。“您别怕。”他悄声说，“我会处理好一切的。可这会是谁呢？隔壁只不过是客厅，又没有人睡在那儿。”“有的，”毕尔斯特奈小姐对着K耳语道，“从昨天起，格鲁巴赫太太的一个侄子睡在那儿，是个上尉。眼下没有别的空房间。我把这事忘得一干二净。可您干吗要那样大声嚷嚷呢！我真是倒霉透顶了。”“没事儿的。”K说，在她倒到靠垫上时，他吻了吻她的额头。“走开，走开。”她说着，一下子又坐了起来，“走吧，快走吧。您想干什么？他在门后面偷听呢，他什么都听得见。您害得我好苦！”“我现在不走，”K说，“我要等您平静下来再走。到房间的那个角落去吧，到那里他就听不见我们的说话声了。”她任凭K把自己带到另外一个角落。“您想一想看，”他说，“这事对您虽然不太好，但绝不是什么危险。在这件事上，格鲁巴赫太太起决定性作用，尤其这位上尉又是她的侄子；您知道，她对我非常敬重，我说的话她绝对相信。再说，她还有赖于我，因为她从我这里借了一大笔钱。您不管用什么理由来解释我们在一起，我都能接受，只要有用。而且我保证格鲁巴赫太太会相信我们的解释，不仅仅是在别人面前，而且打心眼里相信。这中间您根本不用顾及我。假如您散布说，是我骚扰了您，格鲁巴赫太太听了会相信，却不会失去对我的信任。她就是这么喜欢我。”毕尔斯特奈小姐闭口不语，蔫了似的望着面前的地板。“格鲁巴赫太太干吗不该相信是我骚扰了您呢？”K又补充了一句。他望着面前的那一头红发，中间分了一条缝，拢得很低，紧紧地束在一起。他以为她会转过来看他的，可她保持着姿势，说：“对不起，我被突然的敲门声吓坏了，倒不是由于上尉在场会带来什么后果。您大声叫嚷过后屋里那么寂静，这时一敲门把我吓坏了，我就坐在门附近，几乎就是在我身边敲的。对于您的建议，我谢谢您，可我不会接受。对在我房间里发生的事情我能承担责任，可以面对每一个人。我觉得很奇怪，您居然没察觉到您的建议中包含着对我的莫大侮辱。当然您也是一番好意，我领情了。可现在您走吧，让我一个人待着，我比刚才更需要安静。您请求待几分钟，可现在待了半个钟头，甚至还超过了。”K抓住她的手，然后又握住她的手腕。“可是您没有生我的气吧？”他说。她甩掉了他的手，说：“没有，没有，我从来也没有生任何人的气。”他又一次去抓她的手腕，这次她默许了，送他到了门口。他打定主意要走，可到了门口，又停了下来，仿佛没想到这儿就是门似的，毕尔斯特奈小姐借此瞬间挣脱了他，打开门，溜到前厅，从那儿悄声对K说：“这会儿您倒是过来呀，您瞧——”她指着上尉房间的门，下面透出一丝光线来，“他开着灯，在拿我们逗乐呢。”“我这就来啦。”K说着跑上前去，一把搂住她，先吻她的嘴，然后又在她的脸上吻来吻去，活似一头饥渴的动物，用舌头舔着好不容易才找到的泉水。最后，他吻到她的脖子，嘴唇长久地留在喉部。上尉房间里的一声响动才使他抬起头来。“现在我要走了。”他说，想直呼毕尔斯特奈小姐的教名，可又不知道她的教名是什么。她懒懒地点点头，转过身去，任凭他吻了吻自己的手，一副没有感知的样子，然后弓着身走进了自己的房间。不一会儿，K躺到了床上。他很快就睡着了，入睡前回想了一会儿他的行为，觉得很满意，却奇怪不是更满意。因为那个上尉的缘故，他很为毕尔斯特奈小姐担心。

初审

K接到电话通知，说下星期天要对他的案子进行一次小型审理。通知的人提醒他说，这类审理从现在起将会定期举行，虽然也许不是每周都有，但会不间断地进行下去。一来尽快结束案子对大家都有利，二来审理的方方面面都必须彻底，不过鉴于审理的紧张程度，时间不宜过长，因此选择了这种频繁进行却为时短暂的审理方式。之所以选在星期天审案，是为了不影响K的正常工作。他们估计K会同意这一安排的，但假如他希望安排在另外一个时间，只要有可能，也是会满足他的要求的。比如说审理也可以在夜间进行，只不过K也许会精力不济。总之，要是K没有什么意见，那么审理就先放在星期天。当然啦，他一定得到场，这一点大概用不着专门提醒。另外，打电话的人还告诉了他应该去的地方的门牌号，那幢楼坐落在郊区一条偏僻的街道上，K还从未去过那里。

K听完通知，一声不吭地挂上了听筒；他当即决定星期天去，这很有必要，案子既然已经开始审理，他就得面对它，第一次审理也应该成为最后一次。就在K还若有所思地站在电话机旁时，身后传来副经理的声音，他也想打电话，可K挡住了他的路。“是什么坏消息吗？”副经理随口问道，并非想了解什么情况，只是想让K离开电话机。“不是，不是。”K说着闪到了一边，却没有走开。副经理拿起听筒，在等待接线的时候，冲他说道：“问您一下，K先生，星期天上午您能赏光，到我的游艇上来参加一个聚会吗？有很多人要来，其中准有您的熟人，包括哈斯特勒检察官。您愿意来吗？来吧！”K极力想注意副经理所说的话。这对于他并非无关紧要的事儿，因为他和副经理一向关系处得不太好，眼下的邀请是他那方面要求和好的表示，可也看得出K在银行里的地位是多么重要，而银行的二号人物又是多么重视同他的友谊，或者至少希望他抱有一个中立的态度。虽然邀请只是在等待接线时顺便发出的，但对于副经理来说，这已经算是屈尊降贵了。然而K还得让对方接着再蒙受一次屈辱，他说：“多谢！很遗憾我星期天没时间，我已经有个约会了。”“真可惜。”副经理说着便转过身去打电话了，因为线此时也正好接通了。他打电话的时间并不短，K却一直神情恍惚地站在电话机旁。直到副经理放下听筒时，他才惊醒过来，为自己无缘无故地闲站在那儿解释道：“有人给我打电话，让我去一个地方，可忘了告诉我几点钟。”“那您再问问吧。”副经理说。“也不是那么重要。”K说，如此一来，他本来已够蹩脚的解释就更站不住脚了。副经理一边走，一边还说着别的事，K勉强搭着腔，可心里想的是，最好是星期天早上九点钟就去，因为这是法院平时开始办公的时间。

星期天，天色阴沉。K感到疲惫不堪，因为他头一天在酒馆里和老熟人们一直玩到深夜，差点儿睡过了头。他来不及考虑，也没时间整理他一周来所想好的各种计划，便匆忙穿好衣服，连早点也没吃就直奔郊外的指定地点。奇怪的是，他虽然没什么时间四处环顾，却还是碰到了参与他的案子的那三个职员：拉本施泰纳、库里西和卡米纳。前两个人坐着电车从他面前经过，而卡米纳则坐在一个咖啡馆的露天平台上，K打那儿路过时，他正好奇地从栏杆上探出身子来。他们三个可能都在背后望着他，奇怪他们的上司怎么是走路来的。K出于某种固执，不想坐车来，他不愿意在这件事情上接受别人哪怕是再微不足道的帮助，也不愿意因求助什么人而走漏哪怕是一丁点儿风声；再说，他也丝毫不想贬低自己，过于准时地出现在审查委员会的面前。尽管如此，他还是急匆匆地赶着路，好尽量在九点钟到那里，虽然并没有通知他到达的确切时间。

他原本以为从远处就能认出那栋房子来，以为它总会有某种他想象不出的标记，或者门口会有什么特殊的动静。可到了他们所说的尤利乌斯街头，K停了片刻，两旁的房子几乎一模一样，都是那种穷人居住的高大的灰色公寓房。现在是星期天早晨，大部分窗前都站着人，穿着衬衫的男人们依靠在那里吸烟，或者小心而慈爱地扶着小孩站在窗台上。其他窗口则堆满了被褥，上面偶尔露出一个女人蓬乱的头。人们隔街相互大声打着招呼，此时恰恰在K的头顶上方响起了一阵哈哈大笑声。在街道的两旁，隔一段路就有一个卖各式食品的店铺，店铺的地势比街道低，有几级台阶通下去。女人们在那里进进出出，或者就站在台阶上聊天。一个卖水果的小贩正在对着上面的窗户叫卖，他跟K一样没注意，手推车差点儿把K给撞翻了。这时，一台在有钱人住的市区已没人再使用的留声机响了起来，发出几乎要人命的刺耳声。

K沿着街道一直往里走去，慢悠悠的，好像他现在时间很宽裕，又好像预审法官正从某个窗口望着他，知道他已经到了。时间刚过九点。那栋房子在巷子的深处，非常宽敞，尤其是大门又高又宽，显然是供各个仓库运货的大车出入所用。这些仓库就在大院里，围成一圈儿，现在都上着锁，门上挂着形形色色的公司的牌子，其中有几个K从银行的业务中已经知道了。他一反往日的习惯，对这些外表的东西看得很仔细，在院子门口也稍稍停了一会儿。他身旁不远的地方，一个男人赤脚坐在一个木箱上看报。两个男孩儿在一辆手推车上荡来荡去。一个瘦弱的小姑娘身穿睡衣站在水泵旁，一边等着她的水桶接满水，一边抬起头来看了K一眼。院子的一角，两扇窗子之间绷着一根绳子，上面已经晾好了要晒的衣服。一个男人站在下面领着人干活，不时地吼叫几声。

K转向楼梯，想到审讯室去，可他又停了下来，因为除了这道楼梯，这院里还有其他三道楼梯，而且在院子的尽头似乎还有一条通道与另一个院子相接。他恼怒起来，居然没人告诉他房间的确切位置，他们简直是以一种漫不经心和无所谓的态度在对待他，真是莫明其妙。他要大声并明白无误地强调这一点。最后，他还是踏上了第一道楼梯，脑子里玩味着看守威廉的话：法院受到犯罪的吸引。由此可以推断出，审讯室应该在K任意选择的楼梯旁边。

他上楼时，搅乱了在台阶上玩耍的一群孩子，当他从他们中间穿过时，孩子们都愤怒地盯着他。“下次如果还来这儿，”他自言自语说，“要么得带些糖果来哄哄他们，要么就带根棍子来揍他们一顿。”快到二楼时，他甚至不得不站着等了一会儿，直到一个玻璃球滚了下来，有两个小男孩儿一直拽着他的裤脚，他们长着一副成人恶棍般难以对付的脸；他若是使劲甩掉他们，那就肯定会弄痛他们，他害怕他们的哭叫声。

到了二楼，这才开始了真正的寻找。由于他不好直接打听审讯室在哪里，就胡乱编造了一个叫兰茨的木匠。他想起这个名字是因为格鲁巴赫太太的侄子，那个上尉就叫这个名字。他准备挨家挨户地去问这里是否住着一个叫兰茨的木匠，以便趁机看看房间里面是什么样子。可事实表明，这在大多数情况下根本没有必要，因为几乎所有的门都敞开着，孩子们在那里跑进跑出。房间一般都很小，只有一扇窗户，做饭也在里头。有些女人一手抱着孩子，一手在灶上忙活着。半大的小姑娘来回忙着，身上除了围裙，似乎什么也没穿。所有房间里的床都还在使用中，有生病的，也有还在睡觉的，还有和衣躺在那儿的。凡是关着门的房间，K都走上前去敲门，问有没有一个叫兰茨的木匠住在这里。开门的大多是一个女人，她听完问话后便回过头去问从床上抬起身的一个人：“这位先生问有没有一个叫兰茨的木匠住在这里。”“叫兰茨的木匠？”床上的人问。“是的。”K答道，虽然他的任务已经完成：审讯室绝不会在这里。很多人以为，对K来说找到木匠兰茨很重要，于是寻思半天，然后说出一个不叫兰茨的木匠，或者名字跟兰茨有点儿相似的人，或者跑到邻居那儿去打听，又陪着K到远处一家人那儿去打听，他们觉得这样一个人有可能是从二房东那里租的房子，或者认为别人比他们自己知道得更清楚些。到后来，K自己几乎用不着再开口了，而是以这种方式被拉着走遍了各个楼层。他开始后悔自己的这一做法了，虽然他一开始觉得这办法很管用。在上六楼之前，他决定放弃寻找，于是他向一位还要接着带他往前走的热心的年轻工人道了别，然后朝楼下走去。可是，想到这一切都徒劳无益，他不禁恼怒起来，又转回身去，敲响了六楼第一家的门。这个小房间里首先映入他眼帘的是一个挂钟，时针指向十点。“这儿住着一个叫兰茨的木匠吗？”他问道。“在那边。”一个正在盆里洗小孩衣服的少妇说，她乌黑的眼睛闪闪发亮，同时用湿漉漉的手指了指隔壁敞开着的门。

K觉得好像走进了一个聚会的地方。房间不大不小，只有两扇窗户，屋里挤满了各种各样的人。没人理会新进来的人，屋顶下面是一圈楼座，那里同样是满满当当，人头攒动，只不过那儿的人只能弓着腰待着，头和背都抵到天花板上了。K觉得屋里的空气太闷了，于是又退了出来。也许是那女人弄错了？他再次问道：“我找的是一个叫兰茨的木匠。”“对啊，”女人说，“您请进。”要不是那女人朝着他走过来，K也许不会听她的，她用手抓住门把手，说：“您进去我就得关门了，不准任何人再进去。”“很明智，”K 说，“可现在人也已经太多了。”说完他还是又走了进去。

K 从两个站在门口聊天的男人之间穿过，其中一个伸直了双手在做数钱的动作，另一个则盯着他看，就在此时，一只手抓住了 K。这是一个脸颊通红的小伙子，他说：“请您过来，请过来。”K 跟着他，原来拥挤不堪的人群中还是有一条很窄的过道，它大概是两个派别的分界线；能说明这一点的还有，头几排左右两边的人没有哪个人把脸冲着 K，人们都背朝着他，指手画脚地对自己这一派的人讲着什么。大多数人身上穿的都是黑色的节日长袍，衣服又肥又长。只是这种服装让 K 迷惑不解，否则的话他会把这看成一个社区的政治集会。

K 被带到了大厅的另一头，那里有一个低矮的讲台，上面同样挤满了人，横放着一张小桌。就在桌子后面几乎靠讲台边沿的地方，坐着一个又矮又胖的人，他喘着粗气，正在和身后站着的一个人大声说笑着，这人双腿交叉，胳膊肘撑在椅子背上。矮胖子不时伸出胳膊在空中挥舞着，仿佛在给谁画漫画。带领 K 的小伙子很难挤过去报告。有两次他都踮起了脚想说什么，可上面的那人一直没有注意到他。直到讲台上有人把小伙子指给他看，那人才转过身来，弯下身子听他小声地报告。接着他掏出表来，迅速扫了 K 一眼。“您一个小时零五分钟之前就该到这里了。”他说。K 想回答，可他没时间，因为那人的话音还没落，大厅的右边就响起一片嗡嗡声。“您一个小时零五分钟之前就该到这里了。”那男人提高嗓门重复了一遍，同时迅速往大厅下面扫了一眼。嗡嗡声随即变得更响了，隔了好一阵才渐渐消失，因为这男人不再说什么。大厅里这会儿比 K 进来时安静多了。只有楼座上的人还没有停止议论。那上面光线昏暗，乌烟瘴气，唯一能够分辨清楚的，是他们比下面的人穿得更加破破烂烂。有些人带了垫子来，垫在脑袋和天花板之间，以防蹭破头皮。

K 决定少说话多观察，因此也不再为他所谓的迟到辩解，只说了一句：“就算我到晚了，我现在毕竟是到了。”大厅的右边响起一阵掌声。“这些人很容易争取。”K 心想，但他身后左侧大厅里零零散散地只有几个人在鼓掌，这种沉默令他心生不安。他思忖着该说些什么，能一下子把大厅里所有的人都争取过来，如果不可能，那至少也得暂时争取到另外一部分人。

“是的，”那男人说，“可是我现在已没有审讯您的义务了。”又是一阵嗡嗡声，可这一次却是个理解错误，因为那人向人们一挥手，接着又说：“可我愿意破例审讯一次，这种迟到以后再也不允许发生了。那么现在请您站到前边来！”有人从讲台上跳下来，腾出一个位子，K 站了上去。他紧挨那张桌子站着，后面挤得厉害，他不得不向后顶着，如果他不想把法官的桌子甚或连同法官本人一起挤到台下去的话。

可预审法官不管这些，他依旧泰然自若地坐在椅子上，跟身后的人说完话后，拿起一个小记事本，这是桌子上唯一一样东西。这本子有点儿像小学生的练习簿，破旧不堪，许多纸角都起了卷。“好吧，”预审法官说，他在本子里翻了翻，然后以一种确认的语气转向 K 问道，“您是室内粉刷匠？”“不是，”K 说，“我是一家大银行的首席代理。”这一回答引得右边的观众发出一阵哄堂大笑，他们笑得那么开心，连 K 也不得不跟着笑了起来。人们双手按着膝头，像咳嗽病犯了似的，浑身抖个不停。楼座上甚至也有个别人跟着笑。预审法官冒火了，大概他不能把下面的人怎么样，于是便找楼座上的人出气；他跳起来威胁上面的人，眼睛上方那两道原本不太显眼的眉毛皱在一起，变得乌黑浓密。

大厅的左半侧仍然寂然无声，人们列队面向讲台站立着，静静地听着上面的对话以及对立派别的喧闹，甚至容忍他们队伍中偶尔也有个别人与对方一起行动。他们的人数要少一些，其实有可能和右侧的人一样无足轻重，可他们的镇静和耐心让人觉得他们要更重要一些。K 开口说话时，他确信他代表了这部分人的观点。

“预审法官先生，您问我是不是一个室内粉刷匠——更确切地说，您根本就没问，而是把这一点强加在了我的头上——您的这一问题，对于我这一案件的整个诉讼审讯都颇有典型意义。您可能会提出异议，说这根本就不是审讯。您说得太对了，因为只有在我认罪的情况下才能称其为审讯。那么我现在就暂且承认这是审讯，仅仅是出于怜悯。要重视这件事情，只能以怜悯的态度对待它。我并不想说，这场审讯是个骗局，但很愿意把这个词提供给您，以便您自我反省。”

K 中断了自己的话，看着下面的大厅。他说得很尖刻，比他打算的还要尖刻一些，然而也合情合理。好几个地方本应该能够赢得喝彩的，可是大厅里却鸦雀无声，人们显然在紧张地等候着下文；也许在这寂静中，正酝酿着结束这一切的一种爆发。偏偏就在此时，大厅尽头的门打开了，那个年轻的洗衣女工大概是干完了活，开门走了进来，尽管她十分小心，可还是引得一些人回头去看她。只有预审法官让K开心，他好像一下子被这番话击中了似的。他一直站在那儿听，因为恰好他站起来训斥楼座上的人时，被K的讲话惊呆了。这会儿，趁着K不说话的时候，他才慢慢坐了下去，好像不想让人发觉似的。大概是为了让脸上的表情显得镇定一些，他又拿起了那个小本子。

“这毫无用处，”K继续道，“包括您的小本子，预审法官先生，也只能证实我所说的话。”在这陌生的会场上只听见自己冷静的发言，这让K的心里充满了自豪，他甚至斗胆一把从预审法官手里夺过笔记本，像怕弄脏手似的，用两个指尖捏着中间的一页将本子高高拎起，以至写得密密麻麻、污斑点点、边沿发黄的纸页从两边垂了下来。“这就是预审法官的案卷。”他说着，把本子又扔回桌子上，“您尽管继续在里面查阅吧，预审法官先生，我根本不会害怕这罪行录的，虽然我看不到它，只能用两个指尖碰碰它。”预审法官用手抓起掉到桌上的小本子，试图把它弄平整，又在里面念了起来；这只能说是受了极大侮辱后的一种表示，或者起码得这么去理解。

第一排的人都很紧张地仰脸望着K，这使得他有一阵子也朝他们望去。这全是些上了年纪的老头儿，有几位的胡子都白了。也许他们是关键人物，能够左右整个会场？自K开始讲话以来，这些人一直无动于衷，连 K 对预审法官的侮辱也没有让他们有所动。

“我所遭遇的事情，” K 继续说，声音比刚才小了一点儿，同时不断搜寻着前排人的脸，这使得他的话变得急促起来，“我所遭遇的事情，只是一种个别情况，没有什么大不了的，我并没有把它放在心上，可它表明针对许多人都是这么做的。我不是为了我，而是为了大家才站在这里的。”

他不由得提高了嗓门。不知是哪儿有人高高举起了双手，边鼓掌边喊：“说得好！为什么不呢？好！就是好！”前排的人不时地捋一下胡子，没有谁因为这喊叫声而转过身去。K 也没有怎么重视这喝彩声，可还是从中受到了鼓舞；他现在并不觉得非要大家都鼓掌不可，只要多数人开始思考这一问题，间或又能通过说服赢得个把人，这就足够了。

“我要的不是作为演讲者的胜利，”从这一考虑出发，K 说，“我可能也做不到这一点。预审法官先生可能说得比我好，这原本就是他的职业嘛。我想要的是对一种社会弊病的公开的讨论。请各位听好了：大约十天前我被捕了，对于被捕这一事实我嗤之以鼻，可这不属于这里要讲的范围。一大早我还没起床就突然被抓起来了，说不定他们接到命令要抓一个跟我一样无辜的室内粉刷匠——根据预审法官刚才所说的话，不能排除这种可能性——可他们选择了我。我隔壁的房间由两个高个儿看守把守着。就算我是一个危险的强盗，他们采取的防范措施也算是够周密的了。而且，这两个看守还是道德败坏的无赖，他们喋喋不休地说些废话，想要我行贿，找借口想骗走我的衣服，在他们厚颜无耻地当着我的面吃光我的早点之后，又向我要钱，说是去给我买早点。不仅如此。我还被带到另外一个房间去见督察官。这是一位我很敬重的女士的房间，我不得不看着它由于督察官和看守们的到来而在某种程度上受到了玷污，此事因我而起，可又不是我的过错。要保持镇静是很不容易的，可我还是做到了，我非常冷静地问督察官——倘若他在场的话，他会证实这一点的——为什么逮捕我。那这位督察官是怎样回答我的呢？我现在还看得见他是怎样坐在上面提到的那位女士的椅子上，宛如愚笨狂妄的化身。先生们，他最终什么也没回答我，或许他真的是什么也不知道。他逮捕了我，于是就满意了。他甚至还干了一件事：他把我银行里的三个下级职员带进了那位女士的房间，那三个人在那里乱摸乱动那位女士的私人财产，把人家的照片弄得乱七八糟。这三个职员的到场当然还有另外一个目的，那就是要他们——像我的房东和女佣一样——把我被捕的消息传出去，败坏我的公众形象，尤其是要动摇我在银行里的地位。只不过这一切都丝毫没有得逞，就连我的房东，一个很普通的人——我愿意在这里满怀敬意地说出她的名字，她叫格鲁巴赫太太——就连格鲁巴赫太太都看得出来，这样的逮捕跟胡同里那些野孩子搞的恶作剧没有什么两样。我再重复一遍，到目前为止，这一切带给我的不过是烦恼和一时的愤怒而已，可它难道不会招致更为严重的后果吗？”

说到这里，K停顿了一下，朝着那位沉默不语的预审法官看去，他发觉法官似乎正在向人群中的某个人使眼色。K微笑着说："适才，我身边的这位预审法官先生在向你们中间的什么人打暗号。这就是说，你们中间有人受台上人的指挥。我不知道这一暗号将要引起的是嘘声还是掌声，我提前透露了这件事，也就是有意不想去了解这一暗号的意义。我对此完全无所谓，我要公开授权预审法官先生，用不着打暗号，而是直接大声命令那些受雇于他的人，要么说'现在嘘吧'，要么则说'现在鼓掌吧'。"

不知道是因为尴尬还是因为不耐烦，预审法官在他的椅子上不断地扭来晃去。身后那个刚才跟他聊天的人此时又向他弯下腰来，或者是在一般性地给予他鼓励，或者是在给他出谋划策。下面的人小声而热烈地议论着。刚才意见还泾渭分明的两派似乎混杂了起来，几个人用手指着K，另外几个则指着预审法官。屋内烟雾弥漫，站在后面的人简直看不清楚，楼座上面的那些听众肯定更受影响，为了弄清情况，他们不得不一边胆怯地用眼睛瞄着预审法官，一边小声向旁边的人打探着。回答的人用手捂着嘴，声音压得低低的。

"我的讲话马上就结束了。"K说。由于没有铃，他用拳头在桌子上敲了一下，预审法官和他的顾问都被吓了一跳，一下子分开了他们挤在一处的脑袋。"整个事件对于我来说没有什么大不了的，所以我能够冷静地下判断。假如您重视这个所谓的法庭，那么听我的话对您颇有益处。请你们推迟关于我的发言的讨论吧，因为我没有时间，我马上就要走了。"

大厅里顿时安静了下来，K已经完全控制了会场。没有人像一开始那样大声吵闹了，甚至也没有人鼓掌了，他们像是被说服了，或者正在被说服。

“毫无疑问，”K 轻声说，整个会场的人都这样屏气凝神地听他讲话，这让他高兴，而在这寂静之中，有一种嗡嗡声，这比最狂热的掌声还要激动人心，“毫无疑问，在这个法庭的所有表现的背后，在我的案子上，也就是在我的被捕和今天的庭审的背后，有一个庞大的组织。这个组织不仅雇用了一批可收买的看守、愚蠢的督察官和最多也不过是有些自知之明的预审法官，而且还豢养了一批高级甚至是最高级的法官，连同无数不可缺少的随从，比如听差、书记员、警察和其他助手，甚至还可能有刽子手，我不怕说出这个词来。那么这个庞大的组织的意义何在呢，先生们？其意义就在于逮捕无辜的人，并对他们进行无意义的审判，就像我的情况一样，最后毫无结果。既然整个事情都没有意义，那又如何避免得了官员们严重的腐败行为呢？这不可能，就连最高法官本人也做不到这一点。正因为如此，看守们企图偷窃被捕者身上的衣服；正因为如此，督察官们擅闯别人的屋子；也正因为如此，不是审讯无辜者，而是在大庭广众之下侮辱他。看守们给我讲了仓库的事，说那是存放犯人私人财产的地方，我想去看一下这所谓的仓库，被捕者辛辛苦苦攒下的财产在那里不是被盗贼般的保管员窃走，便是烂掉了。”

大厅尽头的一阵尖叫声打断了 K 的讲话，因为浑浊的日光使得烟雾白晃晃的，直叫人眼花，他便手搭凉棚往那边望去。是那个女洗衣工，她一进来 K 就看出她是一个重要的干扰因素。现在是不是怪她还搞不清楚。K 仅仅看到，一个男人把她拖到门旁的角落里，用手搂着她。可尖叫的不是她，而是那个男人，他大咧着嘴巴，眼睛望着天花板。他俩周围围起了一圈人，附近楼座上的听众好像很兴奋，因为K带入会场的严肃气氛被这件事打破了。K的第一反应是马上跑过去，他以为大家想要恢复那儿的秩序，或者至少得把那一对赶出大厅，然而他面前的几排人仍稳稳地站在那儿，纹丝不动，也没人给K让出路来。相反，他们拦着他，老头们伸长了双臂，有人用手——他来不及回头看是谁——从后面抓住了他的衣领。K已经不再想那一对男女了，他感觉到自己的自由受到了限制，仿佛他们真要逮捕他了，于是他不顾一切地从讲台上跳了下来。现在他跟拥挤的人群面对面地站在那里。他对这些人的判断对吗？他过高地估计了自己演说的效果吗？在他讲话的时候，难道他们是在伪装自己？而现在，在他得出结论的时候，他们不想再伪装下去了？他的周围是些什么样的面孔啊！黑黑的小眼睛来回转动着，像酒鬼的眼睛一样；脸上的肉向下耷拉着，长长的胡须又稀又硬，用手去摸，不像是胡子，倒像是什么爪子。胡子的下面——这才是K的真正发现——有大小不一、颜色各异的徽章在衣领上闪闪发光。举目望去，所有的人竟然都戴着这种徽章。表面上分成左右两派，可原来他们都是一伙儿的。他猛一回头，发现预审法官的衣领上也别着同样的徽章，而此人这时正双手抱在胸前，平静地注视着下面。“原来如此！”K惊呼起来，双臂朝空中挥去，好像这新获得的认识需要空间，“我看到了，你们原来都是官员啊，你们就是我说的那个腐败的团伙，你们挤在这里，作为听众和侦探，你们假装分成两派，一派为了考察我而鼓掌喝彩，你们想学习怎样诱骗无辜的人。我希望你们没有白来，或者你们觉得很有趣，因为有人竟期待你们为无辜者辩护，或者——让开，否则我可要动手了。”K冲着一个颤巍巍的老头吼道，这老头完全挤到了他的跟前，“或者你们真的学到了点儿什么。我在此祝你们的事业兴隆。”他一把抓起自己放在桌边上的帽子，在一片寂静——由于吃惊而产生的寂静——之中朝门口挤过去。可预审法官似乎比K动作还要迅捷，因为他此时已经站在门口等着他了。“稍等片刻。”他说，K站住了，却不看预审法官，而是看着门，他已经用手抓住了把手。“我只是想提醒您注意，”预审法官说，“您今天——或许您还没有意识到这一点——剥夺了您自己的好处，那是审讯无论在什么情况下都会给予被捕者的好处。”K对着门笑了。“你们这帮恶棍，”他叫道，“我把所有的审讯都回赠给你们。”说罢他开了门，径直冲下楼去。在他身后响起喧闹声，会场重新活跃起来，人们大概已经开始以学者的身份讨论所发生的事情了。

在空荡荡的审讯室里——大学生——办公室

在接下来的一周之内，K 天天都在等待着新的传唤，他无法相信他们会把他放弃审讯的话完全当真。直到星期六晚上，他看还没有消息，便以为这是要他在同一时间到同一地点去。因此到了星期天他就又去了那里，这次他直接登上楼梯，穿过过道，有几个还记得他的人站在门口向他打招呼，可他再也用不着向谁问路了。他不一会儿就找对了门，刚一敲门，就有人给他开了门。他看也没看站在门口的那个他认识的女人，径直朝隔壁房间走去。“今天不开庭。”那女人说。“为什么不开庭呢？”他不相信地问。为了使他相信，那女人打开隔壁房间的门。屋里的确空无一人，看上去比上次更加简陋。那张桌子仍原样儿放在讲台上，桌上搁着几本书。“我可以看看那几本书吗？”K 问道，并不是出于特殊的兴趣，而是不想完全白跑这么一趟。“不行，”那女人说着又关上了门，“这是不允许的。那几本书是预审法官的。”“是这样啊，”K 点着头说，“那些书大概是法律书籍吧。不仅无罪可以判罪，而且不问青红皂白也可以判罪，这就是这个法庭组织的特点吧。”“可能是这样吧。”那女人并没完全明白这话的意思。“那好，我走了。”K说。“有什么要我转告预审法官的吗？”那女人问。“您认识他？”K问道。“当然啦，”女人说，“我男人是法院的听差。”直到这时，K才发现这房间上次只放着一个洗衣用的木桶，现在却是一个布置完备的起居室了。那女人看出他的惊讶，于是说：“是的，我们可以不用掏钱，白住在这儿，但开庭时得把它腾出来。我男人的职务有某些不利的地方。”“我不是对这房间感到吃惊，”K恼怒地盯着她说，“让我吃惊的是您已经结婚了。”“您也许指的是开庭时我搅乱了您的演讲那件事吧？”女人问。“当然，”K说，“不过，今天说起来那事已经过去了，也忘记了。但当时我气得要命。可现在您却说自己是一个结了婚的人。”“打断您的话对您不见得有坏处，后来人们对您讲话的评价就很不好。”“有可能，”K避开这个话题说，“可这并不能为您开脱。”“凡是认识我的人都原谅了我，”那女人说，“那个当时拥抱我的人已经追了我很久了。一般来说我也许并不是一个迷人的女人，可对于他却是。没办法，连我男人都只好认了。他想保住他的工作，不得不容忍这件事。因为那人是个大学生，将来可能会获得很大的权力。他老是追着我不放，您来之前他刚走。”“这跟其他事情很相称，”K说，“我不觉得奇怪。”“您是想改进这里的一些情况？”女人声调缓慢地询问道，仿佛她说的话对她自己和K都很危险似的，“这是我从您的讲话中得出的结论，您讲的我本人很喜欢。不过我只听到一部分，开头部分我没有听到，结束时我已经和大学生躺在地上了。”过了片刻她又说：“这里真是太让人厌恶了。”她抓住K的手道：“您觉得您能够做到一些改进吗？”K微笑着，把手在她柔软的手中转了几下。“本来，”他说，“我并不是像您所说的，来这儿改进什么东西的。假如您把这话说给预审法官听，您会遭到嘲笑和惩罚的。事实上，我不会自愿介入这件事情的。这种司法制度的改革需求也丝毫影响不了我的睡眠。可据说我被逮捕了——我是个被捕的人——因为我自己，我不得不干预此事。如果我同时也能帮您一点儿什么忙，我倒是很乐意做的。这不仅是出于仁爱，而且因为您也能够帮助我。”“我怎么能帮助您呢？”女人问。“比如您现在可以让我看一下桌子上的那几本书。”“那是自然。”女人大声说，拉着他匆匆走了过去。那是几本破破烂烂的书，其中一本封皮的中间几乎已经断裂，几根线把碎片连在一起。“这里的东西都多么肮脏啊。”K摇着头说，女人赶在K拿书之前，用围裙擦了擦书，起码掸掉了书皮上的灰尘。K翻开最上面的一本书，看到一幅淫秽的画。一个男人和一个女人赤裸裸地坐在沙发上，画家卑鄙的意图昭然可见，然而他的技巧是如此拙劣，以至只看得出上面是一对男女，他们身体的某些部分过分突出，两个人都直挺挺地坐在那里，由于透视错误，彼此面对都很困难。K不再继续翻下去，而是打开了第二本书的扉页，这是一本小说，书名是《格蕾特怎样受到她丈夫的折磨》。“这些就是这里研究的法律书籍，”K说，“我得受到这种人的审判。”“我会帮助您的，”女人说，“您乐意接受吗？”“您真的能帮我，而不会给自己带来危险吗？您刚才不是说，您丈夫得听命于他的上司吗？”“尽管如此，我还是要帮助您。”女人说，“来，我们得商量一下这件事。别再提我的危险，我只是在想害怕危险的时候才害怕。来吧。”她指着讲台，请他和自己一起坐在台阶上。“您有一双漂亮的黑眼睛，”他们坐下后，她抬起头打量着K的脸说，“他们说我的眼睛也很漂亮，可您的要漂亮得多。而且上次您一进来我就注意到了，我后来到会场来，也是因为您，我往常从没有这样做过，从某种程度上说也禁止我这样做。”“原来是这么一回事儿，”K心里想，“她自己送上门来了，她跟这里所有的人一样堕落，她对法官们已经腻烦了，这也可以理解，因此随便来一个陌生人她都欢迎，恭维他的眼睛，好勾引他。”K一声不响地站了起来，仿佛大声说出了自己的想法，就能给这女人解释自己的态度似的。“我觉得您帮不了我的忙，”他说，“要真正帮助我，就得跟高级法官们有关系。可您认识的当然只是些下级法官，他们成群结队地在这里厮混。您跟这些人肯定很熟悉，有些事在他们那儿也能做到，这一点我并不怀疑，可即便在他们那儿能达到最大成功，也丝毫影响不了案子的最终结果，而您却会因此失去几个朋友。我不愿意这样。您继续跟这些人保持关系吧，在我看来，您离了他们不行。我说这些不无遗憾，因为——为了回敬您的恭维——我也很喜欢您，特别是您像现在这样忧伤地望着我的时候；不过您实在大可不必如此。您属于我不得不反对的一伙人，您在他们中间感觉很好，您甚至爱那个大学生，或者即便您不爱他，至少比起您丈夫来您也更喜欢他。这从您的话里很容易听得出来。”“别呀，”她叫道，仍坐在那儿，去抓K还没来得及抽开的手，“您现在不能走，您不能带着对我的错误看法离开这里。难道您忍心现在就走吗？我真的就那么一文不值，连让您在这里多待一会儿您都不肯赏脸吗？”“您误解我啦，”K说着坐了下来，“如果您真的想要我待在这里，那我很乐意，我有的是时间，我来这里原以为是要开庭的。我刚才说的话，只是想请您不要插手我的案子，您也用不着为此而生气，您想想看，我根本不在乎案子的结果如何，我对判决会一笑了之——前提是这个案子会有一个真正的结果，对这一点我却非常怀疑。我认为，由于官员们的懒惰或者健忘，甚至由于他们的胆怯，这案子已经中断了或者即将中断。也有可能他们将装模作样地继续审理下去，希望得到一大笔贿赂。我今天就可以告诉他们，这是枉费心机，因为我不贿赂任何人。不过不管怎样，有一件小事您可以帮我做：请转告预审法官或别的什么喜欢传播重要消息的人，我永远不会贿赂谁的，随便他们运用什么样的勒索计策都不行。这根本就没希望，您可以明明白白地告诉他们。另外他们也许自己已经察觉到这一点，即使还没有察觉，我也不在乎他们现在是否明了这一点。只不过，那样的话可以免去先生们徒劳心机，当然也能省掉我的一些麻烦；可如果我知道每一样麻烦对于对方都是一个打击的话，那么这种麻烦我很乐意承受。我会想办法做到这一点的。您到底认不认识预审法官？”“当然认识，”女人说，“我提出要帮您忙的时候，首先想到的就是他。我原来不知道他不过是一个小官儿，可既然您那么说，那大概是对的。尽管这样，我相信他往上递交的报告还是有一些影响的。他写了很多报告。您说这些官员都很懒惰，肯定不是人人都这样，尤其这个预审法官不是这样，他一直在写东西。比方说上个星期天，会一直开到将近傍晚的时候，别人都走了，预审法官还待在大厅里；他让我给他拿一盏灯来，我只有一盏厨房用的小灯，可他很满意，马上就动笔写了起来。当时我男人也回来了，他那个星期天正好不当班。我们把家具搬回来，重新把我们的房间布置好，随后来了几位邻居，我们点着蜡烛聊天。一句话，我们把预审法官给忘了，然后就去睡觉去了。到了夜里，夜肯定已经很深了，我突然醒了，看见预审法官站在床边，用手遮着灯，不让光线射到我男人身上。其实没这个必要，我男人要是睡着了，灯光是弄不醒他的。我吓得差点儿惊叫起来，可预审法官十分和气，叫我小心些，悄声告诉我他写报告一直写到这会儿，现在是来还灯的，还说永远忘不了我睡觉时的样子。说这些我只是想告诉您，预审法官的确写了很多报告，特别是关于您的，因为对您的审讯肯定是星期天开庭的主要内容之一。这么长的报告总不会一点意义都没有吧。另外您从这件事上也看得出，预审法官在追求我，恰恰在初始阶段——他一定是现在才注意到我的——我能够对他产生很大的影响。关于他很在乎我这件事，我还有别的证据呢。昨天他通过那个大学生——他很信任大学生，他们是同事——给我送来丝袜，说是感谢我打扫审讯室，可这只是一个借口，因为这工作是我的分内活儿，我男人领的就是这份工钱。这袜子很漂亮，您瞧——”她伸出双腿，把裙子撩到膝盖上，自己也欣赏起来，“这袜子很漂亮，可就是太精美了，不适合我穿。”

她突然停了下来，把一只手放在K的手上，仿佛安慰他似的，轻声说道：“别动，贝托尔特正看着我们呢！”K慢慢抬起眼来。只见一个年轻人正站在审讯室门口，他是个矮个子，腿有点儿弯，不断用手捋着胡子，仿佛要让这短而稀疏的红胡子带给他一丝尊严。K好奇地打量着他，这是他颇具人情味地遇上的第一个研究这陌生法律的大学生，一个将来或许会飞黄腾达的人。可这大学生好像根本没注意K，他只是把手从胡子上稍稍拿开片刻，勾了一下指头，示意女人过去，然后走到窗前。女人朝K弯下腰悄声道：“别生我的气，请您千万别把我想成一个坏女人，我现在得到他那儿去，到那个可憎的人那儿去，您瞧瞧他那罗圈腿吧。但是我马上就回来，如果您愿意要我，我就跟您走，随便去哪儿都成。您想把我怎么样都可以，我会很高兴的，只要我能离开这里，时间越长越好，最好是永远不回来。”她抚摩了一下K的手，跳起来向窗前跑去。K不由自主地去抓她的手，可是没抓着。这女人真的吸引住了他，他虽然思量再三，却找不到拒绝这诱惑的任何站得住脚的理由。这女人有可能是替法庭在诱他上钩，可这一闪而过的念头马上就被他否定了。她能用什么方法诱他上钩呢？他难道不还是自由的吗？他不是至少还能够在涉及他的时候立马打乱整个法庭吗？难道他连这么一丁点儿自信都没有？她提出愿意帮忙，这话听上去很诚恳，大概也不是毫无价值。对于预审法官和他的追随者们来说，也许没有比这更妙的报复了，假如他能从他们身边把这女人夺走的话。说不定哪一天会发生这样的事：预审法官费心费力，终于在深夜里写完了关于K

的骗人的报告，却发现这女人的床空空如也。床之所以是空的，那是因为她属于K，因为这站在窗前的女人，那裹在粗布黑衣里面丰满、灵活而又温暖的身子，只属于K一个人。

如此这般地消除了对这女人的疑虑之后，他开始觉得窗前那两人窃窃私语的时间太长了，他先是用指关节，随即又用拳头敲打着讲台。大学生越过女人的肩膀瞥了K一眼，却并不在乎，甚至更挨近那女人，并搂住了她。她垂着头，好像在全神贯注地听他说话。当她弯下腰时，他一边不停地说着话，一边很响亮地在她脖子上吻了一下。K觉得这正好证实了女人关于大学生如何专横的抱怨，他站了起来，在屋里来回踱着步。他斜眼瞄着大学生，寻思着怎样才能尽快把他弄走，因此他很高兴大学生这时显然被他惹恼了，因为他的踱步简直不一会儿就变成了跺脚。大学生说："如果您不耐烦，您可以离开这里。您早就该走了，没人拦着您。是的，其实在我进来的时候，您就该走了，而且应该马上就走。"这番话不仅道出了大学生的愤怒，而且也带有一个未来法官对不受欢迎的被告说话时的傲慢。K走到他跟前站住，微笑着说："不错，我是不耐烦了，可消除这不耐烦的最简单的办法是您离开我们。但如果您到这儿是来学习的——听说您是大学生——那我很愿意给您腾地方，跟这个女人一起走。另外在成为法官之前，您还有很多东西要学。我还不太熟悉你们的法律制度，但我想，您虽然已经相当会说粗俗不堪的话，但单凭这一点还远远不够呢。""不应该让他这么随便到处乱跑，"大学生说，仿佛他要对女人解释一下K的这番侮辱人的话，"这是一个失误，我对预审法官说过这一点。在审讯间隙期，至少应该把他关在他自己的房间里。预审法官的做法有时候可真让人不可理解。”“废话。”K说着，就伸手去拉那女人，“走吧。”“原来是这么回事儿。”大学生说，“不，不，她您可得不到。”他说着用一只胳膊一下子抱起了她，很难相信他居然有这么大的力气。他温柔地望着她，躬下身向门口跑去。看得出来，他有些惧怕K，却还是不惜代价要激怒K，用空出的另一只手在女人的胳膊上抚摸着，揉捏着。K跟在他身旁跑了几步，想抓住他，如果有必要甚至想掐死他，可这时女人开腔了。“这没有用的，是预审法官让他来叫我的，我不能跟您走，这个可憎的家伙，”她说着用手摸了摸大学生的脸，“这可憎的家伙不让我走。”“而您也不想脱身。”K嚷道，并把手放到大学生的肩膀上，大学生则用牙齿去咬他的手。“不，”女人边叫边用双手推开K，“不，不，千万别这样，您究竟想干什么！这样我就毁了。放开他，噢，请您放开他。他不过是在执行预审法官的命令，把我抱到他那儿去。”“那就让他走人，而您我也是再也不想看见了。”K恼怒而又失望地说。他对着大学生的背猛推一把，对方踉跄了一下，却没有摔倒，在重负之下还跳了起来。K跟在他们后面慢慢地走，他承认，他第一次不折不扣地败在了这帮人的手里。当然，没有理由感到害怕，他之所以失败，是由于他挑起了争斗。倘若他待在家里，像往常一样过自己的日子，那么他胜过这些人千百倍，能一脚踢开每一个挡住他路的人。他脑海里出现了一个可笑至极的场面，比如这个可怜的大学生，这个自以为了不起的毛孩子，这个罗圈腿的小胡子，会怎样跪在艾尔萨的床前，拱手乞求恩惠。这一想法让K大为开心，他决定只要有机会，便把这个大学生带到艾尔萨那里去。

出于好奇，K急忙奔到门口，想看那女人被弄到什么地方去了——大学生总不至于架着她过马路吧！可事实上路要短得多。房门对面就有一道狭窄的木扶梯，大概是通往阁楼上去的，扶梯在中间拐了一个弯，所以看不见它的尽头。大学生扛着那女人上楼，走得很慢，气喘吁吁的，因为他已经跑得筋疲力尽了。女人朝下对K挥挥手，又耸了耸肩膀，以表示她对这种劫持行为不负责任，可从这动作中却看不出多少遗憾。K面无表情地望着她，仿佛她是一个陌生人，他既不想流露出他的失望，也不想让她知道他很快就能克服失望。

那两个人已经消失不见了，可K还站在门口。他不得不相信，那女人不仅欺骗了自己，而且她所说的自己要被扛到预审法官那里去的话也是一派谎言。预审法官怎么会坐在阁楼上等着呢？这道木扶梯不管你怎么看，也看不出什么名堂来。这时，K发现楼梯口旁边有一张小纸条，他走过去，看到上面用幼稚而不熟练的字体写着："通往法院办公处。"这么说法院办公处就在这座公寓楼的阁楼上了？这情形实在难以让人产生敬意，但对于被起诉的人来说，这倒是个安慰，因为可以想象，这法院的资金有多么紧缺，否则怎么会把自己的办公处设在这种地方？这里的房客们已经属于最穷的人了，而阁楼还是这些人堆破烂的地方。当然也不排除他们有足够的资金，可还没等用在办案上，就被官员们据为己有了。根据 K 的经验，这极有可能；果真如此的话，那么法院的这种挥霍虽然有损被告的人格，但比起法院的贫穷来，倒更令人宽心一些。现在 K 也明白了，第一次审讯他的时候，他们不好意思传被告到阁楼上来，因此宁可到他的家里去骚扰。与坐在阁楼上的法官相比，K 的地位是多么尊贵呀，他在银行里自己有一个带接待室的大房间，透过大玻璃窗就能够看见下面熙熙攘攘的城市广场。当然，他没有通过贿赂或者贪污获得额外收入，也不能命令听差抱一个女人到办公室去。可这样的东西 K 至少这一辈子很愿意放弃。

K 还站在那张纸条前，这时从下面走上来一个男人，这人通过起居室的门往里看，从这里也能看到审讯室，最后他问 K 刚才看没看见一个女人。“您是那位法院听差，对吗？”“是的，”男人答道，“啊，您就是被告 K，现在我也认出您来了，欢迎，欢迎。”让 K 意外的是，男人说着便向他伸出了手。“可今天并没有通知开庭呀。”见 K 沉默不语，这位法院听差又说。“我知道。”K 说，一边看着法院听差的便装外套，上面除了几颗普通的纽扣还有两颗镀金的扣子，好像是从一件旧军官服上拆下来的，这是唯一表明他身份的标志。“刚才我和您妻子谈过话。她现在不在这儿了。那个大学生把她扛到预审法官那里去了。”“您看看，”法院听差说，“老是有人把她从我身边弄走。今天是星期天，我本来用不着上班的，可为了把我支走，他们派我去发一条毫无用处的通知。可又不让我走得太远，好叫我想着只要走快一点儿，也许还能及时赶回来。我拼命地跑，一到派我去的那个机关，就气喘吁吁地对着门缝大叫一通，传达了通知，他们是不会听懂我说了些啥的；我赶紧跑回来，但大学生的动作还是比我快，可也是，他的路要短得多，只需要从阁楼上跑下来就是了。假如不是得依赖人家，我早就把大学生在这墙边上揍扁了，就在这纸条的旁边。我早就盼着这一天了。就在这比地板高一点的地方，我要死命地压住他，让他双臂摊开，手指伸直，罗圈腿扭成一圈儿，鲜血四溅。可是到现在为止，这不过是一场梦而已。”“没有别的办法吗？”K 微笑着问。“我反正不知道有什么办法，”法院听差说，“现在还越发恶劣了。以前他只是把她弄到他那儿去，可现在他还把她抱到预审法官那里去，不过这一切我早就料到了。”“您妻子难道就毫无责任？”K 问道，同时不得不克制自己，因为他现在也感到嫉妒。“当然有啦，”法院听差说，“她甚至要负主要责任。是她找上了他。至于他，则是个见了女人就追的人。在这栋房子里，他溜进别人家里，已经被五家撵出来了。而我妻子则是整栋房子里最漂亮的，可偏偏我又不能反抗。”“如果是这种情况，那的确没有办法。”K 说。“为什么没有呢？”法院听差说，“那个大学生是个胆小鬼，哪一天他再来骗我妻子的时候，我要狠狠地揍他一顿，他就再也不敢了。可我自己不能这样做，别人又不肯帮我这个忙，因为大家都惧怕他的权力。只有像您这样的人才能够做这件事儿。”“为什么是我呢？”“您不是被起诉了吗？”法院听差说。“是的，”K 说，“可我不更应该害怕吗？即使他影响不了案子的结果，也有可能会影响初审呀。”“对，说得很对。”法院听差说，仿佛 K 的观点和他的观点一样正确，“可在我们这儿，一般不审理没有希望的案子。”“我不同意您的看法，”K说，“但这并不妨碍我偶尔教训一下那个大学生。”“我将非常感激您。”法院听差客套道，仿佛并不相信他的最大愿望能够实现。“说不定，”K接着说，“你们的那些官员中还有一些人，甚至是所有的人都应该受到惩罚。”“对，对。”法院听差说，好像K说的都是理所当然的事情。接着，他用信任的目光看了K一眼，到现在为止，他虽然一直都很友善，却说不上信任；他补充道：“人总会要反抗的。”可谈话似乎让他不自在起来，于是他中断了这个话题，说：“我得到办公处报告一下。您愿意一起去吗？”“我没什么事要去那儿。”K说。“您可以去看看办公处。没有人会管您的。”“有什么值得看的吗？”K犹犹豫豫地问道，可忽然又对跟着走一趟来了兴趣。“唔，”法院听差说，“我还以为您会感兴趣的。”“那好吧，”K终于说，“我跟您一起去。”说完，他快速登上楼梯，甚至比法院听差跑得还要快。

进门的时候他差点儿摔了一跤，因为门后面还有一级台阶。“他们并不为来访的人们考虑。”他说。“根本不会的。”法院听差说，“您看看这候审室。”这是一道长长的走廊，有几扇粗制滥造的门通向阁楼的各个部分。虽然没有直接光源，却也不是漆黑一团，因为有些房间与走廊之间不是用整块的木板，而是用抵到天花板的木栅栏隔开，光线从栅栏的空隙透了进来。透过空隙还可以看到几个官员，有的正在伏案疾书，有的则正站在栅栏旁边，透过空隙打量着走廊上的人。或许是星期天的缘故，走廊上的人寥寥无几。这些人显得很谦恭，坐在安放在走廊两旁的两排木凳上，彼此保持着一定的距离。他们一个个都衣着褴褛，虽然就面部表情、行为举止、胡须式样以及其他许多难以确定的细节来看，他们中的绝大多数应属于上层社会。因为没有衣帽钩，他们把帽子——大概是一个学着另一个——放在凳子底下。坐在门口的人看见K和法院听差进来，便起身打招呼。后面的人见了，以为他们也得起身问候，以至他们两人走过的时候，这些人全都站了起来。他们不是挺直站着，而是弓着背，屈着膝，如同街头的乞丐一样。K放慢脚步，等走在他后面的法院听差跟上来后说："他们这么卑躬屈膝呀。""是的，"法院听差道，"这些人全是被告，您看到的这些人都是。""真的吗？"K说，"那他们还是我的同行呢。"于是他转向离他最近的一个人，这是个瘦高个儿、头发花白的男人。"您在这里等什么呢？"K彬彬有礼地问。可这意料之外的问话使得这人一时慌乱得不知所措，尤其尴尬的是，他原本是一个见过世面的人，要是在别的地方，他肯定知道该如何控制自己，不会轻易放弃他相对于其他许多人的优势的。可在这里，他甚至不知道该怎样回答这么简单的一个问题，他看着别的人，仿佛他们有责任帮助他，仿佛没有帮助的话谁也不能要求他做出回答。这时法院听差走上前去，安慰并鼓励地说："这位先生只是问您在这里等什么，您倒是说呀。"他所熟悉的法院听差的声音好像更顶用一些。"我在等——"他刚开口却又停了下来。他选择了这个开头，显然是想确切地回答问题，可又不知道该如何继续下去。有几个等候的人凑上来围住了这几个人，法院听差对他们说："走开，走开，把走廊让开。"他们后退了几步，却并未回到他们原来的座位上去。这时被问的人已定下神来，甚至微微笑了一下，答道："一个月以前，我就我的案子打了几份证明报告，我在等候答复。""看来您花费了很大的气力。"K说。"是啊，"那人说，"这是我自己的案子呀。""不是每个人都像您这么想，"K说，"比如我也是被告吧，可老实说，我既没有打证明报告，也没有做其他类似的事情。您觉得这样做有必要吗？""我不太清楚。"那男人说，又完全丧失了自信。他显然以为K是在跟他开玩笑，由于担心再犯新的错误，极想重复一遍他刚才的话，可在K不耐烦的目光下，只说了一句："就我而言，是打了证明报告了。""您大概不相信我也是被告吧？"K问。"噢，当然相信。"那男人说着稍稍朝旁边退了几步，可从他语气中却听不出相信，只有恐惧。"这么说您还是不相信我啦？"K问道，受这男人的自卑所驱使，不觉一把抓住他的胳膊，好像要强迫他相信似的。K并不想弄疼他，只是轻轻地抓住了他，可尽管如此，那人还是叫了起来，仿佛K不是用两根指头抓住了他，而是用一把烧得通红的钳子钳住了他。这可笑的叫喊最终使K厌烦了，不相信他是被告岂不更好，也许这人还以为他是个法官呢。告别时K真的紧紧抓住他，把他往凳子上一推，只顾自己继续朝前走去。"大多数被告都是这么敏感。"法院听差说。在他们身后，那男人已停止了叫嚷，几乎所有等候的人都围到他身边，仿佛在仔细询问发生了什么事。一个看守迎着K走了过来，K主要是从他那把军刀上看出他是个看守，刀鞘至少从颜色上看是铝制的，这让K惊诧不已，甚至想伸手去摸摸。这看守是听到叫喊声过来的，他问出了什么事。法院听差想用几句话安抚他，可他声称他得自己去把情况弄明白，行了个礼之后继续向前走，步子迈得很急，却很小很均匀，大概是患了痛风病的缘故。

K不再去管他和走廊上那一帮人，尤其是当他走到走廊中间，看到右手有一个门洞可以拐进去时。他问法院听差这路对不对，听差点了点头，于是K就真的从那儿拐了进去。他讨厌总是这么在法院听差前面一两步走着，起码在这种地方，会给人一种印象，仿佛他是被押解的犯人。因此他不断停下来等法院听差，可那个听差马上又掉到后面去了。为了结束这种不愉快的情形，K终于说道："我看到这里是什么样子了，我现在想离开了。""可您还没有看到所有的东西呢。"法院听差毫无恶意地说。"我不想什么都看，"K说，这会儿他也的确感到累了，"我要走了，出口在哪里？""您不至于就已经迷路了吧？"法院听差吃惊地问，"您从这儿走到拐角处，然后向右，顺着走廊一直往前走就到门口了。""您过来给我指指路，"K说，"这里有这么多条路，我会走错的。""只有一条路呀，"听差埋怨说，"我不能又跟着您返回去，我还得去报告，您已经耽搁了我很多时间了。""跟我一起走。"K厉声重复道，仿佛识破了法院听差的一个谎言。"别这么大声嚷嚷，"法院听差小声说，"这里到处都是办公室。如果您不想一个人回去，那就再跟我走一段，或者您在这儿等着，等我报告完了，我很乐意再跟您返回去的。""不行，不行，"K说，"我不想在这儿等，您现在就得跟我回去。"K还没有来得及环顾他所待的地方，就在此时，周围的木门中就有一扇被打开了，K往里面望了望，那是一个姑娘，她大概是听到了K的大声说话，走过来问道："这位先生有什么事吗？"在她的身后，有一个男人正从远处的昏暗中走出来。K看着法院听差。他不是说这里没有人会理会K吗？可这会儿一下子就来了两个，要不了多久，所有官员就都会注意到他，并且会要求他解释为什么要到这里来。要想让人理解和接受，唯一的解释就是，他是被告，他来这里是想知道下一次审讯的日期；可恰恰他不愿意做这样的解释，何况这也不是实话；因为只是出于好奇，他非常想看看这法院的内部是否跟它的外表一样可憎，但以此作为解释，就更说不通了。看来他的猜想没错，他不想再往里面闯了，他所看到的已经让他够憋气的了。他现在的状态不佳，不是见随时都可能从每扇门后面冒出来的高级官员的时候。他想离开这里，最好能跟法院听差一起走，实在不得已也就只好自己一个人走回去了。

他一声不吭地站在那里，这显然很惹人注意，那姑娘和法院听差盯着他，好像他马上会摇身一变，而他们也不想错过这一观赏的机会似的。K刚才老远看见的那个男人已站在了门口，他双手紧紧抓住低矮的门楣，踮着脚轻轻地荡了荡身子，像是一个不耐烦的观众。倒是那姑娘第一个看出K不舒服，于是搬来一把椅子，问道："您不想坐下吗？"K随即坐了下去，为了更好地支撑住自己，把胳膊肘支在椅子背上。"您有点儿头晕，是吗？"她问。她的脸紧挨着他，脸上一副妙龄少女才有的那种严肃表情。"您别担心，"她说，"这在这里是常有的事，几乎每一个初次来这儿的人都会犯这种毛病。您是第一次来这里吗？如果是这样的话，那就没什么不正常的。太阳照在屋顶的支架上，热烘烘的木头使得空气变得很沉闷。这地方做办公室真是不合适，虽然它还是有许多其他优点的。在当事人多的日子里——这里几乎天天人都很多——人简直难以透过气来。如果您再想想，这里还挂着许多要晾干的衣服——又不能完全禁止房客晾衣服——那您感觉有点儿不舒服就不是一件奇怪的事儿了。但人能很快习惯空气。如果您第二次或者第三次到这里来，您几乎就感觉不到气闷了。您觉得好点儿了吗？”K 没回答，他觉得很尴尬，这突如其来的虚弱让他只得听任这些人的摆布，另外在他得知自己不适的原因之后，也并没有感觉好点儿，反而是更加难受了。那姑娘马上就发现了这一点，为了让他呼吸到新鲜空气，她拿起靠在墙边的一根带钩的棍子，把 K 头顶上方的天窗顶了开来。可一下子掉进来许多煤灰，姑娘赶紧又关上了天窗，并用她的手绢擦去 K 手上的灰，因为 K 无力自己做这事。他很想静静地坐在这里，直到他有力气离开。但只有这些人别管他，他才能恢复得快一些。如今那姑娘又说：“您不能待在这儿，我们会碍着别人走路的。”K 用目光探询，他究竟影响谁走路了。“我把您，如果您同意的话，带到病房里去。请您帮我一下。”她对站在门口的那个男人说，那人当即走了过来。然而 K 却不想到病房去，他现在要避免的恰恰是被带到别的地方去，走得越远，事情就越糟糕。“我已经可以走了。”他因此说道，由于坐得太舒服，起身时晃晃悠悠的。可接下来他还是站不住。“还是不行。”他摇摇头说，叹口气又坐了下来。他想起法院听差来，尽管他很虚弱，但听差照样可以不费什么劲儿就把他领出去，可是听差似乎早就跑了。K 从站在他面前的姑娘和男人之间望去，看不见法院听差的一点儿踪影。

“我想，”那男人说，他衣着很考究，尤其是那件灰色的、带有两个长长尖角的坎肩格外引人注目，“这位先生的不适是由这里的气氛造成的，因此我们最好不要先把他送到病房去，而是直接送他离开办公处。”“一点不错。”K 叫了起来，高兴得差点打断那男人的话，“那样我肯定会很快就好起来的，我不至于那么虚弱，只要有人搀我一把就行。我不会给你们添太多麻烦的，路也不远，您只需把我带到门口，然后我在台阶上坐一会儿，立刻就会恢复气力的。我本来没有这种毛病，我自己都觉得有点儿意外。我也是公务员，习惯办公室的空气，可这里的情况似乎太糟了，您自己也这样认为吧？劳驾您扶我一把，我头晕，一个人站起来很难受。”说着他抬了抬肩膀，好让这两个人来扶他。

然而那人并没有理会他的要求，而是双手安然插在裤兜里，大声笑了起来。“您瞧，”他对那姑娘说，“还是我说对了。这位先生只是在这里不舒服，不是一般的不舒服。”姑娘也笑了，却用手指尖轻轻拍了一下他的胳膊，好像他跟 K 开了一个太过头的玩笑。“您想到哪里去了，”那男人仍笑着说，“我会把这位先生领出去的。”“那就好。”姑娘说，点了一下她那秀气的头。“您别太介意他的笑。”姑娘对 K 说，他这会儿又忧伤地凝视着前方，好像不需要什么解释，“这位先生是——我可以介绍一下您吧？”先生用手势表示同意。“这位先生是咨询员，他向等候的当事人提供他们所需要的一切咨询。由于很多人都不熟悉我们的法律制度，所以要求咨询的人很多。他能够回答出所有的问题，如果您有兴趣，您不妨当场试试他。可这并不是他唯一的优点，他的第二个优点是衣着考究。我们，也就是说全体官员向来都认为，应该让咨询员穿得讲究一些，好给人一个有尊严的印象，因为他不断地而且总是第一个跟当事人打交道。至于我们其他人，很遗憾，这您从我身上就看得到，穿得又差劲又老式；不过把钱乱花在服装上也没多少意义，因为我们几乎一直待在办公室里，连睡觉也在这里。可是就像刚才说的，我们觉得咨询员穿得好一点儿很有必要。但由于我们的管理机构在这件事情上有点儿特别，从那里是得不到衣服的，我们只好募捐——当事人也捐了款——然后给他买来这一套漂亮的衣服，还有别的东西。这一切本来都是准备给人留下一个好印象的，可他的大笑又毁了一切，让人家害怕。”“正是如此，”那先生嘲讽地说，“可我不明白，小姐，您为什么要把我们所有的秘密都讲给，或者说硬讲给这位先生听呢？因为他根本就不想知道这些事儿。您瞧瞧，他坐在那里显然是在考虑自己的事呢。”K 连反驳的兴趣都没有。这姑娘的本意可能是好的，她大概是想分散一下他的注意力，或者想让他有可能定定神，但方法却不得当。“我得给他解释一下您为什么要笑，”姑娘说，“您的笑声有一点侮辱人。”“我想，再厉害的侮辱他也会谅解的，只要我最后带他出去。”K 什么也不说，甚至连头都不抬一下，听任这两个人就像议论一件东西一样议论着他，甚至觉得这样最好不过了。可突然他觉得那咨询员的手放在了他的一只胳膊上，而那姑娘的手则放到了另外一只胳膊上。“起来吧，您这虚弱的人。”咨询员说道。“多谢您二位了。”K惊喜地说，慢慢站起身来，自己把那两个人的手放到最需要的地方。“看起来，”在他们往走廊走的时候，姑娘悄声对着K的耳朵说，“好像我特别想为咨询员说好话似的，可您应该相信，我要说的是真话。他不是个硬心肠的人。他没有把生病的当事人带出去的义务，可像您看到的，他还是这样做了。也许我们中间没有谁是铁石心肠，也许我们大家都很乐意帮助人，但作为法庭官员，我们很容易给人一种铁石心肠和不愿意帮助他人的印象。我为此感到很难过。”“您不想在这儿稍坐一会儿吗？”咨询员问，这时他们已经来到走廊上，刚好走到K适才与其谈过话的那个被告的前面。K在他面前几乎有些难为情了，刚才自己还直立于他面前，可现在却要让两个人搀扶着。咨询员叉开手指顶着他的帽子，他的头发乱糟糟的，披在汗津津的额头上。可那被告似乎并没有发觉这一切，他恭顺地站在对他视而不见的咨询员面前，试图为自己到这里来辩解。“我知道，”他说，“我的报告不可能已经有了批示。可我还是来了，我想我可以在这里等着，今天是星期天，我有的是时间，而且我在这儿并不打扰谁。”“您用不着这样辩解，”咨询员说，“您的谨慎值得表扬，您虽然完全没有必要在这里占一个位子，但我只要还没厌烦，就不会阻止您密切关注自己案子的进展。只要看到有些人那么无耻地玩忽职守，也就能学会耐心地对待您这样的人了。您请坐吧。”“他多会和当事人讲话呀。”那姑娘小声道。K点点头，可又吃了一惊，因为听到咨询员又在问："您不想在这儿坐一会儿吗？""不想，"K说，"我不想休息。"他尽量用肯定的语气说，可实际上他很想坐下来；他像晕船似的，好像坐在一条在汹涌的波涛中航行的船上，仿佛大浪在拍击着木墙，仿佛走廊下面有海水在翻腾，浪潮滚滚而来，走廊在上下颠簸，在两旁等候着的被告们来回晃悠着。正因为如此，搀扶着他的姑娘和男人的冷静更让人难以理解。他只有听任他们的摆布，他们只要放开手，他就会像一块木板一样倒下。他们的小眼睛里闪动着锐利的光；K感觉得到他们均匀的脚步，却总也跟不上步调，因为他几乎是被抬着走的。终于他发觉他们在对他说话，可他却听不见，他听到的只是充斥一切的嘈杂声，透过嘈杂声，似乎还有汽笛般的尖叫声。"大声点儿。"他垂着头小声说；他很不好意思，因为他知道，他们声音已经够大的了，可他还是听不清楚。这时，仿佛他前面的墙被撕开了一样，一股新鲜空气扑面而来，他听到旁边有声音说："起先他想离开，可后来别人告诉他上百次，这儿就是出口，他却动也不动。"K发现他站在大门口，那姑娘替他把门打开了。他好像一下子恢复了全身的力气，为了先品尝一下自由的滋味，一步跨上了台阶，站在那里，向正朝他弯下身来的陪同者道别："多谢了，多谢了。"他重复说着，一再去握那两个人的手，直到他发现这两位习惯了办公室的空气，却忍受不了顺着楼梯上来的比较新鲜的空气，于是才松开了手。他们几乎无法开口回话，要不是K赶紧关上门，那姑娘也许就要一头栽下来了。K默默地站了一会儿，照着小镜子理了理头发，并从下面的楼梯平台上捡起自己的帽子——大概是咨询员把它扔到那儿去的——然后焕发精神，迈着大步跑下楼梯，这种变化差点让他害怕起来。他往日相当健壮的身体可从来没有给过他这样的意外。难道他的身体也要闹革命了吗？是因为他毫不费力地承受了以往的考验，所以要给他制造新的考验吗？他不免想到，有机会就去看看医生，但无论如何，他能自己拿定主意的是，一定要比今天更好地利用往后的星期天。

打手

几天后的一个晚上，K几乎是最后一个下班回家，只有收发部门里还有两个服务生在昏暗的灯光下工作着。当K走过隔在他办公室和主楼梯之间的走廊时，听到从一扇门后传来哀叹声。他一直认为这门后面是一间储藏室，从未亲自进去看过。他诧异地停住了脚步，又仔细听了一下，看是不是自己搞错了；片刻间万籁俱寂，可接下来又传来了一阵哀叹声。他起先想叫一个服务生来，因为也许需要一个证人，可有一股按捺不住的好奇涌上心头，驱使他索性拉开了门。正像他猜想的那样，这里的确是一个储藏室。门槛后面堆着废纸和陶制的空墨水瓶。可房间里却有三个男人，由于天花板很低，三人全都弓着腰站在那里。一支固定在架子上的蜡烛发出微弱的光。“你们在这里干什么？”由于激动，K问得很是急促，虽然声音并不高。三人中的一个很惹眼，显然控制着其他两个人，他身穿一件黑色皮衣，从颈子一直袒露到胸部，整个胳膊也露在外面。这人没有搭腔。可另外两人却叫了起来：“先生！就是因为您在预审法官那里告了我们的状，所以我们要挨揍了。”K这时才认出他们的确是那两个叫弗朗茨和威廉的看守，而第三个人手里正拿着一根鞭子，要抽打他们。“什么？”K瞪着他们说，“我没有告状，我只是讲了在我房间里所发生的事。而你们的所作所为也并非无可指责呀。”“先生，”威廉说，而弗朗茨这时则躲到了他的身后，显然是为了找个安全的地方，躲开拿鞭子的人，“如果您知道我们的工资是多么微薄的话，您就不会这样说我们了。我有一大家子人需要养活，而弗朗茨要结婚，得想办法弄点儿钱，因为单凭工作，即便是最辛苦的工作也不行。您精美的衣服迷住了我，当然啦，看守这样做是不对，是不允许的，可是衣服属于看守，这是传统，一直都是这样的，请相信我；这也完全可以理解，因为这种东西对那些不幸被捕的人又算得了什么呢？可他如果把这事捅出去，看守就得受到惩罚。”“你们现在说的我原先并不了解。我也根本没有要求惩罚你们，这对我来说是个原则问题。”“弗朗茨，”威廉转向另外一个看守说，“我不是告诉过你吗，不是这位先生要求惩罚我们的。现在你听听，他甚至都不知道我们要受到惩罚。”“不要让这番话感动你，”那第三个人对K说，“惩罚是公正的，也是不可避免的。”“别听他的，”威廉说，因为手上挨了一鞭子，他把手赶紧拿到嘴边，“我们受到惩罚，就是因为你告了我们。否则就算他们知道我们干了什么，我们也不会出事的。这能叫公正吗？我们两个，尤其是我，作为看守长期表现都很好。你自己也不能不承认，从当局的角度看，我们的看守工作做得很好啊。我们有希望得到提拔，而且肯定很快也会成为打手的，像这个人一样，他就很幸运，不会被什么人告发的，因为这样一种控告确实很少有。可现在，先生，一切都完啦，我们的前程算完啦，我们还得干多少比站岗还要下贱的活儿，而现在还得挨这疼死人的鞭打。”“鞭子真能打得那么疼吗？”K问道，一边察看打手在他面前挥舞着的鞭子。“我们还得把衣服脱光呢。”威廉说。“是这样啊。”K说，仔细看了看那个打手：他像一名水手一样，皮肤晒得黝黑，脸上气色很好，有股子野性。“没有可能不打这两个人吗？”K问他。“没有。”打手笑着摇了摇头。“把衣服脱了。”他命令两个看守道。然后他又转向K说：“你用不着相信他们所说的一切。他们因为害怕挨打已经变得颠三倒四的了。比如说这儿这个——”他指了一下威廉，“说什么他的前程，简直可笑。你看，他有多肥，起先打的那几鞭子全都消失到脂肪里了。你知道他是怎样变得这么肥胖的吗？他有个习惯，要吃掉所有遭到逮捕的人的早点。他不是把你的早点也给吃掉了吗？你瞧，我说过了吧。有这样一个肚皮的人永远也当不了打手，这完全不可能。”“也有这样的打手。”正在解裤带的威廉申辩道。“没有。”打手说，并举起鞭子往他脖子上抽了一下，抽得他身子直缩，“没让你听别人说话，而是要你脱衣服。”“如果你放了他们，我可以给你很优厚的报酬。”K说着掏出了他的钱夹，没再看打手一眼，做这种生意最好是大家都垂下眼帘。“然后你就又去告发我，”打手说，“好让我也挨一顿揍？不，不！”“你放明智点儿，”K说，“假如是我让惩罚这两个人的，我现在就不会赎他们出去了。我完全可以把门一关，干脆不闻不问，打道回府去。可我现在并没有这么做，我是真心想救他们；要是我早知道他们会受到惩罚，或者说可能受到惩罚，我绝对不会提他们的名字的。因为我并不认为是他们的过错，有错的是整个机构，还有那些高级官员。”“的确是这么回事儿。”两个看守叫道，可他们已经脱光的背上马上就又挨了一鞭子。“假如你的鞭下是一个高级法官，”K一边说一边压下那根已经重新高高举起的鞭子，“我肯定不会来阻挠你，相反，我会给你钱，好让你有力气做好事。”“你说的听上去倒很可信，”打手说，“可我不受贿，我是受雇来打人的，那我就只管打人就是了。”那个名叫弗朗茨的看守到现在为止一直比较克制，大概是希望K的干涉能有一个好的结果，这会儿他只穿着裤子走到门口，跪下来拽着K的胳膊小声说：“如果您不能让他放过我们两个，那起码争取救救我。威廉年龄比我大，不管哪个方面都不那么敏感了，他几年前就挨过一次不轻不重的鞭笞，而我还没有丢过丑，我的行为也只是受了威廉的教唆，好歹他都是我的老师。我可怜的未婚妻还在银行下面等着事情的结果呢。我简直觉得无地自容。”他用K的外套擦了擦他满脸的泪水。“我可等不及了。”打手说着用双手举起鞭子朝弗朗茨身上抽去，而威廉则伏在角落里偷偷看着，连头都不敢转一下。就在此时，弗朗茨发出一声叫喊，这喊声尖厉刺耳，不像人声，倒像是一个毁坏了的器具发出来的，声音在走廊里回荡着，整栋楼房都听得见。“别喊。”K吼道，一边紧张地朝服务生将要过来的方向看去，一边禁不住推了弗朗茨一把，虽然并没使劲，可也让这神志不清的人倒了下去，倒下时，双手还在痉挛中摸索着地面。尽管如此，他还是躲不过挨打，鞭子抽在他身上，鞭梢不停地上下挥舞着，而他则被抽得扭来扭去。这时远处已出现了一个服务生，在他身后几步之远的地方跟着另外一个。K 赶快把门呼地关上，走到一扇通向院子的窗前，并打开了窗子。叫喊声已完全停止了。为了不让服务生走到跟前来，他大声喊："是我。""晚上好，襄理先生，"他们回答，"出了什么事吗？""没有，没有，"K 答道，"院子里有一条狗在叫。"看着两个服务生站在原地没动，他又补充道："你们继续干自己的活儿吧。"为了避免和服务生交谈，他把身子探出了窗外。过了一会儿，当他又回过头来看走廊时，服务生已经走了。K 仍旧待在窗前，不敢回到储藏室去，却也不想回家。展现在他下面的是一个四四方方的院子，周围全是办公室，所有的窗户都黑洞洞的，只有顶上几层的玻璃映着月光。K 费力地用目光探索着院子的一个角落，有几部手推车胡乱堆放在那里。没能阻止打手打人，这让他烦恼不已，可这又不是他的责任，假如弗朗茨没叫喊——肯定是很疼，可在这样一个关键时刻人要能够控制住自己——假如他没有叫喊，那么 K 至少还有可能想出一个别的办法来说服打手。如果全体下层人员都是些无赖，那么从事最不人道差使的打手怎么恰恰是个例外呢？K 仔细观察过打手，他看到钱时，眼睛直瞪瞪地发亮，但他做出一副忠于职守的样子，显然是想要价更高一些。而 K 也不会吝惜，他真心想救那两个看守；既然他已经开始与这法律制度的腐败做斗争，那么理所当然，他也要从这方面进行干预。然而，从弗朗茨大叫的那一刻起，一切自然就都完了。K 不能让服务生或者还有其他人过来，他们会发现他跟储藏室里的那一帮人在做什么交易。任何人都不能让K做出这种牺牲。假如K有意这样做，那事情几乎还要简单些，他只需要脱光身子，代替两个看守挨打就行了。不过打手是不会接受这种替代的，因为这样他得不到任何好处，还会严重失职，甚至加倍失职——K很清楚，在他受审期间，他对于所有的法庭雇员来说，都是不可侵犯的。但这里也可能还有别的规定。总之，K除了关上门什么也没做成，但即使这样，现在对于K来说也并非排除了一切危险。遗憾的是，他最后还推了弗朗茨一下，这只能说他太激动了。

他听见远处传来服务生们的脚步声；为了不引起他们的注意，他关上窗子，向主楼梯方向走去。在储藏室门口，他停住脚听了一下。里面一点声音也没有。打手有可能把看守们打死，他们完全受他的摆布。K已经伸手去抓门把手，可又缩了回来。他已经帮不了任何人的忙了，而服务生们肯定很快就会过来；不过他发誓一定要澄清这件事情，要全力给那些真正的罪人，那些迄今还没敢在他面前露面的高官以应有的惩罚。当他走下银行门外的台阶时，他仔细观察了一下所有的行人，可即使在远处也看不到一个在等人的姑娘。弗朗茨说他的未婚妻在等他，这显然是一个可以原谅的谎言，因为他无非是想唤起别人更多的同情而已。

到了第二天，K也没有能够忘记那两个看守；工作的时候他有些心不在焉，为了完成任务，他只得比前一天在办公室里待得时间更长。回家途中，当他又经过那个储藏室门口时，他习惯性地推开了那扇门。令人难以置信的是，出现在眼前的不是意料中的黑暗，一切都跟昨天晚上他打开门时看到的一模一样：废纸和墨水瓶仍堆在门槛后面，打手执着鞭子，看守们还穿戴得整整齐齐，蜡烛放在架子上。两个看守一看见他就开始哭叫："先生！" K迅速呼地关上门，还用拳头在上面砸了一下，仿佛这样门就关得更紧了。他几乎是哭着跑到服务生那里的，他们正安静地在复印机旁工作着，此时吃惊地停了下来。"赶快清扫一下储藏室，" K叫道，"我们都快被垃圾埋没了。"服务生们答应第二天就干，K点点头，他本想让他们现在就去清扫的，可这么晚了，他不能强迫他们去工作。他坐下来，想在服务生跟前多待一会儿，便胡乱翻着几页复印好的东西，想让人以为他是在检查复印好的文件。后来，他看到服务生们似乎不敢跟他一起离开，这才拖着疲惫的身子茫然地回家去了。

叔叔——莱妮

一天下午，邮局就要关门了，所以K正忙碌着，两个服务生正在把文件往下面搬，这时，K的叔叔，一个乡村小地主，从服务生中间硬挤进了房间。看见他叔叔，K倒没怎么太吃惊，因为他脑海里早就担心他要来了。早在一个月以前他就肯定叔叔要来。那时他就仿佛看到了他的样子：微微弓着背，左手拿着一顶压扁了的巴拿马帽，右手老远就朝他伸了出来，然后跌跌撞撞地急奔到写字台前，递过手，凡是挡道的东西会统统被他掀翻。叔叔总是急匆匆的，因为他永远摆脱不了那不幸的想法：要在城里逗留的一天之内，办完他想办的一切事情，而且还不能放过偶尔有的聊天、做生意和娱乐的机会。他曾经是K的监护人，所以K更有责任在所有的事情上帮他一把，而且还得留他过夜。K老称他是“乡下来的妖怪”。

刚打过招呼——K请他坐在沙发上，可他没这个时间——他就要求和K单独谈谈。“这很有必要，”他一边说一边吃力地咽着口水，“为了让我放心，这很有必要。”K马上把服务生打发了出去，并吩咐不要让任何人进来。“我听到的消息是怎么回事，约瑟夫？”在只剩下他们两人之后，叔叔叫道，他一屁股坐到桌子上，为了坐得舒服些，也不看是什么东西，把各种文件一股脑儿垫到屁股底下。K 沉默不语，他知道下面会发生什么。由于一下子从紧张的工作中松弛下来，他首先是感到一阵惬意的疲惫。他透过窗子望着街道对面的一侧，从他座位上只看得到那里一个小小的三角形，那是两个商店橱窗之间的一小块空墙。“你竟然还往窗户外面看！”叔叔举起双臂喊道，“天哪，约瑟夫，你倒是回答我呀。这是真的吗？难道这可能是真的吗？”“亲爱的叔叔，”K 说，强迫自己回过神来，“我根本不知道你要我干什么。”“约瑟夫，”叔叔警告说，“据我所知，你一直是说真话的。难道要我把你刚才这些话看成不好的信号吗？”“我猜得出来你要知道什么，”K 顺从地说，“你大概是听说了关于我被审讯的事吧？”“正是，”叔叔慢慢点着头说，“我听说了你被审的事。”“从谁那儿听说的？”K 问。“埃尔娜写信告诉我的，”叔叔说，“她跟你没有来往，可惜你很少关心她，尽管如此，她还是听说了。我今天收到的信，当然马上就赶来了。没有别的什么理由，可这似乎就是一个充分的理由。我可以把信中有关你的一段念给你听。”说着他从皮夹中抽出那封信。“在这里。她写道：‘我很久都没有看见约瑟夫了，上个星期我去了趟银行，可约瑟夫正忙着，所以我没能进去；我等了差不多一个小时，后来就不得不回去了，因为我有钢琴课。我很想和他谈谈，也许很快就会有机会。我生日那天，他给我寄来一大盒巧克力，他真好，想得那么周到。我上次写信时忘了告诉你们，现在你们问起，我才想起来。要知道，巧克力一到宿舍就没有了，你简直还没意识到有人送了你巧克力，它就已经被吃光了。至于约瑟夫，我却还有些事儿要告诉你们：我刚才说了，那天在银行，他们没让我进去，因为约瑟夫正在跟一位先生谈事。我静静地等了一段时间后，问一个服务生，谈话是不是还要持续很久。他说有可能，因为可能事关指控襄理先生的诉讼案。我问是什么案子，是不是他弄错了，可他说他没弄错，还是一件重案，详细情况他不知道。他说他本人很想帮助襄理先生，因为他是一个正直的好人，但不知道该从何着手，只希望有影响的先生们能关心一下襄理先生。肯定会有人出来帮助他的，事情终究会有一个好的结局的，可眼下就襄理先生的情绪来看，情况不大妙。当然，我并没有把这些话看得很严重，还试图安慰那个头脑简单的服务生，告诫他不要跟别人说起此事，认为这一切不过是无稽之谈而已。尽管如此，亲爱的父亲，如果你下一次进城，也许最好能过问一下此事。对你来说，了解详细情况很容易，若真有必要，让你那些有影响的熟人干预一下也不难。要是没这个必要——这极有可能——那至少可以尽快给你的女儿拥抱你的机会，她会为此而感到高兴的。’多好的一个孩子。”叔叔念完了信之后，擦掉了眼里的几滴泪水。K 点点头。由于最近各种各样的干扰，他把埃尔娜给忘得一干二净，甚至也忘了她的生日，巧克力的事显然是编出来的，目的是在叔叔和婶婶面前给他打掩护。这真让人感动，他打定主意从现在起要定期给她寄戏票去，即使如此也并不能完全报答她，但到寄宿学校去看她，跟一个十七岁的女学生谈话，他觉得现在也不合适。“你现在还有什么要说的？”叔叔问，念信让他忘记了一切焦虑和激动，似乎还想再念一遍。“是的，叔叔，”K说，“这是真的。”“真的？”叔叔叫道，“什么是真的？怎么可能是真的呢？是什么案子？该不是刑事案吧？”“是刑事案。”K回答。“你背着一件刑事案，却还稳稳当当地坐在这里？”叔叔叫道，声音越来越大。“我越冷静，对结局越好。”K疲惫地说，“别担心。”“这宽慰不了我，”叔叔叫道，“约瑟夫，亲爱的约瑟夫，想想你自己和你的亲人们，想想我们的好名声。你一直是我们的荣耀，你不能成为我们的耻辱。你的态度，”他歪着脑袋瞄了一眼K，“我不喜欢。没有哪个头脑健全的无辜被告会像你这个样子。赶快告诉我是怎么一回事，我好帮助你。一定是跟银行有关系啦？”“跟银行没有关系，”K说着便站了起来，“你的声音太大了，亲爱的叔叔，服务生可能就站在门口偷听呢。这让我很难堪。我们最好离开这里。然后我会尽可能地回答你的问题。我知道我应该给家里人有个解释。”“对，”叔叔叫道，“这话说得很对，那就快点儿，约瑟夫，快点儿。”“不过我还得交代一下。”K说完打了个电话给他的副手，副手很快就走了进来。还在激动之中的叔叔用手指了一下，表示是K叫他来的，这原本也没有什么可怀疑的。K站在桌前，指着几份文件，轻声给那年轻人解释今天还有哪些事情要办，年轻人神情淡漠却又专心致志地听着。叔叔不断干扰他们，他先是瞪大眼睛，神经质地咬着嘴唇站在一旁，虽然并没有倾听，可他的样子已经够搅扰人的了。接着他又在房间里踱来踱去，不时地在窗前或者某幅画前停住脚，嘴里不断发出各种感叹，一会儿说“我简直一点儿都不明白”，一会儿又说“现在倒是告诉我最后会怎么样”。那年轻人假装什么都没察觉到，一直静静地听 K 交代完工作，做了些笔记就转身离开了。离开前他向 K 和他的叔叔鞠了一躬，可叔叔正好转过去背朝着他，一面望着窗外，一面伸出双手把窗帘揉作一团。门还没有完全关上，叔叔就叫了起来：“这个小玩偶终于走了，现在我们也可以走了吧，总算可以了！”前面大厅里站着几个职员和服务生，副经理也正好从这儿经过。遗憾的是，没有什么办法叫叔叔在这里不要问官司的事。“那么，约瑟夫，”叔叔开腔了，一边向周围鞠躬的人草草回着礼，“你现在坦白地告诉我，这究竟是个什么案子。”K 说了几句没用的话，还笑了几声，到了台阶上，才跟叔叔解释说，他不想在别人面前公开谈论此事。“很对，”叔叔说，“不过现在可以说了吧。”他一边急促地吸着雪茄，一边低头听着。“首先，叔叔，”K 说，“这根本不是一件普通法庭受理的案子。”“真糟糕。”叔叔说。“什么？”K 看着叔叔问。“我是说这很糟糕。”叔叔重复道。他们站在大门外通向街道的台阶上，由于看门人好像在偷听，K 便拽着叔叔走了下去。街上熙熙攘攘的人群顿时淹没了他们。叔叔挽着 K 的胳膊，不再急于询问官司的事，他们甚至默默不语地朝前走了一段。“可事情是怎样发生的？”叔叔突然停住了脚，终于又问道，吓得在他后面走的人直往旁边闪，“这种事情怎么也不会突然发生的，应该早就在酝酿了，肯定有过兆头，你为什么没写信告诉我？你知道我会为你做一切的。从某种意义上说我还是你的监护人，到今天为止一直以你为荣。现在我当然也还会帮助你的，不过案子如果已经开审了的话，就困难了。不管怎样，你最好现在就请上几天假，到乡下去跟我们住一段时间。你瘦了，我看得出来。到乡下你会很快恢复的，这样会好些，因为到时候你肯定会很紧张的。另外，这样一来你在某种程度上也避开了法庭。在这里，他们有各种各样的控制手段，他们必然也会用这些手段来对付你；可在乡下，他们却只能先委派个机构，或者通过写信、发电报、打电话来对你产生影响。这当然会削弱他们的影响力。这虽然不能解救你，但能够让你喘口气。”“可他们会禁止我离开这里的。”K顺着叔叔的思路说。“我不认为他们会这么做，”叔叔沉思着说，“你的离开并不会对他们的权力产生多少损害。”“我还以为，”K说，从下面勾住叔叔的胳膊，好让他不要站在那里不动，“你会比我更不在乎这件事情，可你现在却把它看得那么严重。”“约瑟夫，”叔叔叫道，他想挣脱胳膊停下来不走，可K不松手，“你变了，你一向看问题准确，可怎么偏偏到了关键时刻就不是这样了呢？你难道要输掉这场官司吗？你知道那将意味着什么？那将意味着你完了。而你所有的亲属都将受到连累，至少也要名声扫地。约瑟夫，振作起来。你无所谓的态度简直要让我发疯。看着你这个样子，真要相信那句老话：‘打这样的官司，等于已输掉了这场官司。’”“亲爱的叔叔，”K说，“激动没有用，不管是你还是我，激动都没有用，它赢不了官司。请也考虑一下我的实际经验，就像我一直到现在都尊重你的经验一样，尽管你那些经验让我惊讶。既然你说家里人也会受到这场官司的牵连——虽然我完全不能理解这一点，但这是次要的——我很愿意在所有问题上都听你的。只是住到乡下去，即使按照你的想法，我也觉得不好，因为那将意味着潜逃，意味着承认自己有罪。再说，我在这里虽然往往会被人跟踪，但自己也可以多做些事情。”“说得对，”叔叔说，听上去好像他们的想法终于接近了，“我提出这个建议，仅仅是担心在这里，事情会被你那无所谓的态度弄糟，所以觉得不如让我替你处理。可如果你自己愿意全力以赴去解决，那当然要好得多。”“那么，我们在这一点上达成一致了，”K说，“你能建议我下一步做什么吗？”“这我当然得先考虑一下，”叔叔说，“要知道，我在乡下差不多待了二十年，这方面的嗅觉已经不那么灵敏了。跟熟悉这里情况的那些重要人物的关系自然也就不那么紧密了。我在乡下差不多已经被人遗忘了，这你也知道。也只有在这种时候，人才会发现这一点。而且你的事多少也让我感到意外，奇怪的是，看了埃尔娜的信我就有预感，今天见到你就几乎可以肯定了。不过这没关系，现在最重要的是不要浪费时间。”话没说完，他就踮起脚挥手招来一辆车，一面对车夫大声说了一个地址，一面拉着K上了车。“我们现在到胡尔德律师那儿去，”他说，“他曾经是我的同学。你肯定知道这个名字吧？不知道？这倒奇怪了。他作为辩护律师和贫民律师很有名气，而且我还特别信任这个人。”“你做什么我都同意。”K说，尽管叔叔处理这件事时那种急躁、迫切的方式让他不快。作为被告去一个贫民律师那里不是一件令人高兴的事。“我不知道，”他说，“这种事还可以找个律师。”“当然要找，”叔叔说，“这是理所当然的事。为什么不呢？你现在把发生的事情都告诉我，好让我了解一下情况。”K立马讲了起来，什么都没有隐瞒，叔叔认为这场官司是一个大大的耻辱，K毫无保留的坦诚是对这一观点独特的抗议。毕尔斯特奈小姐的名字他只是提了一下，但这并不影响他的坦诚，因为毕尔斯特奈小姐与案子无关。在叙述过程中，他望着窗外，看到他们正在接近法院办公处所在的郊区，便提醒叔叔注意，可叔叔觉得这种巧合并没有什么值得注意的地方。车子在一幢深色的楼房前停了下来。叔叔马上上前按响了底楼第一家的门铃；在他们等候时，他露出嘴里的大板牙，笑着小声说：“八点钟，这可不是当事人来访的恰当时间。但胡尔德不会因此而生我的气的。”门的观察孔里出现了一双又大又黑的眼睛，这双眼睛观察了一会儿两位客人，然后消失了；门却没有开。叔叔和K彼此证实的确看见了两只眼睛。“也许是新来的女用人，害怕陌生人。”叔叔说，于是又去敲门。那双眼睛又出现了，这会儿看上去几乎很忧郁，但这也许是头顶上方那盏汽灯引起的幻觉，灯焰嘶嘶地燃烧着，却没发出多少光亮。“开门啊，”叔叔一边叫，一边用拳头砸门，“是律师先生的朋友。”“律师先生病了。”他们身后有人小声说。走廊尽头的门口，站着一个身穿睡袍的男人，是他悄声悄气告诉他们的。等得已经有些冒火的叔叔一下子转过身去吼道：“病了？您说他病了？”他几乎威胁般地走上前去，好像这位先生就是疾病似的。“门已经开了。”那人指着律师的门说，裹了裹睡袍，转身回去了。门真的打开了，一个年轻姑娘——K从那双黑黑的、有点儿凸出的眼睛上认出了她——穿着白色的长围裙站在门厅里，手里举着一支蜡烛。“下次开门要快一点儿。”叔叔用这句话代替了问候，而那姑娘则微微行了一个屈膝礼。“过来，约瑟夫。”叔叔又对慢慢从姑娘身旁走过的 K 说。“律师先生生病了。”那姑娘说，因为叔叔不停脚，径直朝一个房间奔去。K 仍然惊奇地注视着那姑娘，而她已经转过身去关房门了。姑娘长着一张布娃娃般的圆脸，不光苍白的脸庞和下巴是圆乎乎的，就连鬓角和额头的边缘也是圆的。“约瑟夫。”叔叔又喊道。然后他问那姑娘：“是心脏病吗？”“我想是的。”姑娘说，她趁机拿着蜡烛走到前面去打开了房间的门。在房间的一个角落里——蜡烛光照不到那里——放着一张床，一张留着长胡子的脸正从床上抬起来。“莱妮，是谁来了呀？”律师问，因为烛光晃眼，他还没有认出客人来。“阿尔贝特，你的老朋友啊。”叔叔说。“噢，阿尔贝特。”律师说着又倒在枕头上，仿佛在这样的客人面前他用不着强装。“真是病得很重吗？”叔叔坐到床沿上问，“我想不会吧。是心脏病发作了吧，会像以前那样很快过去的。”“有可能，”律师轻声说，“可这次比任何一次都厉害。我觉得呼吸都很困难，睡不着觉，精神一天不如一天。”“原来是这样，”叔叔说，一只大手把他的巴拿马帽紧紧地按在膝上，“这可真是个坏消息。有人好好照顾你吗？这里看起来这么凄惨，光线这么暗。我上次来过后很久都没有来了，那时候我感觉要舒服一点儿。现在就连你的这个小姑娘也不那么有趣，或者她是假装出来的。”姑娘手里拿着蜡烛，仍然站在门边上，她闪烁不定的目光更像是在看 K 而不是在看 K 的叔叔，就连现在他谈论她的时候也是这样。K 把一张椅子挪到姑娘旁边，靠在上面。“像我这样病得这么厉害的人，”律师说，“需要安静。我不觉得凄惨。”顿了一下他又说，“莱妮把我照顾得很好，她很乖。”然而此话说服不了 K 的叔叔，他明显对这个看护怀有偏见，虽然他现在没有对病人说什么，却用严厉的目光瞪着看护，看着她走到床边，把蜡烛放在床头柜上，向病人俯下身子，一边整理枕头，一边和他窃窃私语。叔叔几乎忘记了病人，他站起来，在看护的身后走来走去。如果他现在从后面抓住看护的裙子，把她从床边拉开，K 都不会感到奇怪。K 本人静静地看着这一切，律师生病对于他不见得是件坏事，他无法抵挡叔叔在这件事情上表现出的热情，但这一热情在没有他参与的情况下所遭受的挫折他却欣然接受。大概是为了气一气女看护，叔叔这时说：“小姐，请让我们单独待一会儿，我要和我的朋友谈一件私事。”女看护把腰朝病人弯得更低，正在铺平靠墙的床单，这时仅仅把头扭了过来，非常平静地说：“您瞧，先生病得这么厉害，不能谈事情。”这与叔叔由于生气时而结巴、时而过分流利的话语形成鲜明的对照，她可能是图省事重复了叔叔的话。尽管如此，即使一个局外人也可以把这看作一种嘲讽，叔叔自然像是被捅了一刀，大发雷霆道：“你这该死的——”由于激动，声音憋在喉咙里，发出咕噜咕噜的声音，听不清楚。K 吓了一跳，尽管他已料到会出现类似的情况；他跑上前去，打算用双手将叔叔的嘴巴捂住。幸亏病人在姑娘身后抬起身来，叔叔才阴沉着脸，像是吞下了什么令人作呕的东西似的，随后平静了一下说：“我们当然还没失去理智；要是不可能，我是不会提出这个要求的。请您现在离开这里。”女看护端立在床边，脸完全对着叔叔，K 相信自己看见她在用一只手抚摩着律师的手。“当着莱妮你什么都可以讲。”病人无疑是在急切地请求着。“不是我的事，”叔叔说，“不是我的秘密。”他转过身去，仿佛不准备再谈判了，可还是要给对方一定考虑的余地。“那是谁的事呢？”律师有气无力地问，重新又躺了下去。“是我侄子的事情。”叔叔说，“我把他也给带来了。”然后他介绍说，“银行襄理约瑟夫 · K。”“哦，”病人精神一振，向 K 伸出了手，“请原谅，我根本没看见您。去吧，莱妮。”他握着女看护的手，仿佛是要分别很久似的，女看护也不再反对。“这么说，”他终于转向已经平和地走上前来的叔叔说，“你不是来探望我这个病人的，而是来办公事的。”仿佛探望病人这一想法一直让他瘫在床上动弹不得，而现在他看上去精神好了许多，一直用一个胳膊肘撑着身子，尽管这样肯定很费力，同时还不断地用手捻着中间的一小撮胡子。“你看上去好多了，”叔叔说，“打那个巫婆出去了以后。”他突然顿了顿，悄声道，“我敢打赌，她在偷听。”说着一下跳到了门口，可门后面并没有人。叔叔走了回来，不是失望，而是愤愤不平，仿佛她没有偷听反倒比偷听更为可恶。“你错怪她了。”律师说，却不再继续替女看护辩护。也许他想以此表示她并不需要人袒护，可他却用同情的语气继续说道：“至于你侄子的事，如果我的力量能够承受这一极其困难的任务，我会深感荣幸的；但我担心的是，我的力量不够。不过，无论如何我也要竭尽全力，如果我不够，还可以增加别的人。老实说，对这件事情我太感兴趣了，因此不忍心放弃参与。假如我的心脏坚持不下来，那在这件事情上完全失败至少也是值得的。”K觉得这番话他一句也听不明白，便看着叔叔，想从他那儿得到一个解释，可叔叔却手持蜡烛坐在床头柜上，那上面有一瓶药已经滚到了地上，律师说什么他都点头，都赞成，不时还朝K看看，示意他也要同意律师说的话。或许叔叔早已和律师谈过这个官司？但这不可能呀，刚才发生的一切都说明这不可能。“我不明白——”于是他说。“是吗，也许我误解了您的意思？”律师同样吃惊而又尴尬地问，“我也许太着急了。您是想跟我谈什么呢？我还以为是关于您的官司的事呢。”“当然是啦。”叔叔说。然后他问K：“那你究竟要做什么？”“可您是从哪儿知道我和我的官司的？”K问。“啊，是这样，”律师面露微笑道，“我是律师呀，跟我交往的都是法院圈内的人，大家会谈到各类官司，引人注目的官司，如果事情刚好涉及一位朋友的侄子，我自然就记住了。这有什么好奇怪的。”“你究竟想干什么？”叔叔又问K，“你怎么这么心神不定的。”“您和法院圈子里的人有来往？”K问。“是的。”律师答道。“你问得简直像个孩子。”叔叔说。“如果我不跟同行来往，还跟谁来往呢？”律师补充道。他的话听上去那么无可辩驳，使得K根本搭不上腔。他本想说“可您一定是在司法大厦里的法院工作，而不是在阁楼上的法院”，可又没下得了决心真正说出来。“您得想想，”律师继续说，语气仿佛是顺便解释什么不言而喻的事情，纯属多此一举似的，“您得想想，在这样的交往中我也能够为我的当事人获得很大的好处，而且是很多方面的好处。本来不应该老谈这些的。当然我现在由于生病受到一些局限，尽管如此，总有法院的一些好朋友来看我，我还是能了解到一些情况，甚至比某些健康的人整天待在法院里还要了解得多些。我现在正好就有一位好朋友在这儿。”他用手指了指房间一个黑暗的角落。“在哪儿呀？”K 由于猛吃了一惊，几乎是粗暴地问道。他疑惑地四下看了看；暗淡的烛光远远照不到房间对面的墙。可那边的角落里的确有什么东西在蠕动。叔叔这时高高举起了蜡烛，只见那里的一张小桌旁边坐着一位老先生。他大概连气都没出，所以这么长时间一直没人发现他。这会儿他很费事地站了起来，显然不满意让人注意到了他。他像拍打着一对短小的翅膀似的晃了晃手，仿佛想就此免去一切介绍与寒暄，仿佛他不愿意因为自己在场而打搅别人，仿佛他急切地请求让他又回到黑暗之中去，并忘掉他的存在。可这一切人家已经不能再满足他了。“你们来得很突然。”律师解释说，他朝那位先生招招手，鼓励他走到跟前来，那先生犹豫不决地环顾了一下四周，缓缓地却又不失尊严地走了过来。“办公室主任先生——噢，对不起，我还没有介绍呢，这位是我的朋友阿尔贝特·K，这位是他的侄子约瑟夫·K 襄理先生——办公室主任先生很热情，来看望我。了解内情的人都知道办公室主任先生工作多么繁忙，只有这样的人才懂得他的来访的价值。就是说，尽管很忙，他还是来了，在我虚弱的身体允许的情况下，我们平静地聊着天。我们虽然没有禁止莱妮放客人进来——因为没想到会有人来——但我们认为应该单独待着，可后来你就用拳头砸门了，阿尔贝特，办公室主任就把椅子和桌子移到角落里去坐了。可现在看来，就是说，如果大家都有这个愿望的话，我们可以坐在一起，共同商量一下此事。办公室主任先生，请——”他低下头，露出谦卑的笑容，指着床跟前的一把椅子说。“很遗憾，我只能待几分钟，”办公室主任客气地说，大大咧咧地坐到了椅子上，看了看表，“工作在呼唤着我，可不管怎样我也不愿错过机会，认识一下朋友的一位老朋友。”他朝K的叔叔略点了点头，叔叔显然很高兴能有这样的新交，可他天生不会说奉承话，只是尴尬地大笑了几声了事。多么丑恶的场面！因为没有人管他，K冷眼看着这一切：大概是出于习惯，办公室主任既然已经登场，那就要控制整个谈话；律师把手放在耳边，聚精会神地倾听着，他刚才的虚弱也许仅仅是为了赶走新来的客人；叔叔则是掌烛人——他把蜡烛放在大腿上，引得律师不时担心地朝他那儿望着——他很快便摆脱了尴尬，心醉神迷地望着办公室主任说话的样子和那轻柔的、波浪般起伏的手势。K倚在床柱上，办公室主任也许是有意识地在冷落他，他完全成了老先生们的一个听众。此外，他不知道他们谈的是什么，因此很快便想起那位女看护来，想起她从叔叔那儿受到的怠慢，接着又想起他是否曾在哪里见过这位办公室主任，也许是在初审他的会上。虽说他也有可能弄错，但办公室主任要是置身于集会的第一排，置身于那些胡子稀疏的老先生中间，倒是极为合适的。

　　就在这时，从前厅突然传来瓷器打碎的声音，这引得大家都竖起了耳朵。“我去看看出了什么事。”K说着，缓步走了出去，仿佛还要给别人留住他的机会。他刚走到前厅，想适应一下黑暗，就有一只小手放在了他那还紧紧抓着门的手上，这只比K的手小得多的手轻轻地关上了门。是女看护在这儿等着。“没发生什么事，”她悄悄说，“我把一个盘子扔到了墙上，好叫您出来。”K拘束地说：“我也正想着您呢。”“那更好，”女看护说，“跟我来。”走了几步，他们来到一扇装着毛玻璃的门前，女看护在K前面推开了门。“您请进呀。”她说。这无疑是律师的办公室；月光透过两扇大玻璃窗射了进来，在每扇窗前的地板上投下四四方方的一片清辉，凭着月光，可以看见房间里摆的都是些笨重的旧式家具。“到这边来吧。”女看护指着一把深色的雕花椅说。K坐下后环顾着这个房间，这是一间相当空阔的大房间，贫民律师的委托人在这里准会感到迷惘无助的。K觉得，他完全能够想象来访者靠近巨大的写字台时的小碎步。可他很快就忘记了这些，眼睛只顾看那女看护了；她紧挨着他坐下，把他挤得差不多抵到了扶手上。“我还以为，”她说，“用不着我叫您，您会自己来找我的。真奇怪。您先是一进门就不断地看我，然后却又让我等您。您就叫我莱妮吧！”她突然又匆匆补充道，好像不能浪费谈话的每一分钟似的。“好啊。”K说，“至于奇怪的事情嘛，莱妮，它很容易解释。其一，我不得不听老先生们的胡扯，不能随便走开；其二，我可不是个厚脸皮的人，应该说是很腼腆，而您，莱妮，看上去也不是一下子就能争取到的人。”“对，我不是，”莱妮说，她把一只胳膊放到椅子背上，并看着K，“可您不喜欢我，就算现在您可能也不喜欢我。”“光说喜欢还不容易！”K支支吾吾地说。“啊！”她微笑着说。K的话和这声轻轻的惊叹使她赢得了某种优势，所以K沉默了一会儿。由于他习惯了房间里的黑暗，已经能够分辨出各种陈设的细节。挂在门右侧的一幅很大的画尤其吸引了他的注意力，他向前倾了倾身子，好看得清楚些。上面画的是一个穿着法官服的男人，他坐在高高的椅子上，椅子金光闪闪，在画面上十分显眼。可奇怪的是，这位法官并不是平静而威严地坐在那里，而是将左胳膊紧紧地抵住靠背和扶手，右胳膊则完全悬在空中，只用手抓着扶手，仿佛随时都会跳将起来，说出什么决定性的话甚至是宣布判决。可以想象被告的位置大约是在台阶的下端，上端的几级台阶上铺着黄色的地毯，在画面上清晰可见。“也许这就是我的法官。”K用一个指头指着画说。“我认识这个人，”莱妮抬起头来，也看着画说，“他经常来这里。这幅画画的是他年轻时候的样子，可他什么时候也不可能跟这幅画有相似的地方，他个头矮得可怜，尽管如此，他让人在画上把他画得这么高，他的虚荣心强极了，跟这里所有的人一个样。可我的虚荣心也很强的，很不满意你不喜欢我。”K把莱妮朝自己怀里拉了拉，作为对她最后这一句话的回答，莱妮一声不响地把头倚在他的肩膀上。他随后又问道：“他是什么职务？”“预审法官。”莱妮说，她抓起K搂着她的那只手，玩弄起他的手指来。“又只是个预审法官，”他失望地说，“大法官们都躲起来了。可他坐在宝座上！”“这些都是假的，”莱妮说着把脸俯到K的手上，“实际上，他是坐在一把厨房里的椅子上，上面铺了一张叠起来的马背上用的旧毯子。可您非得老想着您的官司吗？”她慢吞吞地补充道。“不，完全不是这样的，”K 说，“我甚至有可能想得太少了。”“您犯的过错不是这个，”莱妮说，“您太强硬了，我是这么听说的。”“谁说的？”K 问，他胸脯上感觉到她的身体，低头望着她卷得紧紧的浓密的黑发。“如果我说了，我会泄露很多东西的。”莱妮答道，“您就不要问名字了，但您得改正您的错误，不要再那么强硬了，跟法院是不能作对的，得承认自己有罪。下一次您就认罪了吧，只有这样您才有可能逃脱，只有这样。即便如此，也得有别人的帮助，但这一点您不用担心，我要亲自帮助您。”“您对法院和这里面必不可少的骗人把戏知道得可真不少。”K 说，因为她靠得太紧了，他抱起她，把她放到自己的大腿上。“这样很好。”她说着就坐在他的腿上整理起自己来了，抚平裙子，又拉好了衬衫，然后用双手攀着他的脖子，头朝后仰着，久久地望着他。“如果我不认罪，您就不能帮助我啦？”K 试探着问。“我在招徕女助手，”他几乎是吃惊地在想，“先是毕尔斯特奈小姐，然后是法院听差的妻子，最后又是这个小看护，她似乎对我有一种难以理解的欲望。看看她是怎样坐在我腿上的吧，这儿简直就像是她唯一合适的位子！”“不行，”莱妮答道，同时慢慢地摇着头，“那样我就帮不了您了。可您根本就不想要我的帮助，您根本就不在乎我的帮助，您很固执，谁也说服不了您。”隔了一会儿她又问：“您有情人吗？”“没有。”K 说。“不，您有。”她说。“是的，是有。”K 说，“您想想看，我否认有情人，却随身带着她的照片。”他应她的请求给她看了艾尔萨的照片，她在 K 的腿上蜷缩着仔细研究着那张照片。那是一张快照，是艾尔萨刚跳完一曲旋转舞时照的。在酒吧里她很喜欢跳这种舞，她的裙子还在绕着身体飞舞，她双手叉腰，脖子直挺，正在朝旁边的谁笑着；至于是谁，照片上则看不出来。“她勒得太紧。”莱妮一边说，一边用手指着她认为太紧的地方，“我不喜欢她，她又笨又粗鲁。不过在您面前她也许很温柔，也很热情，这一点看照片就能知道。这么高大的女孩子往往除了温柔和热情外，别的什么都不懂。可她会为您牺牲自己吗？”“不会，”K说，“她既不温柔也不热情，也不会为了我而牺牲自己。到今天为止，我也没有向她提出过这样或者那样的要求。是的，我甚至还没有像您这样仔细地看过这张照片。”“这么说您根本就不在乎她了，”莱妮说，“这么说她根本就不是您的情人。”“是我的情人。”K说，“我不收回我说过的话。”“就算她现在是您的情人，”莱妮说，“假如您失去她或者说把她换成别人，比方说换成我，您也不会太思念她吧。”“是这样，”K微笑着说，“有这样的可能，但和您相比，她有一个很大的优点，她不知道我官司的事，即使她知道一些，她也不会去想它。她不会试图劝说我让步。”“这不是优点。”莱妮说，“如果她再没有别的什么优点，那我不会泄气。她有什么身体上的缺陷吗？”“身体上的缺陷？”K问。“是呀，”莱妮说，“您看，我就有这样的一个小缺陷。”她说着便叉开了右手的中指和无名指，指头很短，两指之间的肉几乎长到最上面的指节处。在黑暗中，K一时还没发现她要给他看什么，所以她把他的手放到那里，让他抚摸。“真是一种自然奇迹呀。”K说，在他看过整个手之后，又补充道，“多么漂亮的小爪子啊！”莱妮怀着某种自豪，看着K怎样惊奇地不断拉开又合上她的两个指头，最后他轻轻在上面吻了一下，就放开了。“噢！”她马上喊了起来，“您吻了我！”她张着嘴巴，匆匆爬起来跪在他的大腿上，K几乎是心惊胆战地抬起头望着她，这会儿，由于她离他很近，从她身上发出一股胡椒般的辛辣味。她抱着他的头，弯下腰去，在他的脖子上又咬又亲，甚至咬到他的头发里。“您换成我了，”她不时地叫道，“您看，您还是把她换成我了！”这时，她膝盖滑了一下，一声娇呼，几乎摔到地毯上。K搂住她，避免她掉下去，却也被她拖倒在地上。“现在你是我的了。”她说。

“这是房门钥匙，你什么时候想来就来。”她最后说，在他离开的时候，还在他背上乱亲了一气。当他迈出房门时，天正下着小雨，他想走到街道中央去，也许从那儿还能看一眼站在窗口的莱妮。不料叔叔这时从停在门口的一辆车上跳了下来，K心不在焉，方才根本没有发现这辆车。叔叔一把抓住他的胳膊，把他紧紧按在房门上，仿佛要把他钉在那里。“孩子，”他吼道，“你怎么能做出这种事来！你把自己本来很有希望的事情搞糟了。你跟那个小娼妇躲起来，几个小时都不露面，何况那女人很明显是律师的情人。你竟然连借口都不找一个，什么都不隐瞒，明目张胆地跑到她那儿去厮混。而我们——为你费尽心机的叔叔，你必须争取到的律师，特别是还有那个大人物办公室主任——却还坐在一起，你的案子在眼下这阶段就掌握在他的手里。我们想商量怎样才能帮助你，我得小心翼翼地对待律师，律师又得小心翼翼地对待办公室主任，而你有充分的理由至少支持我一下。可你却跑开了。事情最终是瞒不住的，幸好他们都是些有礼貌、机敏的男人，他们不谈此事，给我留面子，可到最后连他们也难以克制自己了，只有不说话。我们沉默了好几分钟，坐在那儿听你是否回来了。结果白搭。最后办公室主任站了起来，向大家告别，他比原先打算的多待了很长时间，显然很惋惜不能帮到我。他非常友好，站在门口还等了一会儿才走。我当然很高兴他走了，我简直连气都喘不上来了。对于生病的律师，这一切的影响还要大些，这个大好人，当我向他告别的时候，他一句话都说不出来。你也许会促使他彻底崩溃，加速了你所依赖的一个人的死亡。而你竟让你的叔叔我在雨中等了你好几个钟头，你摸摸，我全身都湿透了！”

律师——工厂主——画家

一个冬日的上午，外面下着雪，天色昏暗，K 坐在他的办公室里，虽然时间尚早，可他已经很疲惫了。为了至少不让下级职员来打搅自己，他吩咐服务生说他正在处理一件重要的工作，不要放他们中间哪个人进来。实际上他并没有工作，而是不安稳地坐在椅子上，慵懒地摆弄着桌子上的几样东西，之后又不自觉地伸直了胳膊，放在桌面上，耷拉着脑袋，一动不动地坐在那里。

他的思绪一直牵挂在案子上面。他时常思忖着，是否应该写一份申辩书递交到法庭上去。他想在里面附上自己的简历，就每一件相对重要的事做出解释，说明自己当时为什么要那样做，站在今天的立场上评判一下这些做法的对与错，再看看能否为这一或那一情况列举一些理由。与律师进行的辩护相比，这种申辩书的好处毫无疑问，再说那律师在其他方面也并非无懈可击。因为 K 根本不知道律师在做些什么；反正不会太多。他已经有一个月都没有叫 K 到他那儿去了，即使是之前的谈话，也没有哪一次让 K 觉得可以指望这个人能给他办多少事。尤其是他根本就没有详细询问过K什么。按道理，本来应该有那么多情况是要问清楚的。而提问却是最重要的。K觉得他自己都能提出一切必要的问题。律师却不问什么，要么顾自说些什么，要么一声不响地坐在K对面；他或许是由于有些重听，朝写字台微微弓下身去，一面捋着中间的一撮胡子，一面凝视着地毯，那也许恰恰是K与莱妮躺过的地方。他不时像对待小孩一样，给K几句空洞的劝告，说一些毫无用处和乏味的话，等到将来结账的时候，这些废话K可是一分钱都不想付的。每当律师认为把K羞辱够了的时候，他往往又开始说些鼓励的话。他说，他已经完全或部分地赢过许多类似的官司，虽然那些案子事实上并没有这一件这么困难，但表面上看希望却更渺茫一些。这些案子的目录都在抽屉里——他说着敲了敲桌子的某一个抽屉——但很可惜他不能让K看材料，因为这是职业秘密。自然啦，他办这些案子积累下来的丰富经验如今对K很有好处。他当然是马上就开始工作了，第一份申辩书基本上已经写好了。这份呈文很重要，因为辩护所留下的第一印象往往能决定案情发展的整个方向。可惜的是，这一点他不得不提醒K，法庭上有时根本不宣读第一份申辩书。他们把这些材料放进档案袋，指出目前对被告的审讯和观察比书面材料更为重要。如果呈文人催得急，他们就会补充说，如果材料都搜集齐全了，在判决之前自然要联系起来审查所有文件的，也包括第一份申辩书。可遗憾的是，这话在大多数情况下也不正确，第一份申辩书往往不是不知道被放到哪儿去了，就是彻底被弄丢了；即使它被保留到了最后，根据律师所听到的谣传，也几乎没人看它。这一切都令人遗憾，但也并非没有其道理。K应该注意到，审理程序不是公开的，如果法庭认为有必要，也可以公开，可法律并没有规定要公开。因此，被告及其辩护律师是看不到法庭的书面材料的，尤其是起诉书；正因为如此，人们一般不知道或者说起码不清楚第一份申辩书应该针对什么来写，所以，申辩书要包含对于案子有用的内容，那就只能靠运气了。只有在审讯被告的过程中弄清楚或者猜测到各种指控内容和理由之后，才能写出真正切合情况并有充分说服力的申辩书。在这种情况下，辩护当然处于一种十分不利和困难的境地。但这也是有意安排的。因为法律原本不允许有辩护，只是容忍辩护，而能否把有关的法律条文理解成容忍辩护，这一点还存在争议。因此严格地说，根本没有法庭承认的律师，所有作为律师出现在法庭上的人实际上只是不符合要求的律师。这种情况自然使得整个行业蒙受耻辱，如果K下一次再去法院办公处，他可以去见识见识，参观一下律师室。他可能会被聚集在那里的人吓一大跳。单是分给他们的那间又矮又窄的小屋就已经表明法院对这帮人的蔑视。光线只能透过一个小小的天窗射进来，天窗的位置那么高，谁要是想往外看的话，得先找一个同事，用背扛他上去，而且，天窗旁边就是一个烟囱，从那里面冒出来的烟会呛你的鼻子，熏黑你的脸。为了说明那里的情况，不妨再举一个例子：这小斗室的地板上有一个洞，至今已有一年多了，虽然没有那么大，不至于把人掉下去，但也足以使人的一条腿陷下去。律师室在阁楼第二层上，谁要是陷下去了，他的腿就会吊在阁楼一层恰恰是当事人等候的地方。如果律师圈子里的人称这种情况是不体面的，那一点儿也不过分。向管理部门提意见，起不了任何作用，不仅如此，律师们自筹资金改变房间里的任何东西是被严厉禁止的。但法院这样对待律师也有他们自己的道理。他们想尽量把律师排除在外，让被告自己来承担一切。总的来说这个观点并不错，但如果由此得出结论，认为在法庭上被告不需要律师，那就大错特错了。相反，在这个法庭上，他们比在其他任何法庭上都更需要律师。因为一般来说，诉讼程序不仅对外保密，而且也对被告保密。当然是在可能的情况下才如此，但可能做到的概率很大。由于也不允许被告看法庭的文字材料，要从审讯中推测出这些材料的内容就非常困难——对于被告则尤其困难，他又拘束，又有分散他注意力的烦恼。这时辩护律师就可以发挥作用了。一般情况下，并不允许辩护人在场，所以在审讯结束之后，他们要尽可能地就在审讯室的门口详细向被告了解有关审讯的情况，从他杂乱的陈述中得出对辩护有用的东西。但最重要的还不是这一点，因为用这种方法得不到很多材料，尽管在这里也和其他地方一样，精明的人总会比其他人了解的情况多一些。最重要的还是律师的私人关系，辩护的主要价值也在于此。K 现在或许已从自己的经历中明白，法院最基层的组织并非完美无缺，有玩忽职守和受贿的职员，这样，法院严密的封锁在某种程度上也就有了漏洞。大多数律师利用的就是这一点，他们找人行贿，打探消息，以前甚至还出现过档案被盗窃的情况。不可否认，用这种方法，暂时能够获得出乎意料的对被告有利的结果，而那些小律师则会因此而趾高气扬，招摇过市，以吸引新的委托人。但这种把戏对于官司后面的发展不仅毫无意义，甚至还适得其反。只有真诚的私人关系，尤其是跟高级官员们的关系才具有真正的价值，当然这些高级官员指的只是下层官员中较高级的。只有用这种办法，才能影响案子的进程，虽然一开始不会太明显，但越往后效果会越明显。这一点当然只有很少几位律师能够做得到，而 K 在这方面的选择是很有利的。大概只有一到两名律师有类似于胡尔德博士这样的关系。这些人当然不会理睬律师室里的那帮人，不会跟他们有任何关系。他们与法院官员们的关系却很紧密。胡尔德博士甚至没有必要去法院，没有必要在接待室里等候预审法官们的偶尔出现，没有必要视他们的心情如何，或一无所获，或仅仅获得一点表面上的成就。不，这些都用不着，K 亲眼看到那些官员——其中也不乏高位者——自己找上门来，自愿提供内容明确或至少是易于解释的信息，然后一起商谈官司下一步该如何办；在个别情况下，他们甚至能够被说服并乐于接受别人的观点。不过，在这一点上不能过分相信他们。他们把自己的对辩护有利的新观点说得再肯定，也仍有可能直接回到办公室，签发一份第二天宣判的法庭判决书，其内容与之前说过的恰恰相反，或者还会比他们声称已完全放弃了的最初意图更为严厉。对此你当然毫无办法，因为你私下里谈的事情，不过是私下里说说而已，摆不到台面上，更何况辩护人即使有别的意图，也不得不争取这些先生的宠信。然而另一方面，如果这些先生不仅仅是出于仁爱和人情才与辩护律师建立联系——当然只是懂行的律师了——那也有其道理，因为他们在某些方面也要依赖辩护律师呢。法庭组织的弊端在这里显露无遗，尽管它从一开始就规定要秘密庭审。法官们缺乏与大众的联系，在普通案件上，他们倒是游刃有余，这一类案子遵循自己的轨迹自行展开，只需偶尔推动一下而已；但面对非常简单或特别棘手的案了时，他们却往往变得束手无策。由于总是夜以继日地钻研他们的法律，不懂得人际关系，他们碰到这种情况就一筹莫展了。于是他们就去找律师求教，身后跟着那些捧着机密案卷的听差。哪里会想到，就在这扇窗前，不时能碰到某些人们根本意想不到的先生，看见他们如何愁苦不堪地坐在那里，望着下面的小巷，而律师为了给他们出主意，正在伏案研究案卷。而恰恰是在这种时候，你可以看到这些先生对待他们的职业是多么严肃认真，在碰到他们自己难以逾越的障碍时又是多么绝望。说起来，他们的工作并不容易。不能认为他们的工作很容易，这样对他们不公正。即便是对于了解底细的人来说，法院的等级也是层层叠叠、漫无止境的。一般而言，法院的诉讼程序对于下级官员也是保密的，所以，他们几乎无法完全预料自己处理的案件将如何进一步发展；这就是说，他们不了解出现在他们面前的案件从何而来，案件要是有进展，他们也不晓得进展的结果。总之，这些官员了解不到诉讼不同阶段的情况，可是要解释最终判决的理由，又必须了解这些情况。法律只允许他们按规定处理案件的某一部分，至于其余的情况，比方说自己工作的结果，他们往往比直到结案都和被告有联系的辩护律师知道得还要少。所以这方面他们也能从辩护人那里得到一些有价值的东西。如果 K 注意到这一切，那他还会对法官们的烦躁感到惊奇吗？每一个被告都有过被他们粗暴对待的经历。所有的官员们都很烦躁，尽管他们表面上冷静。那些小律师当然首当其冲，更得忍受他们的坏脾气了。有人讲过这样一个很可能真实的故事：有一个年老的法官，是一个沉默寡言的好先生，他处理的一桩诉讼案因为律师的申辩变得更加复杂起来，他花费了整整一天一夜研究这个棘手的案子——这些法官的确比任何人都要勤奋——工作了二十四个小时似乎还没有什么进展，到了黎明时分，他走到大门口躲了起来，要把每一个想进来的律师都从楼梯上扔下去。律师们聚集在下面的楼梯口商量该怎么办：一方面，他们本来就没有权利要求进来，因此从法律上说不能对法官采取什么行动，像上面已提到过的，他们得小心行事，避免得罪法官们；另一方面，要是进入不了法庭，时间就会白白浪费掉，所以能否冲进去对于他们至关重要。最终他们一致认为，要对这老先生实行疲劳战术。他们不断派出律师，让他们轮番一个接着一个地往上跑，尽量进行消极抵抗，被扔下来时便由下面的同事接住。这样大约僵持了一个钟头，那位老先生本来就因加夜班而疲惫不堪，这会儿更是筋疲力尽，于是就回办公室去了。下面的人一开始简直难以相信，派了一个人到门后去看是否真的没人了，然后他们才悄悄地走了进去，连吭都不敢吭一声。因为律师们——即使最没名气的律师也能够在一定程度上看清局势——完全不曾想要在法院实施或者企图实施任何改良，而非常典型的是，几乎每一个被告，甚至是头脑最简单的被告，刚一开始打官司就想着要提改进意见，这样常常耗费掉很多时间与精力，这些时间与精力要是用在别的地方的话要好得多。唯一正确的就是顺应现存的条件。即便能够在个别地方做些改进——但这是一种极其荒唐的想法——那也顶多是为将来的官司做了好事，你自己却会因此受到极大的损害，因为你引起了报复心很强的法官们的特殊注意。千万别引起这些人的注意！不管你心里有多么不愿意，都一定要冷静行事！必须认识到，这个庞大的法院组织在某种程度上是永远浮动着的，如果你在自己所处的位置上独自改变了什么，你就会丧失立足之地，从而会摔得粉身碎骨，而这庞大的组织却能轻而易举地在其他地方——因为一切都是相互关联的——为它所遭受的哪怕是最小的干扰找到补偿，不仅保持不变，而且极有可能会变得更封闭、更警惕、更严厉，也更恶毒。还是不要搅和为好，让律师去做工作。责备没有多少用处，尤其是不了解事情的全部意义的时候；不过要说的是，K对待办公室主任的态度已经大大地损害了他的案子。这个人很有影响力，本来属于可以帮助K的人之列，可现在却几乎得放弃他。一提这个案子，他就故意充耳不闻。在有些事情上，这些官员就像小孩子一样。一些琐碎小事——可惜K的态度不属此类——往往也会得罪他们，连好朋友他们都会不再理睬，碰到这些人时他们会避而不见，而且在所有的事上都与其对着干。可突然之间，他们又出人意料并毫无理由地因一个小小的笑话而开怀大笑，并且原谅了你，而这个笑话是因为你觉得事情反正已毫无希望了才敢说的。跟他们打交道就是这样，说是困难却也容易，几乎没有什么基本原则可言。有时候真让人奇怪，一个人普普通通的一生竟然能够明白这么多事理，能在这里颇有成就地工作。当然啦，像每个人一样，你也有沮丧的时候，你会觉得没有取得一点儿成功，会认为只有那些从一开始就注定有个好结果的案子才会成功，用不着他人的帮助，而其他的官司则尽输无遗，尽管你东跑西颠，尽管你付出了一切努力，尽管你也取得了一些让自己高兴不已的表面上的小成就。这样一来，你会觉得什么都不保险了，在某些问题上你甚至不敢否认，有些原本顺利的案子正是在你的插手下才走了弯路。这也是一个自信心的问题，可这也是唯一剩下的东西了。律师们很容易染上这样的情绪——当然这仅仅是情绪而已——尤其是一个案子一直都顺顺利利，令人满意，这时却突然被人剥夺了。对于一位律师来说，这大概是再糟糕不过的事了。并不是被告取消了他们的委托，这种事可能还从未发生过，被告一旦选择了某一位律师，不管发生什么事，他都必须继续留在那儿。他一旦接受了帮助，那他独自一人如何能够坚持下来呢？所以这种事不会发生。可有的时候案子发展变化了，律师无法继续工作了。案子、被告以及其他东西都被从律师那儿剥夺了；那时候，与官员们的关系再好也派不上用场了，因为这些人自己同样什么都不知道；这样，案子就进入了不许再有人提供帮助的阶段，被谁也进不去的法庭接手了，而律师则连被告也见不着了。某一天你回到家中，发现桌上放着你辛辛苦苦满怀最美好的希望所写的那许多份申辩书，这些材料因为不能转入新的审理阶段，全都被退了回来，变成了分文不值的废纸。然而，这官司不一定就输了，完全不是这样，至少还没有充分的理由这样认为，你只不过是不知道官司怎么样了，也了解不到什么情况了。好在这只是个别情况，即使K的案子属于此类情形，眼下离这个阶段也还远着呢。这就是说，律师还有很多机会做工作，要充分利用这些机会，这一点K尽可放心。方才说过，申辩书还没有递交上去，但这不急，更重要的是跟那些权威人士进行初步协商，这个已经做过了。应该坦白地承认，结果好坏不一。最好暂时不要去猜想什么细节，免得受到不良影响，或者抱的希望太大，或者担心过多；只能说有几个法官的表态很有利，他们也愿意帮忙，而另外一些人说的话虽不太有利，但他们也绝对没有拒绝提供帮助。总的来看，结果还过得去，只不过不能从中得出特别的结论，因为所有的初步协商都是这样开始的，只有接下来的发展才能显示这些初步协商的价值。不管怎么说，一切都还没有输掉，如果还能成功地争取到办公室主任——为了达到这一目的，已经做了各种工作——那么整个官司就像外科医生所说的那样，仅仅是个伤疤而已，可以放心地等待下一步的发展了。

如此这般类似的话，律师一旦说起来，简直就滔滔不绝，没完没了。每一次去拜访他，他老是重复这一套。总是说案子有进展，却从来也不告诉他进展的情况。一直都说他在写第一份申辩书，可总也写不完，而这在下一次来拜访的时候多数都成了好事，因为在前段时间——这是人们难以预料的——递交上去的话会很不利。K听这些话听得疲惫不堪，偶尔发表看法说，即使有很多困难，事情进展得也太缓慢了；律师就会反驳说，事情进展得根本不慢，但假如K及时来找律师的话，也许已经有更大的进展了。但遗憾的是，这被他给耽误了，而这一延误还会带来别的不利，并不只是时间上的损失。

在这样的拜访过程中，唯一能适时打断这一次次谈话的是莱妮，她总是趁K在场的时候给律师送来茶水。她站在K的身后，假装在看律师怎样贪婪地弯下腰去斟茶，然后喝茶，却让K偷偷地握着她的手。屋里寂静无声。律师喝着茶，K握着莱妮的手，莱妮有时还大着胆子轻轻地摸一摸K的头发。"你还在这儿？"律师喝完茶后问。"我想把茶具端走。"莱妮说，最后又捏一下K的手，而律师则擦擦嘴巴，又精力充沛地规劝起K来。

律师究竟是要安慰他还是要使他绝望？K不得而知。但他很快就能够肯定的是，自己的辩护没有托给可靠的人。律师说的或许都对，虽然很明显，他极力想炫耀自己，在他看来K的案子是一件大案，而这么大的案子他可能还从未接手过。可让人疑心的是，他不断强调他与法官们的私人关系。他利用这些关系，难道完全只是为了K好吗？律师总也忘不了说明他们都是些低级官员，也就是说，那都是些处于从属地位的官员，案子的某些转折对于他们的晋升也许很重要。也许他们在利用律师，以取得这样的转折？可这种转折当然会对被告不利。也许他们并不是每场官司都这么干，这是肯定的，不可能每一次都这样，也许在其他一些官司的进程中，他们又要给律师一些好处，作为对其帮助的酬报，因为他们肯定也很愿意保住他的声誉。如果情况果真如此，他们会以何种方式插手K的案子呢？按照律师的说法，K的案子是一件棘手的，即是说一件重大的案子，一上法庭就引起了人们的注意。他们要做什么并非不可捉摸，已经看得出来一些迹象了：第一份申辩书至今尚未递交上去，尽管官司已经持续了数月之久。按照律师的说法，一切都还刚刚起步，这说法当然非常适合于麻痹被告，使其处于无助的境地，以便在判决时给他一个措手不及，或者至少可以宣布业已结束的调查对他不利，已上交高级法院审理了。

现在到了K必须要亲自来处理此事的时候了。在这个冬日的上午，他处于极度疲倦的状态下，一切都乱糟糟地显现在他的脑海里，恰恰就在这个时候，他亲自插手此事的决心变得不可动摇。他以前对这场官司的蔑视不复存在。倘若这世界上只有他一个人，他尽可以轻视它，虽然也可以肯定，那样的话这场官司也就不存在了。现在叔叔已经把他拉到这个律师这儿来了，他也得考虑家庭影响问题；他的职务也不再与官司的进程毫无关系，他出于一种难以解释的自得感，轻率地在熟人面前提到过官司的事，其他人也不知道通过什么途径听说了此事，与毕尔斯特奈小姐的关系也似乎随着官司的进展在波动——总之，他已经没有选择接受还是拒绝这场官司的余地了，他身陷其中，不得不抵抗。如果他打不起精神，那将很糟糕。

可暂时还用不着过分担忧。在银行，他只用了比较短的时间就爬到了很高的职位，并且在这个职位上得到了大家的认可，他现在只需把这种使他成功的能力用一些到打官司上面去，这样无疑就会有一个好结果的。要想获得成功，重要的是必须从一开始就排除他可能有罪的任何想法。他本来就没有罪。这场官司无非就是一宗大买卖，就跟他多少次为银行所做的有利可图的买卖一样。一般来说，买卖中潜藏着各式各样的风险，就是要对付这些风险。为了达到目的，当然不允许产生有罪的念头，而是要尽量把握住自己的优势。从这一观点出发，免不了要尽快取消律师的代理委托，最好今晚就把此事办了。虽然按照律师的说法，这样做是闻所未闻的，也许还是对律师的一种羞辱，但 K 不能容忍他为案子所做出的努力遇到任何障碍，更何况这种障碍也许就是律师自己设置的。一旦甩掉了律师，申辩书马上就得递交上去，有可能的话得每天去催，以引起他们的注意。要达到这一目的，光像其他人那样每天坐在走廊上，把帽子放在长条椅下面，那是不够的。他本人，或者女人们，或者得派其他人天天往法官那儿跑，迫使他们坐到桌前去研究 K 的申辩书，而不是透过栅栏墙向走廊里张望。不能放弃这种努力，要组织并监督好一切，让法院碰上一个懂得捍卫自己权利的被告。

可即使 K 敢于实施这一切，起草申辩书的困难还是相当大的。原来，大约就在一周以前，他想到有朝一日或许得自己写这样的申辩书，当时还只是怀着某种羞惭的感觉，却压根儿没有想到这竟然还是一件很困难的事情。他想起一天上午，他正有忙不完的工作，可他突然把所有的东西都推到一旁，拿起记事簿，想尝试着起草这样一份申辩书的提纲，或许可以把它给那个迟钝的律师用，就在此时，经理室的门打开了，副经理哈哈大笑着走了进来。K 当时觉得很尴尬，尽管副经理当然不是在笑申辩书，因为他毕竟对此一无所知，而是笑他刚听到的一个笑话；这个笑话得画几笔才能使别人明白，于是副经理朝K的办公桌俯下身来，拿过K手里的铅笔，在本来要用来写申辩书的记事簿上画了起来。

到了今天，K不再觉得害臊，申辩书非写不可。如果他在办公室里找不到时间——这是很有可能的——他就得晚上在家里写。假如晚上的时间不够，那就得请假。反正不能半途而废，这不仅在生意上，而且在任何别的事情上都是最忌讳的。当然啦，申辩书意味着没完没了的工作。即使生性并不胆小的人，也很容易相信有朝一日能完成申辩书是不可能的。并不是懒惰和故意拖延让律师难以完成申辩书，而是因为在对现有的指控和还有可能扩大的罪状一无所知的情况下，要回忆你整个一生，包括所有最微不足道的行为和事件，要描述并从各个方面审视这一切，这是多么可悲的一项工作啊！这样的工作也许适合退了休、又变得充满童心的老年人去做，好叫他以此打发漫长的岁月。可K现在需要把所有的心思都用在工作上，他正处于上升阶段，对副经理已经构成威胁，每一个小时都是那么紧张，而他作为一个青年人，还想享受短暂的黄昏和夜晚，可现在竟要他开始起草申辩书。他想着想着，不禁又抱怨起来。为了终止这些思绪，他几乎不由自主地用手去摸通向接待室的电铃。按响电铃的时候，他抬头看了看钟。已经十一点了，他胡思乱想了整整两个小时，这么长一段宝贵的时间就这么过去了，他却比刚才更加疲惫。可不管怎么说时间并没有白白浪费，他做出了可能有价值的决定。服务生送来各种邮件，除此而外还有两位先生的名片，他们已经等候很久了。这两位先生恰好是银行极其重要的客户，本来无论如何也不该让他们等候的。他们为什么来得这么不是时候呢？为什么——关在门外面的先生们仿佛在问——一向兢兢业业的K要为了私事而浪费最宝贵的生意上的时间呢？K因刚才的事而疲惫不堪，现在又得强打起精神等待将要到来的工作，他站了起来，迎接第一位客人。

这是一位性情活跃的矮个子，是一位工厂主，K跟他很熟悉。他道歉说打搅了K的重要工作，而K也因让他等了这么长时间向他表示了歉意。可他这番道歉的话说得那么机械，语调几乎都变味了，那工厂主要不是一门心思想着生意上的事，肯定会察觉到的。可他没有察觉，而是急匆匆地从所有的口袋里掏出账单和表格，在K面前摊开，然后对不同的款项做了解释，修改了在浏览中发现的一个小小的计算错误；同时他提醒K，他们在大约一年前做过一宗类似的交易，又顺便提到，这一次，另外一家银行不惜血本也要争取这笔买卖；最后他停住嘴，想听听K的意见。K一开始的确还在认真倾听着工厂主的话，要做好这笔重要买卖的想法也确实吸引住了他，可惜没能持久，不一会儿，他就走神了，只是在工厂主大声叫喊的时候才点点头，可这也没能过多久，最后他只剩下盯着那颗俯在文件上的秃头，心想他究竟什么时候才能明白他说的这些全是废话。工厂主不再吭声时，K起先还真的以为，他是要给K一个坦白的机会，承认自己听不下去了。可遗憾的是，K从对方紧张的眼神中发现，工厂主显然做好了进行各种反驳的准备，看来生意谈判还得继续进行下去。于是像听到一声命令似的，他低下头，开始用铅笔在文件上不断移动着，不时停下来，盯着某一个数字看。工厂主估计他会提出异议，也许这些数字真的还没确定，也许这不是关键的东西，总之工厂主用手掩住了文件，靠近K，重新开始一般性地描述这宗买卖。“这很困难。”K噘了噘嘴巴说，摇摇晃晃地靠在椅子扶手上，因为那些文件作为唯一具体的东西还被遮盖住了。就在此时，副经理办公室的门打开了，K只是微微抬头看了一眼，像是透过一层薄纱似的，朦朦胧胧地看见副经理出现在门口。K没有考虑此事，只是注意到让他高兴的直接后果。因为那工厂主顿时就从沙发上蹦起来朝副经理跑过去，就这样K还巴不得他再快上十倍，因为他担心副经理又会走掉。这担心却是多余的，因为这两位先生走到一起，彼此握了握手，又一起来到K的办公桌前。工厂主指着K，抱怨说襄理先生对这笔生意兴趣不大。在副经理的注视下，K于是又弯下身子去看文件。然后，这两个人倚着桌子，工厂主又开始拼命地争取副经理了。这时，K觉得他头顶上的这两个人高大无比，他们似乎正在进行着事关他本人的谈判。他缓慢而又小心翼翼地往上翻了翻眼睛，想知道那儿到底在发生着什么，看也没看就从桌子上拿起一份文件，平摊在手掌上，举着它慢慢站了起来。他这样做并没有确切的想法，只是凭感觉认为，他要是什么时候完成了能够彻底解救他的那份冗长的申辩书，他就得这么做。副经理正在全神贯注地谈着话，只瞥了一眼那份文件，根本没看见上面写的是什么，因为对于襄理重要的东西对于他并不重要。他从K手中拿过文件说：“谢谢，我都知道了。”然后又不慌不忙地把文件放回桌子上。K 从侧面愤愤地看了他一眼。可副经理根本没发现，或者发现了反而更来劲，不时地放声大笑，说了一句俏皮话让工厂主十分难堪，可马上又给了对方一个台阶下，自己改了口，最后邀请工厂主到对面他的办公室去，一起把事情谈完。“这是一件非常重要的事情，”他对工厂主说，“我完全同意。而襄理先生——”就是这句话，他也仍只对着工厂主说，“肯定会很高兴的，如果我们从他那里接手这一工作。这件事需要静心考虑。可他今天似乎负担很重，而且接待室里有几个人已经等了他好几个钟头了。”K 勉强还能控制住自己，他转过身背朝着副经理，只对工厂主友好却有些呆板地笑了笑，除此而外他什么反应也没有，双手撑在桌子上，微微屈着背，如同店员站在柜台后面似的，看着那两位先生一边继续说着话，一边从桌上拿过文件向经理室走去。到了门口，工厂主还回过头来说，他暂不告别，因为他自然还要向襄理先生报告谈判成功的消息，另外他还有一件别的小事要告诉他。

终于只剩下 K 一个人了。他根本不想再放客户进来，只是迷迷糊糊地意识到，外面的人还以为他仍在和工厂主谈判呢，这样很好，任何人都不会进来，包括服务生。他走到窗口，坐到窗台上，一只手抓住插销，望着外面的广场。雪还在下着，天空一点儿也没有晴起来。

他久久这么坐着，不清楚到底为什么而犯愁，只是不时不安地回过头去看着接待室的门，误以为听到了什么响动。由于并没有人进来，他镇静了许多，走到盥洗盆边，用凉水洗了把脸，头脑清醒了一些，又回到窗口。他现在觉得，决定自己为自己辩护比他原来估计的要严峻得多。在他把辩护委托给律师期间，他基本上很少为官司操过心，只是站在远处观望着，几乎还没有跟官司发生直接关系，什么时候想知道他的事情怎么样了，就看一下，什么时候愿意，又可以把头缩回来。可现在，假如要自己为自己辩护，那么他起码在目前得完全听任法院的摆布。这样做要是成功的话，他就可以彻底地得到解救；可要达到这一目的，他至少暂时得冒更大的风险。假如说先前他对此有点怀疑的话，那今天跟副经理和工厂主的相处已足以让他深信不疑了。他是怎样坐在那儿的呀！仅仅是做出为自己辩护这样一个决定就已经让他神情恍惚了。那以后又会怎么样呢？等待着他的将会是什么样的日子啊！他能找到完满地结束这一切的途径吗？考虑周详的辩护——其他都毫无意义——这样的辩护是否就意味着要尽量脱离别的事情？他能够安然挺过这一关吗？在银行他又该如何实施这一计划呢？这不仅关系到一份申辩书，要写申辩书也许休一次假就够了，虽然现在提出休假是要冒大的风险的；这关系到整个官司，它究竟持续多久难以预料。K 的生活中突然出现了多么大的障碍啊！

可他现在还得为银行工作？——他朝办公桌望去——现在他还得让客户进来并且跟他们谈判？他的案子正在进行中，那些法官正在阁楼上面研究案卷，而他还得做银行的生意？这难道不是一种伴随着他的苦刑，一种由法院认可、与官司相关的苦刑？银行的人在评判他的工作时会考虑到他的这一特殊境遇吗？任何人在任何时候都不会。他打官司的事别人并不是一点儿都不知道，虽然不清楚都有哪些人知道，而他们又知道多少。但愿谣言还没有传到副经理那儿，否则的话肯定能够清楚地看到，他会充分利用这件事来对付K的，丝毫不讲同事情谊和仁慈心。那么经理呢？他对K当然是有好感的，要是他听说了官司的事，就他而言，可能很愿意给K减轻一些负担，但他的意愿肯定通不过，因为有了K才形成的均势将受到削弱，所以他更要受到副经理的影响，而副经理还会利用经理的困境来加强自己的权势。那么，K还有什么可以指望的呢？也许他的这些考虑会削弱他的抵抗力，但就眼前而言，非常有必要的是，自己不要糊涂，并尽可能地认清形势。

他试图打开窗子，没有什么特殊的理由，只是为了暂时不回到桌子旁边去。窗子很难开，他不得不用双手拧开插销。一股烟雾混杂着从窗口涌进房间，屋子里顿时有了一股淡淡的焦煳味。几片雪花随风飘了进来。“一个可恶的秋天。”工厂主在K的身后说道，他从副经理那里过来，悄悄走进了房间。K点点头，不安地看着工厂主的公文包，他大概马上就会从包里抽出文件来，向K报告他和副经理谈判的结果。然而工厂主却追随着K的目光，并没有打开包，只是在上面拍了拍说：“您想听听结果如何？不好也不坏。我包里装的差不多已经是生意成交的合同了。您的副经理很有魅力，可也是个危险人物。”他大笑起来，同时握着K的手，想让他也跟着一起笑。可工厂主不想给他看文件又让K生出疑心，而且他也不觉得工厂主的话有什么好笑的。“襄理先生，”工厂主说，“您大概由于天气的缘故感觉不舒服。您今天看上去很压抑。”“是的，”K说着用手摸了摸太阳穴，“头疼，家里出了些麻烦。”“是的，”工厂主说，他是个急性子，不会安静下来听别人说话，“人人都有一本难念的经。”K不由自主地朝房门跨出了一步，好像要送工厂主出去，可这一位却说：“襄理先生，我还有一件事要告诉您。我担心，今天谈这件事也许会烦扰您，可我最近已到您这儿来过两次，每次都忘了讲。要是再往后拖，就有可能完全失去意义。那未免太可惜，因为从根本上说，我的消息也许并非毫无价值。”K还没来得及回答，工厂主就已经走到他身边，用指关节轻轻敲着他的胸脯，小声说：“您卷入了一场官司，对吗？”K后退一步，惊叫起来：“是副经理告诉您的吗？”“噢，不是，”工厂主说，“副经理怎么会知道？”“那您是？”K稳了稳神问。“我时常从法院那儿听到一点儿消息。”工厂主说，“这也正是我所要告诉您的。”“这么多人都跟法院有联系！”K低着头说。他把工厂主带到办公桌旁，他们重新坐了下来，这时工厂主说：“遗憾的是我能告诉您的并不多。但在这种事情上，再小的情况也不能忽视。另外我也很想帮您一点儿忙，不管我的帮助多么微不足道。我们毕竟一直都是生意上的好伙伴，不是吗？好，是这样——”K想为今天谈判时他的态度道歉，可工厂主不让他插嘴，他把腋下的公文包往上夹了夹，表示他很忙，然后继续说：“您的官司我是从一个叫迪托莱利的人那儿听来的，他是个画家，迪托莱利只是他的笔名，他的真名我根本不知道。有几年时间了，他时常到我办公室来送些小画，我就给他一些施舍——他差不多就是个叫花子。他送的画倒都是些好画，是草原风光之类的。这种交易一向进行得很顺利，因为我们两个人都习惯了。可一度他来得太勤，我责怪他，然后就和他聊了起来，我想知道，他单靠绘画如何能维持生活。叫我吃惊的是，他收入的主要来源是靠画肖像。他说他给法院工作。我问他是给哪个法院。于是他就讲了一些有关法院的事。您也许很容易想象，他的话多么令我吃惊。从那时候起，他每次来我都能听到法院里的一些新鲜事，逐渐也了解到一些概况。当然迪托莱利的话很多，我常常不得不赶走他，不仅因为他肯定也说谎，而且主要是作为一个生意人，我差不多已经要被自己生意上的烦恼压垮了，哪里还能再管别人的事。这不过是顺便说说。也许——我现在想——迪托莱利能帮您一点儿忙，他认识很多法官，虽然他本人没有多大的影响，可他可以给您出出主意，看怎样才能争取到一些有影响的人物。就算他的建议本身起不了什么决定性的作用，在我看来，在您的把握下，这些建议也会有很大用处的。您差不多就是一个律师。我常常这么说：K 襄理先生差不多就是一个律师。噢，我不担心您的官司。那么，您愿意去找迪托莱利吗？有我的推荐他肯定会尽力帮忙的。我真的认为您应该去一趟。当然不一定今天就去，哪天有机会再说。不过，有一点我得说明，您也用不着因为我提了这个建议，就觉得非去迪托莱利那儿不可。不用这样，如果您觉得不需要迪托莱利，那自然更好。也许您已经有了一个具体的计划，迪托莱利反而会搅乱它。不，如果是这样，您当然千万别去。让这样一个家伙出主意的确要经过思想斗争。随您的便，好吗？这是推荐信，这是地址。”

K很颓丧，他接过信，把它塞进口袋里。即使是在最有利的情况下，推荐信带来的也是弊大于利，因为工厂主知道他的官司，而那个画家也会继续到处传播消息。工厂主这时正朝门口走去，K简直很难强迫自己向他说几句感谢的话。“我会去找他的，”在门口向工厂主告别的时候，他说，“或者将给他写信，请他到我办公室来一趟，因为我现在很忙。”“我就知道，”工厂主说，“您会找到最好的办法的。不过我想，您最好还是避免把迪托莱利这样的人邀请到银行来，不要在这里跟他谈官司的事情。另外，把给这种人的信交出去也不一定很妥当。但这一切您肯定都再三考虑过了，知道该怎样做。”K点点头，又陪着工厂主穿过接待室。他虽然表面上保持着冷静，可内心却非常不安。他说要给迪托莱利写信，原本只是为了告诉工厂主，他懂得这封推荐信的价值，会立刻考虑见迪托莱利一面的可能性；但假如他真的认为迪托莱利的帮助很有用，他大概也会毫不犹豫地给对方写信的。但这一举动可能会带来的严重后果，是他听了工厂主的话才意识到的。难道他真的已经不能太相信自己的判断力了吗？他居然会写一封内容明白无误的信，邀请这么一个来历可疑的人到银行来，在与副经理仅隔着一道门的情况下向这个人讨教打官司的事？难道他就没有可能忽视其他危险，或者陷入危险吗？他身边不会老是站着一个人提醒他的。偏偏在现在，在他需要集中一切力量的时候，他却怀疑起了自己的警觉性，这是从来没有过的事。他办公时遇到的困难也会出现在官司中吗？总之，他现在怎么也想不明白，他怎么会想到要给迪托莱利写信，邀请他到银行来呢！

他还在为这件事摇着脑袋的时候，服务生走到他身边，提醒他接待室的长凳上还坐着三位先生。他们要见K，已经等了很久了。现在，由于服务生在和K说话，他们全都站起身来，每个人都想趁机先走到K跟前。既然银行方面如此毫无顾忌地让他们在接待室里白白浪费时间，他们也不想再顾忌什么了。“襄理先生——”其中一个已经开口了。可K却让服务生取来他的大衣，一边在服务生的帮助下穿衣服，一边对那三个人说：“对不起，先生们，很遗憾我现在没有时间接待你们。请你们原谅，我有要务需要出去一趟。你们都亲眼看见了，我给耽搁了多久。劳驾你们明天或者其他什么时间再来一趟好吗？或者我们也可以在电话里谈？或者你们短暂地告诉我是什么事，然后我给你们一个详细的书面答复。不过最好是你们下次再来。”K的这些建议让这三位白等了一场的先生惊诧不已，他们怔怔地对视着。“那么我们就达成一致意见啦？”K问，他转过身去，服务生这时把他的帽子也拿来了。透过敞开着的房门，K看到外面的雪下得更大了。于是他竖起了大衣领子，并把扣子一直扣到脖子底下。

此时，副经理恰好从隔壁的房间里走了出来，他笑眯眯地看着K穿着大衣在跟几位先生说话，问道：“您现在要出门吗，襄理先生？”“是的，”K说着挺直身子，“我有件公务要出去办。”可副经理却已经转向那几位先生。“那么这些先生呢？”他问，“我想你们已经等候很久了。”“我们已经商量好了。”K说。可现在那些先生再也忍不住了，他们围住K，解释说如果事情不重要，如果用不着现在单独谈的话，他们也不会等这么几个小时了。副经理听他们说了一阵，然后转过去看着K。只见K手里拿着帽子，不时掸着上面的灰尘，副经理就说："先生们，有一个很简单的办法。如果你们觉得跟我谈也可以，我很乐意代替襄理先生跟你们谈。你们的事情当然得马上处理。和你们一样，我们也都是商人，懂得珍惜商人的时间。可以请各位进来吗？"说着，他便打开了通向自己办公室的门。

副经理是多么懂得钻空子，抢夺K不得已而放弃的东西啊！可是K放弃的是不是太多了呢？在他怀着渺茫的和微弱的希望——他不得不承认这一点——去找一个不知名的画家的时候，他的声望在此却受到无可挽回的损害。脱掉大衣，至少把那两位还需要等候的先生争取回来，或许更好些。K也许就这么做了，假如他没有看见副经理正站在他的房间里在书架上寻找着什么，就像在自己的书架上找东西一样。看到K生气地走近门口，他大声说："啊，您还没走啊。"他转过身来，面对着K，满脸紧绷绷的皱纹似乎不是年龄而是力量的象征，他随即又开始寻找。"我在找一份合同的副本，"他说，"公司的代表说应该在您这里。您能帮我找找吗？"K刚往前迈了一步，副经理却说："谢谢，我已经找到了。"说完便抱着一大堆文件，里面不仅有那份合同副本，还有很多其他的东西，返回了他的房间。

"我现在斗不过他，"K对自己说，"可一旦我个人的困难解决了，那他就是第一个得给点儿颜色瞧瞧的人，到那时再看谁厉害。”这想法多少使K平静了一些，那个服务生还一直给他拉着通向走廊的门，K让他找机会向经理报告一下，说他出门了。随即他便离开了银行，几乎很高兴能有一段时间来专门处理自己的事情。

他马上驱车去找画家。画家住在郊区，与法院办公处所在地的方向恰好相反。这一地区还要贫穷一些；房子更灰暗，小巷里也更肮脏，污泥在渐渐融化的积雪上四处流淌。画家住的房子只有一扇大门开着，另一扇下面靠墙的地方裂了一个口子，K走近的时候，正有一股令人作呕的、热气腾腾的黄水从里面流出来，一只老鼠正朝附近的下水道仓皇逃窜。楼梯的下面，一个小孩正趴在地上哭，可又几乎听不见他的哭声，因为门道的另一侧有一个白铁工场，从里面传出的震耳欲聋的噪声盖住了一切响声。工场的门敞开着，三个学徒工围成半圆，手持榔头，敲打着一个工件。墙上挂着一大块白铁皮，它发出的惨白的光从两个学徒之间穿过，映亮了他们的脸庞和围裙。K对这一切都只是匆匆地瞟了一眼，他想尽快办完这儿的事情，向画家探问几句，随后马上回到银行去。哪怕他在这里只有很小的收获，也会对他今天在银行的工作起到好的影响。到了三楼，他不得不放慢脚步，楼梯和楼层都特别高，而画家据说是住在最顶上的阁楼小屋里。这儿的空气同样令人窒息，没有楼梯间，狭窄的楼梯两边是墙，隔一大段在很高的地方才装有一扇小小的窗子。K刚歇了一下脚，就看到有几个小女孩从一间屋子里跑了出来，笑着朝楼上跑去。K慢慢地跟着她们，追上一个小女孩，她因为绊了一跤落到其他女孩的后面了，K 一边跟着她往上走，一边问道："这里住着一个叫迪托莱利的人吗？"这个小女孩还不足十三岁，有些驼背，她这时用胳膊肘碰了碰 K，抬起头从侧面看着他。她幼小的年纪和她身体的缺陷都阻碍不了她的彻底堕落。她甚至连笑都不笑一下，而是满脸认真地用挑逗的目光盯着他。K 假装没有注意到她的举止，又问："你认识画家迪托莱利吗？"她点点头，反过来问道："您找他干吗？"K 觉得似乎应该赶快再打听一点儿有关迪托莱利的情况，便说："我想找他画像。""找他画像？"她问，嘴巴张得老大，用手轻轻打了 K 一下，仿佛他说了什么特别让人吃惊或者不妥的话，然后用两只手撩起本来就够短的裙子，拼命去追赶别的女孩，她们的叫声已经渐渐消失在高处，听不大清楚了。到了楼梯的下一道拐弯处，K 又碰到了那群女孩。她们显然从驼背女孩那里听说了 K 的意图，在等着他。她们站在楼梯的两边，紧靠着墙，好让 K 能够顺利地从中间通过，同时用手抚平裙子。所有人的脸，还有这夹道欢迎的架势，都显露出某种幼稚与浪荡的混合。最上面站着那个驼背女孩，她是领头的，K 身后的女孩子们现在则一面嘻嘻笑着，一面围拢过来。可还多亏了那个驼背女孩，K 才找对了路。他本来还想一直往前走的，可小女孩指给他一条岔路，说要去迪托莱利家得走这儿。这是一条又窄又长的楼梯，直直的没有拐弯，所以可以一眼就看到头，一直通到迪托莱利的门前。这扇门是用未粉刷的木板拼起来的，门的斜上方开着一扇小窗子，所以这里比楼梯的其他地方亮堂了许多。门上用红笔写着迪托莱利的名字，笔画粗重。K 和他的这些随从还没走到楼梯中间，上面的门就开了一道小缝，显然这么多人的脚步声惊动了主人，一个好像穿着睡衣的男人出现在门缝里。“噢！”当他看到这一群人时，惊呼起来，随即便不见了踪影。驼背女孩乐得直拍巴掌，其他女孩则在后面推搡着 K，催他走快点儿。

他们还没有走到楼梯的顶上，画家就已经完全打开了门，他朝 K 深深鞠了一躬，邀请他进屋。女孩子们却被他挡在了门外，不管她们如何恳求，怎么千方百计地软磨硬泡，他一个都不放进去。只有驼背女孩从他伸出的胳膊下面钻了过去，可画家从后面追上她，抓住她的裙子，抱起她转了一圈，然后把她放到门外其他女孩中间；在他离开门口的时候，那几个女孩还真没敢迈过门槛。K 不知道应该如何看待眼前发生的事情，这一切仿佛都是商量好、在表演给他看似的。门口的女孩们一个接一个地伸长脖子，朝画家喊了一些 K 听不懂的玩笑话，画家也大声笑着，把手中的驼背女孩几乎扔了出去。然后他关上门，又对 K 哈了哈腰，伸出手来，自我介绍道：“画家迪托莱利。”门外的那些女孩还在窃窃私语，K 指着门说：“您好像在这栋房子里很受欢迎。”“嗨，一群野丫头！”画家一边说，一边很费劲地试图把睡衣的领扣扣紧。他光着脚，下身穿着一件宽裤腿的泛着黄色的麻布裤子，裤子用一根皮带系着，皮带梢长长地耷拉着，晃来晃去。“这群野丫头真成我的一个负担了。”他继续说。睡衣上端的扣子这时又掉了下来，于是他放弃了这件事，端来一把椅子，请 K 坐下。“我曾经给她们中的一个画过像，她今天不在里面，打那之后，她们就都来缠我。如果我自己在家，她们得经过我的允许才能进来，可一旦我出去了，就至少有一个在我这儿。她们配了房门的钥匙，私下里相互借用。您简直没法想象，这有多么烦人。比如有一次我带了一位要画像的女士回来，开了门锁一看，那驼背小女孩正在那张小桌旁，用画笔把自己的嘴唇描得通红，她的小妹妹们——本来她的任务就是照料她们——则四处乱跑，把屋里弄得一塌糊涂。还有昨天发生的那件事：我很晚才回到家——请您原谅这事弄得我现在这个样子，屋里也这么乱七八糟的——我很晚回到家，刚想上床，却有什么在掐我的腿，我朝床底下一看，又拉出来这么一个小东西来。我不知道她们干吗非要往我这里跑，我并没有把她们往这儿引，这您刚才也看见了。不言而喻，我的工作因此受到了干扰。假如这间画室不是免费提供给我的，我早就搬出去了。”就在这个时候，门外传来一个温顺而又怯生生的声音：“迪托莱利，我们可以进来了吗？”“不行。”画家答道。“我一个人也不行吗？”声音又问。“也不行。”画家说着走到门口，从里面锁上了门。

K这才四下环顾了一番这个房间，他本人永远也不会想到可以把这间小陋室叫作画室。横竖都几乎迈不开两大步。所有的东西，地板、墙和顶棚都是木头的，看得见木板之间的细缝。K的对面是床，床上堆着花花绿绿的被褥。屋子中央的画架上放着一幅画，上面蒙着一件衬衫，袖子一直耷拉到地上。K的背后有一扇窗户，外面雾气迷蒙，除了邻居房顶上的白雪外，什么也看不见。

钥匙在锁孔里转动的声音提醒K要早点儿回去。于是他从口袋里掏出工厂主的信，把它递给画家，说：“我是从您的这位熟人那里知道您的，是他建议我来的。”画家草草看完了信，把信扔到床上。假如工厂主不是非常确定地说过迪托莱利是他的熟人，是一个接受他施舍的穷人，那现在简直可以认为迪托莱利根本就不认识工厂主，或者起码是想不起来他是谁。尤其是画家这时还这样问：“您是想买画呢还是想画像？”K吃惊地望着画家。信里到底写了些什么？K还理所当然地以为，工厂主会在信里告诉画家，K来访的目的不是别的，只是想了解一下他官司的情况。他也太着急了，未加考虑就直奔这儿来了。可他现在得给画家一个答复，于是看了一眼画架说：“您正在作画吗？”“是的。”画家说着，就把蒙在画架上的衬衫跟信一样也扔到了床上。“这是一幅肖像画，很成功，可是还没画完呢。”K运气不错，偶然之间，便有了谈论法院的机会，因为这分明就是一幅法官的肖像画。它跟律师办公室里挂的那幅画出奇地相似。当然，毫无疑问，这幅画上画的是另外一个法官，此人长得肥头大耳，乌黑浓密的络腮胡直到耳根；不过律师那儿的那一幅是油画，这一幅却是粉笔画，颜色淡淡的，有些模糊。但其余的东西都很相似，因为这幅画上的法官也是一手紧抓扶手，派头十足地俨然就要从宝座般的椅子上站起来的样子。“这是一个法官。”K本想马上就说，可暂且忍了一忍，往画跟前靠了靠，仿佛他想认真研究一番细节似的。画的中央，在椅子靠背的上方有一个人像，K看不明白，便问画家那是什么人。“还得再画几笔。”画家回答道，他从一张小桌上拿起一支彩色粉笔，用它勾了一下人物的轮廓，可K

仍旧看不出来。“这是正义女神[1]。”画家终于说。“现在我也认出来了，”K说，“这里是蒙眼的带子，这里是天平。可脚后跟上不是有翅膀吗？她不是在飞吗？”“是的。”画家说，“我得按照委托人的要求作画，这是正义女神和胜利女神[2]的结合体。”“这种结合不好，”K微笑着说，“正义女神必须静立不动，否则的话天平就会摇晃，就不会有公正的判决了。”“我得顺从委托人的意愿。”画家说。“是的，那当然啦。”K说，他不想让自己的话得罪什么人，“您是按照人物真的坐在椅子上的样子来画的？”“不是，”画家说，“我既没有看见人也没有看见椅子，这些都是想象出来的，可他们交代了该怎么画。”“什么？”K故意问道，好像他不完全明白画家的意思，“这坐在法官椅上的不是位法官吗？”“是一位法官，”画家说，“但不是高级法官，他从没在这种椅子上坐过。”“尽管如此，他却让人把他画成这样一副庄严肃穆的样子？他坐在那儿俨然就是法院院长。”“是的，这些先生很爱慕虚荣。”画家说，“可他们这样，是得到上面的准许的。只不过很遗憾，仅仅根据这幅画很难判断服装和座位的细节，粉笔画的颜色不适合表现这些东西。”“是的，”K说，“很奇怪，为什么要用彩色粉笔来画。”“法官希望这样，”画家说，“这是要送给一位女士的。”看见画，画家似乎产生了工作的冲动，他卷起袖子，拿过几支笔，只见随着笔尖的颤动，法官的头上出现了淡红色的阴影，阴

1 在希腊神话中，正义女神为忒弥斯，常见的形象是双眼蒙住，左手高举天平，右手执宝剑。

2 在希腊神话中，胜利女神为尼刻，常见的形象是背生双翼，手执棕榈叶和花环。

影朝画的边缘辐射开来。渐渐地，阴影变戏法似的变成了环绕在头上的一件饰物或者高贵的标志。然而在正义女神的周围，除了一种不易察觉的色彩，色调比较明朗，在这种背景中，人物更加醒目，她看上去既不像是正义女神，也不像是胜利女神，倒完全像是狩猎女神[1]。K没想到，画家的工作如此吸引他；这时他却开始怪自己，在这儿耽搁了这么长时间，自己的事情却一点都没做。“这位法官叫什么名字？”他突然问道。“这个我不能说。”画家回答说，他朝画弯下身去，明显地冷落了客人，完全不像起初那么热情周到。K把这看作耍脾气，为此很生气，因为他无缘无故地浪费了这么多时间。“您大概是法院的亲信吧？”他问。画家立刻放下画笔，站起身来，一边搓着双手，一边微笑着注视着K。“一开始就应该说真话嘛，”他说，“您想了解法院的情况，您的推荐信里也这么写了，可您却先谈我的画，想拉拢我。不过我不会见怪的，因为您不可能知道这样做在我这儿行不通。噢，不用！”K想分辩几句，却被厉声拦住了。“不过您说得完全正确，我的确是法院的亲信——”他顿了一下，像是要给K留一点时间来认可这一事实。这时，门外又传来女孩们的说话声。她们可能在争着透过锁孔往里看，或者她们能够从门缝里看到房间里的情况。K不再考虑道歉的事，因为他不想转移话题，可他也不愿意让画家过于得意忘形，从而变得高不可攀，因此他问：“这个职务是官方承认的吗？”“不是。”画家简短地说，仿佛这让他剩

---

1 在希腊神话中，狩猎女神为阿耳忒弥斯，常见的形象为身佩弓箭，身边伴有鹿或猎犬。

下的话说不出口似的。K 却不想让他沉默，说："可这种没有得到承认的职务往往比被承认了的职务影响还要大些。""我正好是这种情况。"画家皱着眉，点头说道，"我昨天和工厂主说起您的官司，他问我能不能帮您的忙，我说可以让那个人到我这儿来一趟。我很高兴您这么快就来了。您似乎非常担心这件事，这也不奇怪。您要不要先把外套脱了？"虽然 K 只打算在这儿待一会儿，可还是很乐意地接受了画家的这一提议。这屋里的空气越来越让他觉得闷得慌，他已经好几次诧异地望着角落里的小铁炉，里面肯定没有生火，房间里的闷热实在无法解释。他脱下大衣，并解开了上衣的扣子，画家这时解释道："我喜欢暖和。这里还挺舒适的，对吗？就这一点来说，这房间的位置不错。"K 对此一言未发，他觉得不舒服并不是因为热，而是因为这让人透不过气来的空气，这房间大概很久都没有通过风了；更叫他难受的是，画家让他坐在床沿上，自己却坐在放在画架前面的唯一的一把椅子上。而且画家显然还误解了 K，不明白他为啥一直坐在床边上，他要 K 坐得更舒适一些，看见 K 还在犹豫，干脆走上前去把 K 硬推到被褥和枕头堆里。然后他又回到自己的座位上去，终于提出了第一个实质性的问题。这是一个足以使 K 忘记别的一切的问题。"您是无辜的吗？"他问。"是无辜的。"K 说。他很高兴回答这个问题，尤其是回答一个普通人的提问，用不着承担任何责任。还从来没有人这么直截了当地问过他呢！为了品尝这一喜悦，他又补充道："我百分之百是无辜的。""是这样。"画家说，低下头，似乎在沉思。突然他又抬起头来说："假如您是无辜的，那事情就很简单。”K 的目光黯淡下来，这位所谓的法院亲信说话宛如一个无知的孩子。“我的无辜并不能使事情简单化。”K 说，勉强挤出一个笑脸，慢慢摇着头，“关键在于许多法院弄不清楚的琐碎小事，最后不知道从哪里生出一大罪状来。”“是的，是的，当然啦。”画家说，好像 K 毫无必要地打断了他的思路似的，“您不是无辜的吗？”“是呀。”K 说。“这是最主要的。”画家说。反面意见影响不了他，只不过虽然他很坚决，却不清楚他究竟是出于信心还是出于敷衍才这样说的。K 想先弄清楚这一点，于是他说：“您肯定比我更了解法院，我知道的无非都是从各种各样的人那里听来的。有一点大家看法是一致的，那就是起诉某人不会是随随便便的，一旦起诉了谁，法院便坚信被告是有罪的，要消除法院的看法很难。”“很难？”画家问，他用手往空中一挥，“法院从来都不改变他们的观点。如果我把所有的法官都挨个画在画布上，您站在画布前面为自己辩护的话，您也会比在真正的法庭上为自己辩护更有成功的希望。”“是这样。”K 自言自语地说，忘了本来只是想探问画家的看法的。

又有一个女孩在门外问：“迪托莱利，这么久了他还不走吗？”“住嘴！”画家冲着门吼道，“你们难道看不见我正在和这位先生谈话吗？”可女孩并不满意这一答复，而是问：“你会给他画像吗？”画家还没回答，她又说：“请不要给他这么一个难看的人画像。”然后是乱糟糟的一片赞同声。画家一下子跳到门口，把门拉开一条缝，只见女孩们都合拢双手做请求状，他说：“如果你们还不住嘴的话，我就把你们从这楼梯上扔下去。安安静静地坐到台阶上去。”可能她们没有马上照他的话去做，于是他又命令道：“坐到台阶上去！”这才没人吭声了。

“对不起。”画家回到K身边时说。K几乎没有朝门那边看，他任凭随画家自己做出决定，要不要维护他以及用什么方法维护他。就算是现在，当画家为了不让外面的人听到，俯下身子对着他耳语时，他也一动不动。画家说：“这些女孩也是法院的人。”“什么？”K偏过头，看着画家问。可画家重新坐到他的椅子上，半开玩笑半解释道：“所有的人都是法院的。”“这一点我倒还没发觉。”K干脆地说，画家笼统的说明使得他刚才说的关于那些女孩的话不再那么令人不安。尽管如此，K还是久久地望着门，外面的女孩们现在一声不响地坐在台阶上。只有一个人从门缝里伸进来一根麦秆，上下移动着。

“看来您对法院的事情还没有一个总体的了解。”画家说，两条腿叉得老开，用脚尖在地板上敲打着，“可既然您是无辜的，那也就用不着了解了。我一个人就能把您解救出来。”“您打算怎么做呢？”K问，“您刚才不是还说法院根本不听取证据吗？”“开庭的时候不听取证据。”画家伸出食指说，好像K没有注意到一个细微的区别，“但如果不是公开在法庭上做工作，那就是另外一回事了，比如在咨询室里，在走廊上，或者在像这儿的画室里。”K觉得，画家现在说的不再那么离谱了，很大程度上和K从其他人那里听来的相同。是的，看来很有希望。如果真的像律师说的那样，通过私人关系很容易控制法官们，那么，画家跟那些爱好虚荣的法官的关系尤为重要，起码不能低估。这样的话，画家也应该属于K慢慢搜罗起来的一群帮忙的人之一。在银行里，人们都称赞他的组织能力，现在，到了他只能依靠自己的时候，他有了一次检验这种能力的好机会。画家觉察到他的解释所带来的效果，怀着几分羞怯说："您没注意到我说话差不多就像一个从事法律工作的人吗？这是因为老跟法院的人打交道，他们影响了我。当然我从中得到很多好处，可艺术激情却基本上消失了。""您第一次是怎样跟法官们联系上的？"K问，他想在直接吸收画家做自己的帮手之前，先争取到他的信任。"很简单，"画家说，"我的这种关系是家传的，我父亲就是法院的画家了。这是一个世袭的职位。这样的职位不能起用新人。因为针对画各种不同等级的法官制定了不同的规则，而且是保密的，除了某些家庭外，外人是绝对不允许知道的。比如那边的抽屉里就放着我父亲的笔记，这些笔记我是不给任何人看的。只有熟悉这些笔记的人，才有给法官画像的能力。即使我把这些笔记丢失了，也只有我一个人脑子里还存着这么多规则，没有人能够抢夺得了我这个职位。因为每一个法官都想让人把自己画得跟以前的大法官们一模一样，而把他们画成这样，只有我才能做到。""这可真让人羡慕。"K说，他想到了他在银行的职位，"这么说您的职位是不可动摇的了？""是的，不可动摇。"画家说着，自得地耸了耸肩，"所以我敢偶尔帮帮某个被官司缠身的可怜虫。""那您怎么帮呢？"K问，仿佛他并不是画家方才所说的那种可怜虫。可画家并不转移话题，而是说："就拿您的案子来说吧，由于您完全是无辜的，我想做下面一些事情。"画家不断重复提及K的无辜，已经使他不耐烦了。有时候他觉得，画家这样一说，便把官司能有好结局作为他帮忙的前提了，而如此一来，他的帮忙也就成了空话一句。尽管有这种疑虑，K 还是控制住自己，不去打断画家的话。他主意已定，不想放弃画家的帮助，而且他觉得画家的帮助并不比律师的更让人心生疑虑。K 甚至更愿意接受画家的帮助，因为他显得善意更多些，也更直率些。

画家把他的椅子往床跟前挪了挪，压低声音继续说："我忘了先问您了，您希望获得哪一种结果。一共有三种可能性：真正的无罪释放，假释，以及拖延诉讼。真正的无罪释放自然最好，只不过我对这种解决方式一点影响力都没有。据我看也根本没有哪一个人能有这种影响力，来促成这样的判决。在这一点上，起决定作用的大概只有被告的无罪。既然您是无辜的，您就真的可以指望您的无辜了。可那样的话，您既用不着我，也不需要什么别的帮助了。"

这番井井有条的分析一开始让 K 惊诧不已，可接着他像画家那样压低声音说："我觉得您是在自相矛盾了。""怎么讲？"画家耐心地问，微笑着往后靠了靠。这一微笑使 K 觉得自己仿佛并不是要指出画家话里的自相矛盾之处，而是要揭穿法庭审讯本身的自相矛盾之处。尽管如此，他并没有后退，而是说："您刚才说法庭是不取证的，后来您又把不取证局限于公开的庭审，可现在您甚至又说无罪的人在法庭上不需要帮助。这就已经是矛盾的了。另外您刚才还说可以利用个人关系对法官施加影响，可现在您又否认了这一点，说所谓真正的无罪释放无法通过个人的影响来实现。这是第二个矛盾。”“这些矛盾都很容易解释。”画家说，“这里所说的是两种截然不同的情形，法律规定的和我个人了解到的，您不能把它们混为一谈。法律规定当然——虽然我还没读过这些规定——一方面是要释放无罪者，另一方面也没说可以影响法官。可我知道的却恰恰相反。我从来没听说过谁被无罪释放，却听说过许多左右案件的事例。当然，有可能是因为在我了解的所有这些案件中就没有哪个被告是无辜的。可这不是太不可能了吗？这么多案例中居然没有谁是无辜的？小的时候我就十分留意听父亲在家里谈打官司的事，那些到他画室里来的法官也讲法庭上发生的事。我们这个圈子里的人，除了这个话题别的什么都不谈。只要有机会亲自去法院，我都会充分加以利用，我关注和旁听过无数场审讯，都是在其最重要的阶段，只要这些审讯是公开的；不得不承认，我从未经历过一次真正的无罪释放。”“这么说没有一个人被无罪释放过，”K 自言自语地说，仿佛是针对自己所抱的希望而言，“这却证实了我对法院已有的看法。也就是说，无论如何都毫无用处。一个刽子手就能代替整个法庭了。”“您不能这么一概而论，”画家不满地说，“我只不过讲了我自己的经验。”“这还不够吗？”K 说，“或者您听说过从前曾有人被无罪释放过？”“这种无罪释放，”画家回答说，“据说倒是有过的，只不过很难证实。法庭的最终判决是不公布的，甚至连法官都无法得知。所以关于老的判例就仅仅留下来一些传闻。这些传闻甚至大多数都是真正的无罪释放，你可以相信，却无从证实。尽管如此，你也不能完全忽视这些传闻，其中总有些真实的东西，而且这些传闻很动人，我自己就画过几幅以它们为内容的画。”“光是传闻不能改变我的看法，”K说，“在法庭上大概也不能以这些传闻为依据吧？”画家笑了起来。“不能，不能以此为证。”他说。“那谈论这些也就毫无用处了。”K说，他想暂时接受画家的所有看法，即使这些看法让人觉得难以置信，而且和其他人说的相矛盾。他现在没有时间验证画家的话是否真实，甚或去反驳他所说的话。只要他能够动员画家给予他一点儿帮助，哪怕这帮助并不是关键性的，他也就达到目的了。所以他说：“我们就不谈真正的无罪释放了吧，您不是还提到其他两种可能性吗？”“假释和拖延。问题只在于这两种可能性。”画家说，“要继续谈的话，您不想先把外套脱了吗？您不觉得热吗？”“是的。”K说。他一直专心听画家讲话，没注意别的，现在一经提醒，才觉得额头上已是汗水淋漓了。“简直受不了了。”画家点点头，好像他非常理解K的不舒服。“不能把窗子打开吗？”K问道。“不行，”画家说，“那只是一块固定在那里的玻璃，没法打开的。”K这才意识到，他一直都在期待着画家或者他自己会突然走过去把窗子一把拉开，他甚至准备好了连雾气一起都吸进肺里去。在这里，他感觉自己被完全与空气隔绝开来了，这使得他头昏目眩。他用手轻轻拍打着身边的钢丝床，声音微弱地说：“这既不舒服，也不利于健康。”“噢，不对。”画家为他的窗户辩解道，“虽然只有一层玻璃，但不打开比两层玻璃还要保暖。我要想通风的话，可以把一扇甚至两扇门都打开，可这也没太大的必要，因为从木板的缝隙里到处都有风进来。”K听了这样的解释，稍稍得到一些安慰，他四下环顾，想找到第二扇门。画家察觉到了，说：“另一扇门就在您身后，我不得不用床把它堵上了。”K 这时才发现墙上有扇小门。“对于一间画室来说，这里的一切都太小了。”画家说，仿佛是要抢在 K 的责难的前面，“我只能尽量按情况摆设。门口当然不是一个放床的好位置。比如我现在正在给他画像的法官就总是从床边的门进来，我给了他一把钥匙，好让他在我不在家的时候能进来等我。可他老是一大早我还在睡觉的时候就来了。床边上的门一开，当然就把我从沉睡中惊醒了。那些法官一大早从我床上翻过去的时候，我总要诅咒他们，您要是听到那些诅咒的话，您对法官的任何敬畏都将不复存在。我当然可以从他那儿收回钥匙，但那样的话情况只会更糟糕。他不费力气就能把这里所有的门连同铰链一起拉下来。”说话间，K 一直都在寻思着是否把外套脱了，此时他才相信，假如不脱掉衣服，他简直在这里再也坐不下去了，所以他脱下外套，放在膝盖上，打算一谈完话就再穿上它。可他刚把外套脱下来，就有一个女孩喊开了：“他已经把外套给脱了。”接着就听见女孩们都在往门缝那儿挤，要亲眼看看里面的情景。“女孩们以为，”画家说，“我要给您画像，所以您才把衣服脱了。”“是这样。”K 兴趣索然地说，因为他的感觉并不见得比方才好，虽然他现在只穿着衬衫坐在那里。他怏怏地问道：“另外两种可能性您刚才是怎么说的？”他已经把这两种可能性的名称给忘了。“假释和拖延，”画家说，“就看您选择哪一种了。有我的帮助，这两种可能性都争取得到，当然得费点儿力气；区别只是在于，假释要求在短期内集中精力，而拖延花费的力气则要少些，不过持续的时间却很长。就先说假释吧。如果您希望假释，我就在一张纸上写上您无罪的证明。无罪证明的写法我是从父亲那里继承来的，无懈可击。带着这一证明，我然后就到认识的法官们那里去走一趟。比如我可以这样开始：我正在给他画像的法官今晚来了的话，我就把这张证明拿给他看。我给他看这张证明，向他解释您是无罪的，并且为您担保。可这并不是纯形式上的担保，而是真正的、有约束力的担保。”画家的眼神中流露出责备的神情，仿佛是 K 把担保的责任强加在他的身上似的。“那真是太友好了。”K 说，“但有可能法官会相信您，却又不肯真正判我无罪？”“这一点我刚才说过了，”画家答道，“另外，我也并没有把握让每一个人都相信我的话。或许有的法官会让我把您本人带到他那儿去。到那时您就得跟我一起走一趟。出现这种情况，事情就成功了一半，尤其是我事先会详细告诉您，您到了有关法官那里该如何表现。麻烦的是那些打一开始就拒绝接见我的法官。虽然我会先想各种办法争取这些人，但我们最终将不得不放弃他们。我们也可以放弃，因为个别法官在这里起不了关键性的作用。假如我在这张证明上得到足够数量的法官签名，我就带着它到主管您案子的法官那儿去。我有可能也会弄到这位法官的签名，这么一来，一切都会比一般情况下进展得快些。一般说来，根本不会再有多少障碍了，对于被告来说，这是充满信心的时刻。人们在这一段时间甚至比获释后还要有信心，这说起来很奇怪，却是真的。这时就不需要再做特别的努力了。证明上有一大批法官的担保，法官就尽可以放心地释放您了；看在我和其他熟人的面子上，他无疑会这么做的，只不过先要履行一些手续。而您则可以走出法庭，自由了。”“这么说到那时我就自由了？”K 将信将疑地说。“是的，”画家说，“可这只是表面上的自由，或者更确切地说，是暂时的自由。我的熟人们都属于最下层的法官，他们没有最终的释放权，这种权力只有那些您、我以及大家都无法接近的最高法院才有。那里的情况如何我们一无所知，顺便说一句，我们也不想知道。我们的法官没有解除指控的权力，可他们却有使您摆脱指控的权力。这就是说，您要是以这种方式得到开释，您就暂时避开了对您的指控，但这指控仍旧悬在您的头顶上，一旦上面有命令下来，它便立即生效。由于我和法院关系密切，我还可以告诉您，在法院办公室的规定中，假释和真正的无罪释放纯粹形式上的区别是怎样的。如果是真的无罪释放，就应该撤销全部诉讼材料，这些材料全部要从诉讼程序中消失，不仅是起诉状，还有审讯材料，甚至包括开释判决都要销毁，全部要销毁。可假释就不同了。档案材料里除增加了无罪证明，增加了开释判决和判决的理由以外，没有什么别的变化。另外，材料仍保留在诉讼程序中，就像法院办公室不间断的公文往来所要求的那样，先被送到高级法院去，又返回到低级法院来，这样来回不断地往返传递，时间或长或短，或快或慢。这种往来难以预测。从表面看，它有时会给人一种印象，似乎一切早就被遗忘了，档案丢失了，那么释放也就是彻底的了。知情的人可不会相信这个。没有材料会丢失的，在法院里也不会有什么被遗忘的。等到某一天，谁也意想不到，某个法官拿起这份材料认真一看，发现这案子的起诉还有效，于是下令马上逮捕。我这里假设，从假释到重新逮捕过了很长一段时间，这有可能，而且我也知道有这样的情况；但完全也有可能，被释放的人刚从法院回到家，就又见到受命在那里等着重新逮捕他的人。这样一来，自由的生活也就终结了。”“就是说，这样诉讼就又重新启动了吗？”K 几乎难以置信地问道。“当然，”画家说，“诉讼重新启动，但像以前一样，仍有可能争取一次假释。你又得全力以赴，不能泄气。”也许是因为觉得 K 有点气馁，画家才说了最后这一句话。“可是，”K 问道，好像他现在要抢在画家说出什么秘密之前似的，“争取第二次假释岂不是比第一次更困难吗？”“在这一点上，”画家回答，“没有什么确切的东西可言。您是不是觉得，第二次被捕会在法官那儿造成对被告不利的影响？不是这么回事。在做出假释判决的时候，法官们就已经预见到重新逮捕了。所以这种情况几乎没有什么影响。但是法官的情绪，还有他们对案子的法律判断，都有可能受到其他许多因素的影响而发生变化，所以争取第二次假释必须适应这种变化了的情况；一般说来，第二次和第一次同样费劲。”“可第二次假释也还不是最终判决呀。”K 不服气地转过头去说。“当然不是，”画家说，“随着第二次假释而来的是第三次逮捕，而第三次假释后面又是第四次逮捕，以此类推。假释这一概念本身就已经包含了这一点。”K 不再言语。“似乎假释对您没什么吸引力。”画家说，“也许您觉得拖延更好些。要我给您解释一下拖延的实质情况吗？”K 点点头。画家大大咧咧地往椅子背上靠了靠，睡衣大敞着，他一只手从衣服下面伸进去，抚摩着自己的胸部和身体的两侧。“拖延嘛，”画家说，他朝前方凝视了片刻，好像在寻找一个恰如其分的解释，“拖延就是说要把案子持续保留在最低的诉讼阶段。要做到这一点，被告和帮忙的人，尤其是帮忙的人必须和法院保持个人接触。我重复一遍，在这种情况下，您不用像在争取假释时那样花费那么大的气力，却更要小心谨慎。您时时刻刻都得关注案子的情况，得定期去有关的法官那里，另外碰到特别的机会您也得去，用这种方式与他保持友好的关系；要是您跟法官本人不熟悉，那就得通过您认识的法官去影响他，同时不能因此就放弃直接找他谈话。这方面要是没有什么疏漏，您就可以有把握相信，官司不会超出它的第一阶段。尽管诉讼没有结束，但被告肯定不会被宣判，就跟已经自由了一样。与假释相比，拖延的好处在于，被告的前途不再那么捉摸不定，他无须因突然被捕而担惊受怕，也不必担心在其他各方面情况都很糟糕的时候，还得承受紧张和激动，而这些又是争取假释时在所难免的。当然啦，拖延对于被告也有某些不利之处，这也不能低估。我这里指的不是他永远都不能自由，就算是假释，他原本也自由不了；我说的是别的不利之处。至少要有表面上的原因，否则诉讼是不能停顿的。所以在诉讼过程中对外要做出些样子来。因此每隔一段时间，就要颁布各种命令，要审讯被告，还要进行调查，等等。诉讼得不停地运转，只不过是人为地把它限定在一个小的范围之内罢了。这当然会给被告带来一定的麻烦，但您也不用把这些麻烦想得太糟糕。一切都不过是表面文章而已，比如审讯的时间就很短，如果您没时间或者没兴趣去，可以请假，在有些法官那里，您甚至可以和他共同商定很长一段时间内的审讯安排，实际上只是由于您是被告，您就得不时地到法官那里去报个到。”画家在说最后几句话的时候，K就已经把外套搭在胳膊上站了起来。“他站起来了。”门外马上有人喊道。“您已经要走了吗？”画家问，他也站了起来，“肯定是这儿的空气赶您走的。这真让我不好意思。我本来还有很多事情要告诉您。我不得不长话短说。不过我希望说得还算明白。”“噢，明白了。”K说，由于强迫自己去注意听，他觉得头疼。可画家不顾K认可的话，还是把一切都概括地重复了一遍，好像在K回家之前要给他一个安慰似的：“这两种办法的共同之处都在于要阻止对被告的宣判。”“可它们也阻止了真正的无罪释放。”K轻声说，仿佛他因为认识到这一点而感到害臊。“您抓住了事情的本质。”画家很快说道。K把手放到他的外套上，竟决定不了是否穿上它。他恨不得抱起这东西朝外面有新鲜空气的地方跑去。就连那些女孩也不能让他穿上外套，虽然她们早就在互相喊着：他在穿衣服了。画家关心的却是弄清楚K的情绪如何，他说：“对于我的建议，您也许还没拿定主意吧。我赞同，我甚至会劝您不要马上做出决定。利弊的区别细如发丝，得认真权衡一切。不过也不能耽搁得太长。”“我很快会再来的。”K说，他突然下决心穿上了外套，把大衣往肩上一搭，便向门口奔去，门外的女孩们开始喊叫起来。K觉得似乎透过门缝看到了那些大声叫嚷的女孩子。“可您得遵守诺言，”画家说，他没有跟上来，“否则我就亲自到银行来询问。”“您倒是把门打开啊。”K说着就要去拧门把手，却拧不动，原来是外面女孩们在死死地拽着门。“您想让这些女孩纠缠上您吗？”画家问，“您最好还是走这儿出去。”他指着床后的门说。K同意了，他跳回到床边。可画家并不是去开门，而是爬到床下，从那里说道：“稍等片刻。您不想看一幅画吗？我可以卖给您的。”K不愿失礼，画家的确对他很关心，还许诺要继续帮助他，而且由于K的健忘，根本就没和画家谈他帮忙的报酬问题，所以K现在不能拒绝他；虽然他不耐烦得直发抖，恨不得马上离开画室，可他还是让画家把画拿给他看看。画家从床底下抽出一大堆没镶框的画来，画上面积满了灰尘，画家只在上面一张画上吹了一下，那灰尘就在K的眼前旋转了半天，让他连气都不敢喘一口。“是一张草原画。”画家说着把画递给了K。上面画着两棵细小的树，相互隔得老远，立在深色的草丛里，背景是夕阳西下时五彩缤纷的景色。“很漂亮，”K说，“我买了。”K的话说得简短而不假思索；他很高兴画家并没有生气，而是从地上拿起了第二张画。“这一张和那张是姊妹作。”画家说。也许他真是打算把它画成姊妹作的，可与第一张相比，看不出一丁点儿区别来：两棵树，一片草地，还有西下的夕阳。可这对于K并不重要。“风景很美。”他说，“两张我都买了，可以挂在我的办公室里。”“您好像很喜欢这一题材，”画家说着又拿起了第三张画，“凑巧我这里还有一张类似的画。”可它并不是类似，而是一张完全相同的草原风光画。画家在利用这个机会兜售他的这些旧画。“这一张我也要了。”K说，“这三张一共多少钱？”“这我们下次再说吧。”画家说，“您现在很忙，我们反正还要保持联系。再说我很高兴您喜欢这些画，我把我下面的这些画全部给您。全是草原风光，我画了很多草原风光的画。有些人不愿意要这种画，嫌太阴郁，而另外有些人恰恰喜欢这种阴郁的色调，您就属于这一类人。”可 K 现在没心思听这乞丐画家的职业经验之谈。“请您把这些画打成包，”他高声打断画家的话，“明天我让我的服务生来取。”“用不着，”画家说，“我希望能找到一个挑夫，让他跟您一起走。”说完他终于朝着床弯下腰去把门打开了。“您别怕，只管从床上跨过去，”画家说，“每一个从这儿进来的人都这样。”即使没有这话，K 这会儿也会无所顾忌地这么做的，他的一只脚甚至都踩到钢丝床中间了，这时他从打开的门往外望了一眼，又把脚缩了回来。“这是哪儿？”他问画家。“您这么吃惊干吗？”画家问，也感觉奇怪起来，“是法院办公处。难道您不知道这里是法院办公处吗？几乎每个阁楼上都有法院办公处，为什么偏偏这儿就该没有呢？就连我的画室本来也是法院办公处的，法院把它提供给我使用了。”K 并不是因为在这里也发现了法院办公处而感到吃惊，他主要是为自己对法律问题的无知而感到吃惊。他觉得，对于一个被告来说，基本的行为准则应该是时刻有所准备，一定不能让什么意外的事情发生，不能当法官在左边站着的时候，你却稀里糊涂地往右边瞧；可他却恰恰不断地违背这一准则。在他面前，一条长长的走廊向前延伸着，从那里飘来一股空气，与之相比，画室里的空气还要新鲜一些。走廊的两侧摆着长凳，跟审理 K 案子的办公处的接待室一模一样。似乎在办公处如何布置方面有着严格的规定。眼下来的当事人并不是很多。一个男人半躺在那儿，把脸埋在胳膊弯里，好像在睡觉；另外一个人站在走廊尽头的暗处。K 从床上跨过去，画家拿着画跟在他后面。他们很快就碰上了一个法院听差——K 现在已经能从金扣子上认出所有的法院听差来了，他们的便衣上在普通的扣子下面都有这么一颗金扣子——于是画家便让他拿着画陪 K 出去。K 用手绢捂着嘴，与其说是在走，不如说是在跌跌撞撞地朝前跑。快要到门口的时候，那些女孩子迎面朝他们拥来，K 终究还是没有躲过她们。她们显然看见画室的另外一扇门开了，因此绕道从另外一面冲了进来。"我就不送您了。"画家在女孩们的簇拥下笑着喊道，"再见！可别考虑得太久了！"K 连头也没回一下，一溜烟跑了。一到街上，他马上就叫住正好驶过来的一辆车。他很想甩掉听差，因为听差的那颗金扣子虽然别人或许并不注意，可对他来说很扎眼。那听差倒是尽职尽责，还想坐到车夫位置上去，可 K 把他赶了下去。K 回到银行时，早已过了中午时分。他很想把画扔在车上，可又怕什么时候不得不拿出来给画家看。因此他让人把画搬到办公室里，然后锁进桌子最下层的抽屉里，至少最近几天不能让副经理看见。

商人布洛克——解聘律师

K终于下了决心，要收回律师的代理资格。尽管他对这样做正确与否仍怀有疑虑，可最终还是相信非这么做不可。做这一决定花费了他很多精力，所以他准备去律师家的那天工作效率很低，他不得不在办公室里待了很长时间；当他终于到达律师家门口的时候，已经过了十点。在他按门铃之前，他又考虑了一下，是不是用打电话或者写信给律师的方式辞退他要更好一些，亲自登门跟他谈，这肯定会很难堪的。可K还是不想放弃这次谈话，换了任何其他一种方式，律师要么会一声不吭地接受解聘，要么会用几句客套话来应付他。除非莱妮也许能帮他探听到点什么，否则K将永远都不会知道律师对解聘一事有什么反应，也不会知道就律师的看法，解聘会给K带来什么样的后果，而律师的意见并非无足轻重。可要是律师坐在K对面的话，突然听到要被辞退的消息，即使他不说什么，K也能从他的表情和举止上看出他的想法。甚至有这样的可能性：他重新被说服，觉得还是把辩护交给律师要好一些，于是又撤回自己的解聘决定。

像往常一样，第一次按律师家的门铃时没任何反应。“莱妮实在可以快一点儿。”K心想。不过，只要不像往日那样有他人干预，不管是穿睡衣的男人还是其他什么人，就谢天谢地了。K第二次按门铃时，回头看了一眼另外一扇门，那扇门今天也紧紧地关着。律师门上的观察孔后面终于出现了一双眼睛，却不是莱妮的。有人开了门锁，却先用身子顶着门，朝里屋喊了一声“是他”，这才把门打开。K听见里屋另一扇门后面钥匙在锁孔里迅速转动着，就一个劲推门。因此当门终于打开的时候，他几乎是冲进门厅里去的，看见莱妮穿着衬衫跑过房间之间的走道，开门人的警告显然是针对她的。他朝着她的背影看了一会儿，这才转向开门人。这是一个瘦小的男人，留着大胡子，手里拿着一根蜡烛。“您受聘在这儿工作？”K问。“不是，”那人答道，“我不是这儿的，律师是我的代理人，我来这儿是因为法律上的一件事情。”“连外衣都不穿吗？”K用手指了指那人单薄的衣裳问。“噢，请原谅。”那男人说着，举起蜡烛来照了照自己，好像第一次看见自己的模样似的。“莱妮是您的情人？”K简短地问。他微微叉开双腿，两手拿着帽子，背在身后，仅仅由于多了一件外套，就觉得在这个瘦小的男人面前占了上风。“噢，天哪！”对方说，一边惊慌万分地用手去遮住脸，“不是，不是，您想到哪儿去了？”“您看上去倒像个老实人，”K微笑着说，“不过不管这些了——您请吧。”K朝他挥了一下帽子，让他走在前面。“您叫什么名字？”K一边走一边问。“布洛克，商人布洛克。”小个子男人自我介绍时把身子转向K，可K却不容他停下来。“这是您的真名吗？”K问。“当然是。”他答道，“您干吗要怀疑呢？”“我想您也许有理由不说出自己的名字。”K说。他感觉是那么自在，只有在异地他乡跟下等人谈话时才会有这种感觉：涉及自己的事可以闭口不谈，只需淡淡地议论一番别人的事情；可以抬举对方，也可以随心所欲地扔下他不管。到了律师书房的门口，K停住了脚，推开门，冲着乖乖继续往前走去的商人喊了声：“别那么着急！照一照这儿。”K心想，莱妮有可能藏在这里；他让商人照遍了每一个角落，可房间里空无一人。在那幅法官画像前面，K从后面拉住了商人的裤子背带。“您认识他吗？”他用食指指了指上面的画，问道。商人端起蜡烛，眨巴着眼往上看了看，说：“这是一个法官。”“是个高级法官吗？”K问，他站到商人的侧面，想观察这幅画给了他什么样的印象。商人惊羡地举目凝视。“这是一个高级法官。”他说。“您看问题太浮浅啦，”K说，“他是下级预审法官中最低级的。”“现在我想起来了，”商人说着放低了蜡烛，“这我也听说过。”“那是当然，”K叫道，“我差点忘了，您当然听说过。”“可为什么？为什么呢？”商人问。K用手推着他朝门口走去。到了外面的走廊里，K说：“您肯定知道莱妮藏到哪儿去了吧？”“藏？”商人说，“没藏。她可能在厨房给律师做汤呢。”“您为什么不一开始就告诉我呢？”K问。“我是想带您去的，可您又把我叫回来了。”商人回答，一副接到自相矛盾的命令时不知所措的样子。“您大概自以为很聪明，是不是？”K说，“现在带我去吧！”K还从未到过厨房，它大得出奇，设备齐全，单是炉灶就有普通炉灶的三倍那么大，其他的东西看不大清楚，因为厨房里只有一盏小灯挂在门口。莱妮像往常一样穿着白色围裙，正站在灶前往放在酒精炉上的锅里倒鸡蛋。“晚上好，约瑟夫。”她侧过身看了一眼说。“晚上好。”K说，他用手指了指旁边的一把椅子，要商人坐在那儿，商人照他要求的坐下了。K却走到莱妮身后，靠近她，从她的肩膀上俯下身去问：“这个男人是谁？”莱妮用一只手搅着汤，另一只手搂住了K，把他往跟前拉了拉，说：“他是个令人同情的人，一个可怜的商人，名叫布洛克，你看看他那副样子。”他俩都回过头来看了一眼。商人坐在K要他坐的椅子上，因为用不着，他吹灭了蜡烛，这会儿正用指头捻着烛芯，免得它冒烟。“你刚才穿的是衬衫。”K说着用手把莱妮的头又拨向炉灶。她不吭声。“他是你的情夫吗？”K问。莱妮想伸手去拿汤锅，可K抓住她的双手说：“回答我！”她说：“到书房去，我会向你解释一切的。”“不，”K说，“我要你就在这里解释。”她搂着他，想吻他，K却挡开她说：“我不想让你现在亲我。”“约瑟夫，”莱妮央求说，却直视着他的眼睛，“你总不至于吃布洛克先生的醋吧。鲁迪，”她把头转向商人道，“帮帮我吧，你看他怀疑上我了。把蜡烛放下。”别人会以为他没注意这些，可他完全明白是怎么回事儿。“我也不知道您干吗要嫉妒。”他几乎有些俏皮地说。“我本来也不知道。”K微笑着看着商人说。莱妮高声笑了起来，趁K不注意，搂住他的臂膀悄声说：“别管他了，你看见他是什么人了。我不过稍稍关心了他一下，因为他是律师的一个重要的当事人，没有别的任何原因。你呢？你今天还想和律师谈吗？他今天病得很厉害，可你要是想谈，我就去给你通报一下。但夜里就待在我这儿，一定啊。你已经有好长时间没来我们这儿了，连律师都问你来着。别放松官司的事！我还要告诉你一些我了解到的事情。可现在先把你的大衣脱掉吧！”她帮他脱掉大衣，接过他的帽子，到门厅去把东西挂好，又跑回来看了看汤。“要我先给你通报呢还是先把汤给他送去？”“先给我通报。”K说。他觉得很恼火，他本来打算好好跟莱妮谈谈自己的事，尤其是解聘律师的事情，商人的在场让他对此失去了兴趣。可现在他觉得，就算小个子商人会碍事，也顾不得了，他的事情太重要了，于是他叫住了已经到了走廊上的莱妮。“先把汤给他端去，”他说，“让他在跟我谈话之前增加一点体力，他会很需要的。”“您也是律师的一个当事人？”商人从他所在的角落轻声问道，仿佛需要证实一下似的。听的人却没好气。“这关你什么事？”K说。“你多什么嘴？”莱妮也说，然后转向K，“那么我就先把汤给他送去。”她把汤倒到汤盘里，说：“只不过就怕他睡着了，他一吃饭就会睡着的。”“我告诉他的事会让他睡不着的。”K说，不断暗示他打算跟律师谈的事情很重要，他想让莱妮问是什么事，然后他再征求她的意见。可她只是准确地执行已发出的命令，别无旁顾。当她端着汤盘从他身边经过时，故意轻轻撞了他一下，小声说：“他一喝完汤，我就给你通报，也好让你快点儿到我这儿来。”“快去吧，”K说，“去吧。”“亲切点儿嘛。”端着汤盘走到门口时，她又回转身来说。

K盯着她的背影。辞退律师如今已成定局，也许事先不能和莱妮谈还要好一些；她并不了解事情的全部，肯定会劝他不要这样做，也许还真能说服他放弃解聘律师的打算，而他则将继续处于犹豫和不安之中，一段时间过后，最终还是得实施这一决定，因为它实在太有必要了。而这一决定实施得越早，损失就越小。或许商人能就此发表一些看法。

K转过身去，商人一见，马上就要站起身来。“您坐着吧。”K说着拉了一把椅子坐到他身边。“您早就是律师的当事人了吗？”K问。“是的，”商人说，“很早就是了。”“他办您的案子有多少年了？”K问。“我不知道您指的是什么，”商人说，“涉及生意方面的法律问题——我做粮食生意——律师在我一接手生意时就开始代理我了，大约有二十年了吧；我个人的官司嘛——您指的大概是这个——他也是一开始就代理我了，算起来已经五年多了。对，远远超过五年了。”他补充说，随即掏出一个旧皮夹，“我把一切都记录在这里了。您要是想知道，我可以告诉您准确时间。要记住这一切很困难，我的官司可能时间还要长一些，是我妻子去世后不久开始的，这样的话就已经有五年半了。”K往他跟前靠了靠。“这么说律师也接手普通的案件？”他问。法院与法学之间的这种联系让他宽慰不少。“当然，”商人说。然后他对K耳语道：“人家说他办这种案子比其他案子更内行呢。”说完似乎又有些后悔，于是他把手放在K肩上说：“请您别说出去。”K拍拍他的大腿，安慰他说：“不会的，我不是一个告密的人。”“他的报复心很强。”商人说。“对您这样一个忠实的当事人他肯定不会做什么的。”K说。“噢，会的，”商人说，“如果他激动起来，他完全不分青红皂白，再说我本来对他也不忠诚。”“怎么不忠诚呢？”K问。“要我告诉您吗？”商人不无疑虑地说。“我想您完全可以告诉我。”K说。“那好吧。”商人说，“我只向您透露一部分，可您也得告诉我一件秘密，这样我们在律师面前就可以相互牢牢抓住对方了。”“您可真够谨慎的，”K说，“不过我会告诉您一个秘密的，您尽管放心。那么您对律师是怎样不忠诚呢？”“我，”商人犹豫不决地说，语气好像是做了什么不光彩的事，“除了他，我还有别的律师。”“这也不是什么了不得的事。”K有些失望地说。“可在这里是，”商人说，他坦白后一直喘着粗气，K的话却让他多了几分信赖，“这是不允许的。尤其不允许的是，在聘请了这样一位律师之后，还起用别的杂牌律师。偏偏我就是这么做的。除了他，我还有五个小律师。”“五个！”K叫道，这数字让他大吃一惊，“除了这一位还有五个？”商人点点头说：“我目前还正在和第六个谈判呢。”“可您怎么会用得着这么多律师呢？”K问。“我需要他们所有的人。”商人说。“您愿意给我解释一下吗？”K问。“很乐意。”商人说，“首先我不想输掉我的官司，这很容易理解吧？所以凡是对我有用的事，我都不能忽视；哪怕是在某种情况下有用的希望很小，我也不能放弃。所以我把我的钱财全都花到打官司上了。比如我把做生意的钱就全部抽了出来，以前我商行的办公室几乎占了整整一层楼，可如今就只剩下后房里的一间斗室了，不过也够我和一个学徒用的了。造成这一衰落的原因不仅是抽走资金，更因为官司耗费了我不少精力。你要为自己的官司做点儿什么的话，其他的事情你就干不了多少。”“那么您自己也去法院活动吗？”K问，

“这方面我刚好很想了解一下。”“我只能告诉您一点儿这方面的情况，”商人说，“开头的时候我的确也尝试过，可我很快就放弃不去了。太累人，又没有什么结果。至少对我来说是这样，不管是在那里工作还是商谈事情，都让人受不了。就算坐在那儿等候都很费力。您自己不知道办公处的空气有多闷人吗？”“您怎么知道我也去过那儿？”K问。“您从那儿走过的时候，我恰好在接待室里。”“多凑巧啊！”K叫道，他完全被吸引住了，忘了商人方才可笑的样子，“这么说您看见我了！我走过的时候，您在接待室里。是的，我是曾经打那儿经过。”“这并不是什么了不得的巧合，”商人说，“我几乎每天都在那里。”“我现在可能也得经常去了，”K说，“只不过不会像那次那样受到尊重。大家都站了起来。人们大概以为我是一个法官。”“不是，”商人说，“我们当时是因为看到法院听差才站起来的。我们知道您是一个被告。这种消息传播得很快。”“这么说您已经知道了，”K说，“那您也许觉得我的举止太过傲气。没人对此议论过吗？”“不，”商人说，“恰恰相反，议论过的，可都是些胡言乱语的蠢话。”“为什么说是蠢话？”K问。“您问这个干吗？”商人不高兴地说，“您似乎并不了解那儿的人，或许会误解的。您得想想，在这样的诉讼程序中总要谈到一些新的情况，理智已经不够用了，人太疲倦，太容易分心，作为补偿就迷信起来。我说的是别人，可我自己也好不了多少。比方有一种迷信的说法就是可以从被告的脸上，特别是嘴唇的形状上看出官司的结局。这些人声称，从您的嘴唇上看，您肯定很快就会被判刑的。我再说一遍，这迷信很可笑，而且多数情况下都和事实不符，可要是生活在那个圈子里，就很难摆脱这样的看法。想想看，迷信的影响有多大！您不是跟那儿的一个人说话了吗？他当时简直无力回答您的问题。他的慌乱不堪固然有很多原因，但原因之一是他看到了您的嘴唇。他后来讲，他觉得从您的嘴唇上也看到了他自己被判刑的征兆。”“从我的嘴唇上？”K问，他掏出一面小镜子来端详着自己，“我从我的嘴唇上看不到什么特别的地方。您呢？”“我也看不出来，”商人说，“完全看不出来。”“这些人多么迷信啊。”K叫道。“我不是说过了吗？”商人反问道。“他们彼此往来很多，而且也交换看法吗？”K问，“到现在为止，我一直离他们远远的。”“一般来说他们并不相互来往，”商人说，“因为没这个可能，人那么多。大家也很少有共同的利益。有时一伙人相信他们有共同利益，但隔不久就证明这是错的。联合起来对付不了法院。每一件官司都是单独调查的，法院在这方面是最谨慎的，只有单独地悄悄干有时才能办成点儿什么；只是在成功了之后，别人才知道。没人知道是怎样办成的。所以说没有共同的东西，虽然大家在接待室里会常常见面，但很少一起谈什么。迷信的看法自古有之，自动地就流传起来了。”“我见过接待室里的那些先生，”K说，“他们的等待在我看来没有什么用处。”“等待并非没有用处，”商人说，“没用的只是自己想去干涉。我刚才说除了这一位我还有五个律师。本来应该相信——我自己首先就相信——现在可以放心地把案子交给他们去办了。可这就完全错了。我可以放手让他们去干的事，几乎比请一个律师的时候还要少。您大概听不明白我的意思吧？”“不明白。”K说，为了不让商人讲得太快，他宽慰一般把手放在对方的手上，“请您慢点儿说。对我来说，这都是些很重要的东西，可我不怎么跟得上您的话。”“您提醒得好，”商人说，“您是个新手，还很年轻。您的官司才打了半年，对吗？是的，我听说了。时间太短了！可我把这些事情都反复想过无数遍了，对我来说，它们是世界上再简单不过的事情。”“您想必很高兴您的官司已有这么大的进展了吧？”K问，他不愿意直接询问商人案子目前的情况，所以他也没得到确切的答复。“是呀，我的官司已经打了五年之久了，”商人说着低下了头，“这不是一点小成绩。”说完他沉默了一会儿。K侧耳倾听，看莱妮是否来了。一方面他还不想让她来，因为他还有很多东西要问，也不想叫莱妮看见他这么亲密地跟商人谈话；另一方面他又很气恼，她明明知道他在这里，却还在律师那儿待那么久，远远超过了送一碗汤所需要的时间。“我还清楚地记得那段时间，”商人开口道，K顿时又专注起来，“那时我的官司正处于您的官司现在所处的阶段。我当时也只有这一个律师，可对他并不太满意。”“在这里我的确能了解到一切。”K心想，他频频点着头，仿佛这样就能鼓励商人说出所有有价值的东西似的。“我的官司，”商人继续说，“没有什么进展，虽然进行了审理，而且每次审理我也都参加了，还搜集了材料，把我所有的账本都交到了法院，但我后来才知道，这些都毫无必要。我不断跑来找律师，他也递交了各种申辩书——”“各种申辩书？”K问。“是啊，当然啦。”商人说。“这一点对我很重要，”K说，“可我的案子，他还在写第一份申辩书呢。他什么都还没干。我现在发现他是多么卑鄙地忽视了我。”“申辩书没写完可以有各种正当的理由，”商人说，“再说我后来才发现，我案子的那些呈文都毫无价值。由于有个法官帮忙，我甚至还亲自看了一份申辩书。它虽然写得深奥莫测，内容却空洞得很。首先是有许多我不懂的拉丁语，然后是长达几页的对法院的一般吁请，接下来是对某些法官的阿谀奉承，虽然没写明法官的姓名，可知底细的人一看就猜得出是谁，再下来是律师的自我吹嘘，同时他又奴性十足地在法院面前卑躬屈膝，而最后才列举了与我的案子相似的一些老的案例调查。不过就我所能理解的，这些调查算做得很仔细的了。再说我也不想根据这一点来评判律师的工作，况且我看到的申辩书只不过是许多申辩书中的一份。但不管怎么说，我现在要说的正是这一点，我当时看不出我的官司有什么进展。”“您想看到的到底是什么样的进展呢？”K问。“您问得很在理，”商人微笑着说，“在这种审讯程序中很少看得到进展。可我当时并不了解这一点。我是个商人，当年我身上的商人气比现在要浓得多，我要的是看得见摸得着的进展，一切总要有个了结，起码也应该正常发展。可代替这一切的却只有内容千篇一律的传讯，供词我已经能够像连祷词[1]一样倒背如流了；法院的信差一周之内要来找我好几次，到我的商行，到我家里，或者到其他找得着我的地方，这当然很烦人（这一点如今起码有所改善，因为可以打电话传讯，这样就不那么搅扰人了）。而且，在我生意上的

1 连祷词，神甫领祷、信徒按一定格式回答的祈祷词。

朋友中间，特别是在我的亲戚中间，开始流传关于我身背官司的流言，各种伤害就这样从四面向我袭来，可没有一点迹象表明很快就要开庭审理。于是我找到律师，抱怨了一番。他虽然给我解释了很久，却坚决拒绝按我的意思去做，说谁也不能影响庭审时间的确定，而且说，如果按照我的要求，在申辩书撰写过程中进行催促，这不仅闻所未闻，还会毁了我和他的。我当时想：这一位律师不愿意或不能做到的，总有哪位律师愿意并能够做到。于是我开始寻找别的律师。我这里先说一句：没有一位律师提出并且实现了确定主要庭审日期的目标，就是说——除了一点保留，这点保留我待会儿还要说到——这位律师在这一点上并没有欺骗我，要求确定庭审时间的确是不可能的。可找了其他律师我也没有什么可后悔的。您大概从胡尔德博士那里听说过一些有关那些杂牌律师的事，他可能在您面前把那些人贬得一无是处；而那些人也的确如此。不过，每当他说起他们并拿自己跟这些人相比较的时候，他会犯一个小小的错误，我顺便提请您注意一下这一点。他老是把他那个圈子里的律师称作‘大律师’，以示区别。这是不对的，当然每个人都可以随意称自己‘大人物’，可在这种事情上起决定作用的只是法院的惯例。根据这一惯例，除了杂牌律师外，还要区分大律师和小律师。这位和他的同事们只不过是些小律师，那些大律师我只是听说过，从没见过，他们在等级上要比小律师们高出许多，就像拿小律师和那些受歧视的杂牌律师相比一样。”“大律师？”K问，“他们是谁呢？怎样才能找到他们呢？”“这么说您还从来都没有听说过他们。”商人说，“几乎没有哪个被告在听说他们之后不在一段时间内梦见他们。您最好别受诱惑。我不知道谁是大律师，找到他们也许根本就不可能。我也没听说过哪个案子他们肯定出面干预过。他们也给某些人辩护，但这不是凭被告的一厢情愿就能达到的，他们只给他们愿意为之辩护的人辩护。他们接受的案子肯定已经不是初审了。最好别去想他们，否则的话，跟其他律师的谈话、这些律师的建议以及他们的帮助都会让你反感，让你觉得毫无用处。我自己就有过这样的体验，简直想要不管不顾了，在家里往床上一躺，啥也不听。可这样做当然是最愚蠢的，就算躺在床上也安宁不了多久。”“那么您当时就没有想到去找大律师吗？”K问。“这么想的时间不长，”商人说着又微笑起来，“可惜并不能完全忘了他们，尤其是夜里，很容易产生这种想法。可当时我想马上就有结果，因此我就去找了杂牌律师。”

“瞧你们俩坐在一起说得多热乎啊。”莱妮站在门口叫道，她端着汤盘回来了。他们俩坐在那里，相互挨得的确很近，稍稍转一下身都会碰到对方的头。商人原本个子就矮，还驼着背坐在那儿，K要听清楚他说什么，不得不也深深地躬下身去。“稍等一会儿。”K朝莱妮喊道，叫她不要打扰，他不耐烦地晃动着自己还放在商人手背上的手。“他要我给他讲讲我自己官司的事。”商人对莱妮说。“讲吧，你讲吧。”莱妮说。她跟商人说话时亲切却又倨傲。K不喜欢她这样。他现在看出来了，这人还是有一定价值的，起码他有经验，并懂得怎样介绍这些经验。莱妮对他的评价也许不对。他十分恼火地看着莱妮现在从商人那儿拿过他一直举在手中的蜡烛，用她的围裙给他擦了擦手，然后跪下去刮擦着滴到他裤子上的残蜡。“您不是要告诉我关于杂牌律师的事吗？”K一边说，一边不加解释地推开莱妮的手。“你干吗呀？”莱妮问，轻轻打了K一下，继续干她的活儿。“是的，关于杂牌律师。”商人说着用手摸了摸额头，好像在思考着什么。K想提醒他，说：“您想马上就有结果，因此就去找了杂牌律师。”“对对，正是这样。”商人说，可并不接着讲下去。“他也许不愿意当着莱妮的面说这些。”K心想，强忍住现在就想听到下文的急切心情，不再催促他讲下去。

“你替我通报了吗？”他问莱妮。“当然，”莱妮说，“他在等着你呢。别管布洛克了，你待会儿还可以跟布洛克谈。他会留在这儿的。”K还在犹豫不决。“您待在这儿吗？”他问商人，想听对方本人的回答。他不喜欢莱妮说起商人就像说一个不在场的人一样，他今天对莱妮满肚子的火。可又是莱妮在回答：“他常常睡在这里。”“睡在这里？”K叫道，他还以为商人会在这里等他，而他将很快结束与律师的谈话，然后他们两人一起到别的地方去，不受干扰地好好聊一聊。“是的，”莱妮说，“约瑟夫，不是每个人都像你一样任何时候都能见到律师的，你好像对律师尽管生着病还在夜里十一点钟接待你一点儿也不觉得奇怪。你把你的朋友们为你做的事也看得太理所当然了一点儿。不过你的朋友们，至少是我，很乐意帮助你。我不想要别的什么感谢方式，也不需要，我只要你爱我。”“爱你？”K先是愣了片刻，然后他想：“是啊，我爱她呀。”尽管如此，他没管这些，只是说：“他接待我，因为我是他的当事人。如果这也需要别人帮助的话，那不是每走一步都得求人了吗？”“他今天太不像话了，不是吗？”莱妮问商人。“现在我是那个不在场的人。”K心想，甚至差不多也生起商人的气来了，因为他也跟莱妮一样无礼地说：“律师接待他还有别的原因。他的官司比我的要有意思些。另外他的官司刚起步，可能还没走进死胡同，所以律师还愿意跟他谈。以后就不一样了。”“对，对，”莱妮望着商人笑着说，“你可真会瞎扯！”这当儿她转向K，“你可别信他的。他人很好，就是太爱说话。律师也许正是因为这个而不待见他。反正律师只是情绪好的时候才见他。我已经费了很大的劲，想改变这种情况，可是不行。你想想看，有时候我替布洛克通报了，可律师三天之后才接待他。可要是律师叫布洛克进去的时候他正好不在，那一切就徒劳无功了，他又得重新预约。所以我允许布洛克在这里睡觉，已经发生过夜里律师摇铃叫他进去的情况了。所以现在布洛克夜里也得做好准备。不过现在又会出现另外一种情况：律师发现布洛克在这里，因此又取消了叫他进去的决定。”K怀疑地望向商人，商人点点头，或许由于羞愧而心不在焉，他像刚才和K谈话时那样坦率地说：“是的，到后来人就变得十分依赖他的律师了。”“他的抱怨只是做做样子。”莱妮说，“他经常向我坦白说很喜欢睡在这里。”她走到一扇门前把门打开。“你想看看他的卧室吗？”她问。K走过去，站在门槛处朝低矮的、一扇窗户也没有的房间里望去，一张窄窄的床就把房间塞得满满的。要上床得从床架上面跨过去。床头的墙上凹进去了一小块，那里整整齐齐地摆着一根蜡烛、一个墨水瓶和一支笔，还有一沓纸，可能是诉讼材料吧。“您就睡在女佣的屋里？”K扭过头去问商人。“是莱妮让给我住的，”商人回答说，“这有很多好处。”K久久地凝视着他，商人给他的第一印象也许还是对的；他有经验，因为他的官司已经打了很久了，可他为此也付出了高昂的代价。突然间，K不想再看见商人了。“让他睡觉去。”他冲莱妮大喊一声，可莱妮好像并不明白他的意思。K自己这就要到律师那儿去，去辞掉他，这样不仅可以摆脱律师，也可以摆脱莱妮和商人。可还没等到他走到门口，商人就轻声喊住了他：“襄理先生。”K满面怒容地转身朝着他。“您忘了您的诺言了。”商人从他的座位上恳求地向他探出身子来说，“您不是要告诉我一个秘密吗？”“不错。”K说着也扫了一眼正注视着他的莱妮，“那么您听好了，不过这已经差不多不是什么秘密了：我现在就要到律师那儿去辞退他！”“他要辞退律师！”商人惊叫道。他从椅子上跳起来，举着双手在厨房里乱跑，嘴里还不断喊着：“他要辞退律师！”莱妮立即就想向K扑过去，可商人挡住了她的路，于是她就给了他几拳头。然后她攥着拳头去追已经跑出去一大截的K。当莱妮追上来的时候，K已经跨进律师的房门了。他差不多就要锁上门了，可莱妮把脚插在门缝里，用手抓住他的胳膊，想把他拽出去。可他却狠命地扳她的手腕，她痛得叫了起来，不得不松开了手。她不敢马上冲进屋里去，K用钥匙把门锁上了。

“我已经等了您很长时间了。”律师在床上说。他正借着烛光看一份文件，这时他把文件放到床头柜上，戴上眼镜，严厉地看着K。K没有道歉，而是说："我马上就离开。"由于不是道歉，律师没有理会K的话，而是说："我下次不会再这么晚接待您了。""这正合我意。"K说。律师疑惑地看了看他。"请坐。"他说。"既然您这么说，那我就不客气了。"K说着拉过一把椅子放到床头柜跟前坐下。"我觉得您好像把门给锁上了。"律师说。"是的。"K说，"是因为莱妮。"他不打算姑息任何人。然而律师却问道："她又纠缠您了吗？""纠缠？"K问。"是的。"律师边说边笑了起来，笑得一阵咳嗽，咳完后又笑了。"您或许已经发现她很能缠人了，对吧？"他问，一边用手拍了拍K不经意地放在床头柜上的手，K赶忙把手缩了回来。"您对此不大在意，是吗？"见K不吭声，律师说，"这样更好。否则我也许还得向您道歉呢。莱妮有一个怪毛病，我早就原谅她了，要不是您刚刚把门锁上了，我也不会谈起这件事的。这个怪毛病本来我完全用不着给您解释，可您这么吃惊地望着我，那我就解释一下吧！莱妮的怪毛病就是她觉得绝大多数被告都很美。她依恋所有的人，爱所有的人，似乎大家也都很爱她；为了逗我开心，在我允许的情况下，她有时也会给我讲一些这方面的事。我不像您那样好像对这一切都那么惊讶。人们如果有眼力，往往真会觉得被告们都很美。不过这是一种奇特的现象，从某种意义上讲是一种自然科学的现象。当然，并不是说指控会使被告的外貌发生明显并确切无疑的变化。这毕竟不同于其他的诉讼案，大多数被告都能继续保持他们以往的生活方式，如果他们有一位好律师替他们操心，他们几乎不会受到官司的干扰。尽管如此，那些有经验的人能从一大堆人中一一找出谁是被告来。您也许会问，他凭的是什么呢？我的回答无法让您满意。反正被告是最美的。不可能是因为有罪，所以他们就变得漂亮了，因为——起码我作为律师得这样说——并不是所有的人都有罪；也不可能是未来的惩罚使他们现在就变美了，因为并不是所有的人都要受到惩罚。这样，唯一剩下的就是针对他们的诉讼程序了，它不知怎的就附着在他们身上了。当然啦，最漂亮的人中还有特别漂亮的。可他们全都很美，包括布洛克那个可怜虫。”

听着律师这滔滔不绝的话，K 已经完全定下神来了，甚至还对律师的最后几句话点了几下头。他向自己证实了他早就有的看法：和以往一样，律师这一次也是说些与案子毫不相干的事来分散他对主要问题的注意力，至于他为 K 的官司都做了些什么实际工作，他则避而不谈。律师大概发现了 K 这一次的抵触情绪比以往更强烈，便停了下来，想给 K 一个自己开口说话的机会。看到 K 仍默默不语地坐在那儿，他问：“您今天到我这儿来是有一定目的吧？”“是的，”K 说，他用手遮了遮烛光，好看清楚律师，“我是想告诉您，从今天开始我不再要您代理我了。”“我没听错您的话吧？”律师问，他从床上欠起身来，用一只手撑在枕头上。“我想应该没有。”K 说完挺直了身子，仿佛随时准备出击一样。“那好吧，我们也可以谈谈这一计划。”律师过了一会儿说。“这已经不是什么计划了。”K 说。“就算是吧。”律师说，“尽管如此，我们还是不要太仓促。”他用了“我们”这个词，好像他不打算让 K 离开自己，好像即使他当不成他的代理，起码也还可以是他的顾问。“没有什么太仓促的。”K 说着慢慢站起身来，走到椅子后面去，“这是经过再三考虑的，也许考虑的时间太长了。这是最后的决定。”“那么请允许我再说几句话。”律师说着掀开羽绒被坐到床沿上，他长满白毛的双腿冷得直发抖。他请 K 从沙发上给他递一条毯子过来。K 取过毯子说：“您大可不必在这里受冻。”“理由够充足的了。”律师一边说，一边用羽绒被裹住身子，又用毯子把腿包了起来，“您叔叔是我的朋友，过了这么一些时间，我对您也有了好感。这一点我可以坦诚相告，没有什么可害臊的。”老人这一番动感情的话是 K 极不愿意听到的，因为这迫使他做出详尽的解释，而这本是他想避免的；此外，正如他内心不得不承认的那样，这番话让他迷惑，尽管他决不会因此而收回自己的决定。“谢谢您的好意，”他说，“我也承认，您非常关心我的案子，凡是您能做到的事，凡是您认为对我有利的事，您都做了。可我近来越来越相信这还不够。您比我年长得多，也更有经验，我当然决不想说服您接受我的看法；假如我有时不由自主地想说服您，那还请您多多包涵。可像您所说的，事情太重要了，在我看来，比以前更要加倍努力，来推动这个案子。”“我理解您，”律师说，“您没耐心了。”“我不是没耐心。”K 说，他有些被激怒了，不再那么注意他的措辞，“在我第一次跟我叔叔一起到您这儿来的时候，想必您已经发现，我并不怎么在乎这场官司；如果不是别人从某种意义上硬要我想起它的话，我早把它忘得一干二净了。可我叔叔坚持要我委托您来代理我，为了不扫他的兴，我照他的话做了。别人会以为，这下官司对于我会比以前轻松些，因为让律师代理的目的不就是从自己身上卸掉一点儿负担吗？可事情恰恰相反。以前我从来没有像您代理我以来这么为案子操心过。当我一个人的时候，我没有为我的案子做过任何事，可我也感觉不到什么；现在我有了一个代理，准备好了要做点儿什么，我不断地而且越来越紧张地期待着您的行动，可您什么也没做。您虽然告诉我有关法院的各种情况，这些情况从别人那儿我也许根本听不到，可如果现在官司悄悄地越来越紧地缠住了我的话，我就觉得不够了。”K把椅子从身边推开，双手插在上衣口袋里，直挺挺地站在那里。“官司到了某一个时刻，”律师平静地小声说，“就基本上不会发生什么新鲜事了。有多少当事人在类似的阶段像您一样站在我的面前说过类似的话。”“那就是说，”K说，“所有这些当事人都跟我一样说得有道理。这并不能驳倒我的意见。”“我没想反驳您，”律师说，“可我想补充的是，我本来希望您的判断力能胜人一筹，特别是我让您了解了许多关于法院的体制和我的工作的情况，而对其他当事人我没有这么做。可现在我却不得不看到，尽管我做了那么多，您还是不够信任我。您真让我为难了。”律师在K面前可真够低三下四的了！他根本不顾原本极其敏感的职业尊严。他为什么要这样做？表面上看，他是个业务很多的律师，而且还很富有，本来不应该在乎丢掉这笔代理费或者失去当事人的。况且他还生着病，自己都应该想到要减少一些工作。尽管如此，他还是死死抓住K不放。为什么呢？是对叔叔个人的同情吗？还是他真的觉得K的案子很特殊，所以希望在这场官司中表现一下自己？为了K或是为了他在法院的朋友们——这一可能性永远不能排除。从他本人那儿看不出什么来，不管 K 是怎样肆无忌惮地审视着他。几乎可以认为，他不动声色是故意的，是在等待他的话所产生的效果。显然他把 K 的沉默看成对自己有利，因为他说："您也许发现，我的办公室很大，可我却没雇用助手。以前不是这样的，有一个时期，有好几个年轻的法律学者为我工作，而今天我却一个人干。这一方面与我的业务变化有关，我越来越多地局限于办理您这一类案件了，另一方面也与我从这类法律案件中获得的越来越深刻的认识有关。我觉得，假如我不想对我的当事人以及我所接受的工作犯下罪过的话，我是不能让任何别的人去干这项工作的。然而，要想自己动手干所有活儿，自然会有它的后果：我不得不回绝几乎所有人的代理申请，只接受那些特别触动我的案子——只是这样的可怜虫多的是，甚至就在我的周围，我扔一点儿面包渣，他们都要扑上去抢。另外，我由于过度劳累而生病了；尽管如此，我并不后悔我的决定，或许我本该拒绝更多的代理要求，可凡是我接受了的案子我都全力以赴，这看来是绝对必要的，而且也有所成就。有一次我看到一篇文章，其中很好地表明了代理一般诉讼案与这种诉讼案的区别。文章是这样写的：一位律师用一根细线牵着他的当事人走向判决，而另一位律师则一开始就把他的当事人扛在肩上，不放下来，一直扛到判决，甚至判决以后。千真万确，真是如此。可如果说我从来都不后悔承担了这份沉重的工作，那也不完全对。如果工作一点儿也得不到承认，就像您这种情况，那我就差不多要后悔了。"听了这一番话，K 不是被说服，而是更不耐烦了。他相信从律师的语气中能够听出等待他的将是什么：假如他妥协，律师又将开始安慰他，向他指出申辩书有所进展，法官们的态度有所改善，但也会提到诉讼过程中遇到的困难；一句话，所有陈词滥调又会重弹，K 又得饱受缥缈的希望和无形的恐吓的折磨。必须彻底杜绝这一切的发生，于是他说："如果您想保留代理权，您将为我的案子做些什么？"律师甚至接受了这一侮辱人的问题，回答道："我会把我已经开始为您做的事情继续进行下去。""我就知道会是这样，"K 说，"这样的话就什么都不用说了。""我想再尝试一下。"律师说，仿佛让 K 激动的事情不是发生在 K 身上，而是发生在他自己身上，"我猜想，虽然您是个被告，可他们对您态度太好了，或者更准确地说，对您太放松了，这才不仅使您对我作为法律监护人做出了错误的评价，也导致了您其他行为上的失误。这一点自有它的道理：用铁锁链套着往往比自由要好。我想给您看看，别的被告受到的是什么待遇，或许您能从其中获得一些教训。我现在要叫布洛克进来，请您把门打开，然后坐到床头柜旁边去。""好吧。"K 说，按照律师说的做了；他时刻都准备好了要学习。可为了保险起见，他还问了一句："您知道我取消了您的代理资格，对吧？""知道了，"律师说，"可今天您就又可以收回这一决定。"他重新躺到床上，把羽绒被一直盖到下巴底下，脸转向墙那一面，然后拉响了铃。

铃声刚响，莱妮就出现了，她迅速扫了一眼，想知道到底发生了什么。看见 K 平静地坐在律师的床边，她似乎放下心来。她朝呆呆地望着她的K微笑着点了点头。“叫布洛克来。”律师说。可她并没有去领他，只是在门外喊了一声：“布洛克！到律师这儿来！”然后她便溜到K的椅子背后。可能因为律师是面朝墙躺着的，她就一直无所顾忌地待在那里。她一刻也不让K安静，朝椅背弯下腰去，或是用手轻柔地理着他的头发，或是摸一摸他的脸庞。K试图不让她搅扰，最后抓住了她的一只手，她挣扎了几下，也就作罢了。

布洛克听到喊声马上就到了，可他还站在门口，好像在考虑是否应该进去。他扬起眉毛，歪着头，仿佛在倾听律师是否会把叫他进去的命令重复一遍。本来K可以鼓励他走进来的，可他下定决心，不仅要跟律师，而且要跟屋里的一切彻底决裂，所以他待在那儿，纹丝不动。莱妮同样沉默着。布洛克发现，至少没有人撵他走，于是踮着脚走了进来，脸上紧张万分，双手在背后直抽搐。为了有个退路，他让门敞开着。他根本不看K，而是目不转睛地望着那高高堆起的羽绒被，由于律师紧贴着墙，被子完全遮盖住了他。可此时他的声音却响了起来。“是布洛克吗？”他问。布洛克已经往里走了一截，听到问话，简直就像有人在他胸前和背后各打了一拳，踉跄着，最后弯着腰站住了，说：“谨听您的吩咐。”“你要干什么？”律师问，“你来得不是时候。”“不是叫我了吗？”布洛克问，与其说是在问律师，倒不如说是在问自己。他向前伸出双手以保护自己，随时准备逃走。“是喊了你，”律师说，“可尽管如此，你来得不是时候。”自律师开口说话起，布洛克就不再看着羽绒被了，而是木然地盯着某个角落，竖起耳朵注意听着，仿佛说话人发出耀眼的光芒，让他受不了。可即使是听，也很困难，因为律师面对着墙，说话快，声音又小。“您要我离开吗？”布洛克问。“可你既然来了，”律师说，“那就留下吧！”别人会以为律师不是满足了布洛克的愿望，而是威胁要揍他一顿，因为布洛克这下子真的浑身抖得像筛糠一样。“昨天，”律师说，“我去见了第三位法官，他是我的一位朋友，谈话的时候慢慢把话题转到了你身上，你想知道他说了些什么吗？”“噢，请讲。”布洛克说。由于律师没有马上回答，布洛克重复了一遍他的请求，他向前弓着腰，好像要跪下去似的。K这时大声吼住了他。“你准备干吗？”他叫道。由于莱妮想拦住他不让他喊，他把她的另一只手也抓住了。他紧紧握着她的手，可并不是出于爱意；而她也不断地叹着气，挣扎着要把手抽出来。布洛克却因为K的吼叫而受到了惩罚，因为律师这时问他：“谁是你的律师？”“是您哪。”布洛克说。“除了我呢？”律师问。“除了您再没别人了。”布洛克说。“那就不要听别人的话。”律师说。布洛克点头称是，狠狠地瞪着K，并使劲地对他摇头。要是把这一举动翻译成语言的话，那将是一连串粗鲁的咒骂。K还曾想跟这个人友好地谈论他自己的案子来着！“我不再打扰你了。”K靠在椅子上说，“下跪也好，在地上爬也罢，你爱怎么做就怎么做吧，我不会再管闲事了。”可布洛克还是有自尊心的，起码在K面前，他挥舞着拳头朝K冲过去，嘴里还嚷嚷着，只是在律师面前不敢放大声罢了：“您不能这样跟我说话，这是不允许的。您为什么要侮辱我？而且还当着律师先生的面？您和我是一样的，是律师发慈悲才让我们待在这儿的。您不见得就比我好，您也是被告，也牵扯到官司。如果您仍旧是一个绅士的话，那我也同样是一个绅士，甚至是一个更有身份的绅士。我要别人，尤其是您，跟我说话的时候要像对待绅士那样，客客气气的。您可以安安静静地坐在这里，可以安安静静地听，而我则像您说的是在地上爬，如果您觉得您这样就受到了优待的话，那我提醒您想想那句古老的格言：对于嫌疑犯来说，动比静好，因为谁要是不动，要是坐在天平盘上也不知道，那称出来绝不止是他罪过的分量，还包括他自身。”K 一声不吭，他只是目不转睛地、吃惊地望着这个疯狂的人。在过去的一个小时里，他身上发生了多么大的变化呀！是官司让他这么来回摇摆，敌友不分吗？难道他看不出律师是在有意侮辱他，而这一次仅仅是为了在 K 面前炫耀他的权力，以达到逼 K 就范的目的？如果布洛克意识不到这一点，或者是他怕律师怕得要命，以至于即使认识到了，也不顶用的话，那他又怎么又如此狡猾，如此大胆，竟敢欺骗律师，向律师隐瞒除了他还有别的律师在为他工作呢？还有，他为什么胆敢攻击 K？他明明知道 K 随时可能泄露他的秘密。然而他的胆子还越来越大，他走到律师床前，开始在那儿抱怨起 K 来。“律师先生，”他说，“您可是听到这个人是怎样跟我说话的。他打官司的时间扳着手指头就数得过来，他竟然想教训我这样一个打了五年官司的人了。他甚至谩骂我。他什么都不懂，却敢来骂我，我可是用尽了我的微薄之力，认真研究过什么是礼貌、义务和法院惯例的。”“别管别人，”律师说，“做你自己觉得正确的事情。”“当然。”布洛克说，仿佛在给自己打气，然后很快斜瞥了一眼，紧挨着床跪了下去。“我已经跪下了，我的律师啊。”他说。律师却默不作声。布洛克用一只手小心翼翼地抚摩着羽绒被。屋里一片寂静，这时莱妮从 K 手中挣脱了，说：“你把我弄痛了。放开我，我要到布洛克那儿去。”她走过去坐到床沿上。布洛克看见她过来十分高兴，不断打着手势，要莱妮在律师面前为他说情。他显然急需律师告诉他什么消息，可也许只是为了让他的其他律师能够利用这些消息。莱妮看来很懂得怎样对付律师，她指着律师的手，然后努起嘴巴，做出亲吻的样子。布洛克立刻就吻了一下那只手，在莱妮的示意下，他又吻了两下。可律师仍旧缄默不语。莱妮这时朝律师弯下身去，伸展躯体，使其显得更加优美妖娆，深深地俯在他的脸上，摩挲着他长长的白发，终于引得他开了腔。“我在犹豫要不要告诉他。”律师说道。也许是为了更多地感受莱妮的抚摩，他微微地摇了摇头。布洛克低着头侧耳细听，仿佛触犯了什么戒律一般。“你到底犹豫什么呢？”莱妮问。K 有种感觉，仿佛他将听到的是一套事先演练好的对话似的，这一番对话已经重复过无数次，而且还会不断重复下去，只有布洛克对此还不失新鲜感。“他今天表现如何？”律师没回答，而是问道。莱妮在回答之前先垂下头看了一会儿，布洛克向她伸出手，不断搓着双手请求着。她终于严肃地点点头，转过头去对律师说：“他很安静，也很勤勉。”一个年老的商人，一个留着长胡子的男人，竟然乞求一个年轻女子为他求情说好话。就算他心下有什么别的用意，在他人的眼里，也没有任何东西能替他辩白。他的行为简直有碍观瞻。K 不理解，律师怎么会想到用这样拙劣的表演来挽回他。假如他之前还没有给 K 以足够的理由离开的话，这场戏倒是足够了。原来律师的办法是这样子的——幸亏 K 受其摆布的时间并不长：当事人最终会忘记整个世界，只希望在这一歧途上被拖到官司的终结。这已经不是什么当事人了，而是成了律师的一条狗。律师要是命令这人像钻进狗窝一样爬到床底下去，在那里学狗叫，他也会欣然从命的。K 仿佛接受了谁的指派，要把这里所说的话都全部记录下来，然后向上一级部门告发并做出汇报似的，抱着审视和慎重的态度仔细听着。“他一整天都干了些什么？”律师问。“为了不让他打扰我，”莱妮说，“我把他关在女佣房间里了，他平时一般也都在那里。我随时都可以从小窗子里看见他在干什么。他老是跪在床上，把你借给他的文件摊在窗台上读。这给了我很好的印象。窗户开向一个通风洞，几乎没有什么光线。尽管如此，布洛克还是在读，这说明他很听话。”“很高兴听到这些，”律师说，“可他读懂了吗？”在谈话过程中，布洛克不停地蠕动着嘴唇，显然是在表述他希望从莱妮那儿听到的答复。“这一点，”莱妮说，“我当然不敢肯定。但我看见他读得很仔细。他整整一天都在读同一页纸，而且读的时候还用指头一行一行地指着读。每次我往里看，他都在叹气，好像读得很费劲。你借给他的文件可能很难懂。”“是的，”律师说，“是很难懂。我也不相信他能看懂。这些文件只是要他有所了解，我为他所做的辩护是多么艰难。我为谁在进行这场艰难的斗争呢？说出来都有些好笑，是为了布洛克。他应该学会理解这意味着什么。他是在不停地学习吗？”“差不多是在不停地学习，”莱妮回答说，“只有一次他向我要水喝，我从小窗里递给他一杯水。八点钟我把他放了出来，给了他一点吃的。”布洛克斜眼看了一下K，好像这儿讲的是什么赞美他的话，并肯定会给K留下很深的印象似的。他现在看上去有了很大的希望，动作放松了一些，跪在那里摇来晃去的。正因为如此，听到律师说出下面的话时他吃惊的表情也就更加明显了。“你表扬他，”律师说，“这更让我难以开口了。因为法官的说法很不利，不光对他不利，也对他的案子不利。”“不利？”莱妮问，“怎么会这样呢？”布洛克紧张地盯着她，仿佛他相信莱妮有能力，一下子把法官早就说过的话变得对他有利似的。“是不利啊，”律师说，“当我开始谈到布洛克时，他甚至很不高兴。‘别说布洛克。’他说。‘可他是我的当事人。’我说。‘您让人利用了。’他说。‘我不认为他的官司就输了。’我说。‘您让人利用了。’他重复道。‘我不相信。’我说，‘布洛克对官司很上心，一直都是全力以赴，为了及时联系，他几乎住在我家里。这种热情实属少见。当然，他这个人并不可爱，交往时让人厌恶，还很肮脏，但在打官司上他是无可指责的。’我说无可指责是有意夸张。他接着说：‘布洛克只不过是很狡猾，他积攒了很多经验，懂得怎样拖延诉讼。可他的无知还是甚于他的狡猾。如果他得知他的诉讼根本还没有开始，如果告诉他他的诉讼开始的钟声还未敲响，他会说什么呢？’安静点儿，布洛克。”律师说，因为布洛克刚好摇摇晃晃地准备站起来，显然是想请求律师解释一下。律师第一次直接对布洛克说得如此详细。他疲惫的眼睛半是漫无目标地望着什么地方，半是往下看着布洛克。在律师的注视下，布洛克又慢慢地跪了下去。“法官的这些话对你根本不要紧。”律师说，“别听到一句话就吓成这副模样。如果下一次还这样，我就什么也不告诉你了。一开口你就这么瞪着人看，简直就像最终判决下来了似的。在我的当事人面前你不觉得害臊吗？而且你也动摇了他对我的信任。你还要怎么样？你还活着，还处于我的保护之下。你的恐惧完全没必要！你也许在哪儿读到过，某些案子的最终判决会在某个时间由任意一个人突然宣布出来。尽管有很多保留，但这是真的。可我讨厌你的恐惧，认为这是你对我缺乏基本的信任；这同样也是真的。我说什么了？我不过复述了一遍法官的话。你知道围绕诉讼存在着各式各样的意见，无非是剪不断，理还乱。比如这个法官看待诉讼程序开始的时间就和我不一样。意见不一致，仅此而已。按照老规矩，当诉讼到了一定阶段的时候要敲钟。根据这位法官的看法，诉讼此时才开始。我现在不能把与此不同的观点都告诉你，即使告诉你，你也不懂。你只需要知道有许多不同的观点，这就够了。”布洛克在下面窘迫地用手指在床前的毛毯上来回摩挲着。对法官意见的恐惧让他一时忘记了对律师的恭顺，他只想着自己，反复从各个方面推敲着法官的话。“布洛克，”莱妮抓住他的衣领，把他往上拽了拽，以警告的语气说，“别再揉搓毛毯了，好好听律师说话。”

在大教堂里

银行一位非常重要的生意伙伴头一次到这座城市来，K 接受了任务，陪这位意大利朋友去参观几处名胜古迹。要是在往常，领到这样的差事，他准会觉得很荣幸，可如今，他需要花费很大的力气才能保住他在银行的声誉，所以接受这一任务显得很勉强。离开办公室的每一小时都让他担心。虽然他已远远不像以前那样能够充分利用办公时间，有时也只是勉强装出一副工作的样子，可正因为如此，不在办公室的时候他就越发感到不安。他仿佛看见，一直在暗中伺机出动的副经理怎样不时地进入他的办公室，坐在他的办公桌前，翻阅他的文件，接待多年来已差不多和 K 成了朋友的客户，并把他们从他手里抢走，说不定还会发现什么差错，而这些工作上的差错，对于现在的 K 来说，难以避免，甚至时时处处都在威胁着他。所以，一旦派他外出或者出一趟短差，即使是作为褒奖——这样的差事刚好最近多了起来——他总要怀疑是别人想把他支使出去，好审查他的工作，或者至少认为他在办公室是个可有可无的人。这类差事他原本大多都可以轻易推掉的，可他不敢这样做，因为他的担心并没有多少依据，拒绝任务无疑便意味着承认自己心虚。出于这一原因，他接受这些任务时故意做出无所谓的样子。最近他被派去办了两天很累人的差事，他甚至没说自己当时正在患着重感冒，以避免别人会以为他是借口绵绵的秋雨天气推却不去。外出回来，他头痛得都要爆裂了，这时他才得知，已选中他第二天去陪意大利客人。他非常想推掉这一差事，起码这一次，特别是指派给他的这一任务跟生意并没有直接的关系。履行陪同这位客户的义务本身固然重要，但对 K 却无关紧要，因为他很清楚，他只有通过工作上的成就才能保住自己，假如这一点做不到，即使让这位意大利人再高兴也无济于事；他一天也不想被从工作中支走，因为他非常担心不再让他回来，虽然他明白这一担心有些过分，可还是觉得憋闷。只是在这种情况下，他几乎找不到一个说得过去的借口，K 的意大利语说得虽然不是特别好，但也够用了；更重要的是，K 以前学过一些艺术史方面的知识，这在银行是人尽皆知的，加上有段时间同样出于业务上的原因，他还是市古迹保护学会的会员。据说这个意大利人又是一个艺术爱好者，所以挑选 K 做他的陪同是理所当然的了。

这天早晨，风雨交加，K 心里因为将度过的一天而窝火，他七点钟就来到办公室，想在客人占用他的时间之前至少处理几件事情。他觉得很疲惫，因为要准备陪同的事，他整整学了半夜的意大利语语法。他最近一段时间习惯坐在窗口，那里比办公桌对他更有吸引力；可他还是克制住自己，坐到桌前开始工作。可惜事不凑巧，服务生走进来报告说，经理先生派他来看看襄理先生是否已到，如果到了，请他到接待室去，从意大利来的那位先生已经来了。“我马上来。”K说着，便把一本小词典揣进兜里，腋下夹着一本他为客人准备的市名胜古迹纪念册，穿过副经理的办公室，来到经理室。他很高兴这么早来到办公室，马上就能听候吩咐，大概谁也没真的指望他这样做。副经理的办公室自然还像半夜一样空无一人，也许服务生也通知他到接待室去来着，可没找到人。K走进接待室时，两位先生就从扶手椅上站起身来。经理和蔼地笑着，显然对K按时到来感到十分高兴，他马上给他们做了介绍。意大利人有力地握着K的手，笑着说谁谁谁是个早起的人，K没完全听懂他指的是哪个人，而且那是一个很奇怪的词，过了一会儿才猜出它的意思。他用几句客套话回答了他，意大利人笑着接受了，其间他几次神经质地用手捋着他那铁灰色的浓密胡子。他的胡子显然喷过香水，让人很想凑上前去闻上一闻。大家落座后，便开始了简短的、准备性的谈话，K十分沮丧地发现，他只听得懂意大利人说的个别词句。假如他讲得平缓些，K差不多完全能听懂，可这种情况很少，大多数情况下对方都是口若悬河，同时还兴奋得直摇头晃脑。说话时他还不断夹杂一些方言，对于K来说，这简直根本不是意大利语了，可经理不但听得懂，而且会说这种话。K本来早该预料到的，因为这位意大利客人来自意大利南方，经理曾在那里待过几年。总之，K现在意识到，和意大利人沟通几乎是不可能的了，因为他的法语也很难懂，再加上胡子遮住了嘴唇，不能通过看口型来辅助理解。

K 开始想到将会有许多不快的事情发生，暂时放弃了想听懂意大利人说话的努力，因为有经理在场，很容易听得懂他的话，K 费那么大力气也没必要；于是他只是闷闷不乐地观察着这位意大利人怎样坐在靠背椅里，既舒服又轻松，看着他怎样不时地用手去扯他那剪裁得体的短上衣。有一次他举起了双臂，手腕放松，晃动着手试图表达什么。虽然 K 向前欠着身子，眼睛一直没有离开过意大利人的手，可仍旧不明白他的意思。K 无所事事地坐在那里，两眼机械地盯着另外两个对话的人，又像方才一样感到疲倦，吃惊地发现——幸亏发现得及时——恍惚之中，他正准备站起来扭身离开这里。最后意大利人终于看了一眼表，跳了起来，向经理道过别后，走到 K 身边。他挨得那么近，为了能够活动，K 只好把自己的椅子往后挪了挪。经理准是从 K 的目光中看出他面对这个意大利人时的窘迫，于是也加入了谈话，他既机警又温和，表面上看仿佛只是补充了几条小小的建议，实际上把意大利人不知疲倦的插话都简要地告诉了 K。K 从经理那儿得知，这位意大利人暂时还有几件生意上的事要做，而且他的时间总的来说也很紧，因此他不想走马观花地匆匆参观完所有的名胜古迹，而是决定只去看一看大教堂，但是得仔细地参观，可这要 K 同意，决定权完全在 K 手里；他非常高兴，能在这样一位既有学识又和蔼可亲的人——他指的是 K——的陪同下参观。K 这时只顾着领会经理的话，根本不去管意大利人说什么。意大利人说，如果 K 认为时间合适，请他两个小时以后，差不多十点钟的时候在大教堂里见。他希望自己到时候已经到那儿了。K 做了相应的答复，意大利人先握了握经理的手，然后跟K握手，最后又跟经理握了握手，半侧着身子朝门口走去，一边还不停地和跟在他身后的两个人说着话。K还在经理身边待了一会儿，经理今天看上去气色很不好。他们很亲密地站在一起，经理觉得该向K道声歉，说他起先打算自己陪意大利人的，可最后决定最好还是派K去，他没有具体说是出于什么理由。如果他一开头听不懂意大利人的话，他用不着奇怪，很快就能听懂了，就算听不懂也没多大关系，因为对于意大利人来说，能不能听懂并不那么重要。另外K的意大利语很不错，他肯定能够应付自如的。K就这样和他告了别。剩下的时间他全用来从词典里抄写参观大教堂所需要的生僻单词了。这活儿可真烦人，服务生送来邮件，职员们来询问许多问题，看见K正在忙碌着，他们站在门口，非要得到回复才肯离开。副经理也不放过搅扰K的机会，每隔一会儿就进来一次，从K手里拿过词典，显然是漫无目的地乱翻一通。每当门被打开，就看见昏暗的接待室里有一些客户，他们迟疑地哈着腰，想引起K对他们的注意，可又拿不准能不能被看见——这一切都围绕着他转，仿佛他是中心似的，而他自己却正在搜寻着他需要的单词，先查词典，再抄下来，然后练习发音，最后试着背下来。他以前的好记性似乎已不复存在。那个意大利人给他带来这么大麻烦，这让他不时大光其火。他把词典往一堆文件里一塞，打定主意不再准备了，可他明白，他总不能哑巴似的跟那个意大利人在大教堂里的艺术品前转来转去，于是更加冒火地又把词典拿了出来。

九点半钟，他正准备起身时，来了一个电话，是莱妮打的，她向他问好，询问他身体怎样。K连忙道了声谢，说他现在没有时间谈话，得到大教堂去。“去大教堂？”莱妮问。“是啊，是去大教堂。”“去大教堂干吗？”莱妮又问。K想简单给她解释一下，可还没等他张口，莱妮突然说：“他们在拼命地使唤你。”K难以忍受这种他既没要求也没指望的同情，说了两句就道了再见，放回听筒时半是对着自己，半是对远方已经听不见他说话的姑娘说道：“是的，他们在拼命地使唤我。”

可现在时间已经很晚了，有可能他没法及时赶到。他坐了辆车去，最后一刻想起那本画册，早上没机会把它交出去，于是这会儿带上了它。他把画册放在膝盖上，一路上心慌意乱地在上面敲打着。雨下得小了一些，可空气潮湿，凉飕飕的，天空呈铅灰色，大教堂里恐怕看不见多少东西，但长时间站在冰冷的石砖地上，K的感冒肯定会加重的。

大教堂前面的广场上空荡荡的，K想起来，还是孩童的时候他就发现，这狭小广场四周房子的窗帘都是垂下来的。像今天这种天气，拉上窗帘当然比往常要好理解一些。大教堂里面似乎也空无一人，没有谁会想到在这种时候到这里来。K走遍了两边的侧厅，只碰到一个老妇人，她头上包着厚厚的头巾，正跪在圣母玛利亚像前凝视着。他还看见远处有一个一瘸一拐的司事走进一道门里，然后就消失不见了。K是准时到的，进门时刚好敲响十一点[1]，可意大利人还没有到。K重新回到大门口，犹豫不决地

1 此处时间与上文不一致，原文如此。

在那里站了一会儿，然后冒雨围着大教堂转了一圈，看看意大利人是否会在某个侧门等着。可哪儿也不见他的踪影。难道经理听错了时间？这种人的话谁能听得懂呀？可不管怎么样，K 至少得在这儿等他半个小时。他很累，想坐下来，于是又回到大教堂里面，在台阶上看到一块地毯似的破布，用脚尖把它踢到附近的一张条凳前面，裹紧大衣，竖起衣领，然后坐了下去。为了消磨时间，他打开画册，在里面翻了翻，可很快又不得不停下来，因为天色变得如此昏暗，他抬起头时，附近侧廊里的东西几乎都分辨不清了。

远处的主圣坛上，烛光形成一个很大的三角形，在那里闪闪烁烁。K 说不准他方才看见了没有。也许这些蜡烛是刚点着的。教堂司事们的蹑手蹑脚是经过训练的，你发现不了他们。K 偶然一回头，看见他身后不远的柱子上插着一支又粗又大的蜡烛，同样也在燃着。这看上去固然很美，但这些用来照圣坛的蜡烛大多数都挂在教堂两侧的暗处，光线远远不够，反倒使教堂内显得更加幽暗。意大利人不来，虽说没礼貌，却也理智，来了其实啥也看不到，顶多只有靠 K 的手电筒看几幅画。为了试验一下是一种什么效果，K 走到附近侧廊里一个小祈祷间那儿，踏上几级台阶，来到一道矮矮的大理石栏杆前，向前欠着身子，用手电筒照着圣坛上的画像。画像前的烛光飘飘忽忽的，很是碍事。K 先看到的或者说多少是猜出来的，是一个魁梧的身穿铠甲的骑士，他位于画的最边缘。这骑士手扶着一把宝剑，宝剑插在他面前光秃秃的土地里，地面上只有稀稀拉拉的几根草。他仿佛正在全神贯注地观察着眼前发生的某件事情。让人奇怪的是，他就这么站着，而不是靠上前去。也许他是站岗的？K很长时间都没有欣赏过画了，他久久地观察着这幅画，虽说他很不习惯手电筒发出的绿光，不得不老是眨巴眼睛。他用手电筒的光束扫了一下这幅画的其余部分，发现这是一幅画法一般的基督葬仪图，而且比较新。他收好手电筒，又回到原来的座位上。

可能已经没有什么必要再等意大利人了，可外面肯定是倾盆大雨，加上这里不像K想象的那么冷，他决定暂时待在这里。离他不远的地方是大布道台，布道台的圆顶上装着两个半向上仰着的空心金十字架，两个十字架的顶端交叉在一起。栏杆的外墙以及栏杆与支柱之间的过渡墙上刻有绿色的叶状雕饰，其中的小天使要么活泼，要么肃穆。K走到布道台前面，从各个角度观察它，石雕很精细，叶片间和叶片后的阴影仿佛是粘上去的，很是逼真。K把手伸到一个空隙里，小心地触摸着下面的石头。他一直不知道这儿有这个布道台。这时，他偶然发现附近一排长凳后面有一个教堂司事，司事穿着一件肥大而又皱巴巴的黑色教袍，左手端着一个鼻烟盒，站在那里观察他。“他要干什么？”K心想，“难道我引起他的怀疑了吗？或者他是想要小费？”教堂司事看见K注意到他，便用右手向某个方向指了指，几个指头还捏着一点鼻烟。他的举动简直莫名其妙；K等了片刻，教堂司事还是不停地用手指着什么，同时还连连点头来加强他的手势。“他要干吗？”K低声自问，他不敢在这里大声叫嚷；然后他掏出钱包，沿着前排的长凳挤过去，来到那人身边。可后者马上做出拒绝的手势，耸了耸肩，一瘸一拐地走了。K 还是孩童的时候，曾用这种跛脚快速走路的样子来模仿骑马的姿势。“一个孩子气的老人，”K 想，“他的智力只够当个教堂司事。我停下他也就停下了，还窥视着，看我是不是往前走。”K 微笑着跟着这老头，差不多走到了主圣坛上面，那老人仍在不停地指着什么，可 K 故意不转过身去，老头的手势无非是想让 K 不要再尾随他了。后来 K 真的不再跟着那老头，不想太吓着他，另外也不想完全把他赶走，万一意大利人来了呢。

他又回到大堂，寻找他刚才放画册的那张凳子，这时，他发现一根柱子旁边几乎紧挨着唱诗班座位的地方，有一个小小的、全用白石砌成的副布道台。这副布道台那么小，远远看去，像是一个空着的、准备用来安放一尊塑像的壁龛。布道神甫肯定从栏杆处都不能后退一大步的。此外，布道台的石拱顶低得出奇，虽说没什么雕饰，可弯度很大，一个中等个子的人在那里都不可能站直，非得向栏杆弯下身子来。所有这些就像是专门用来折磨布道人的。那边已经有了一个装饰得很精美的大布道台，很难理解为什么还要有这么一个布道台。

如果不是上面安了一盏灯，就像平时马上要讲道那样，K 也不会注意到这个小小的布道台。难道现在要布道了吗？就在这空无一人的教堂里？K 顺着阶梯往下看，那阶梯紧贴着柱子通向布道台，非常狭窄，仿佛不是让人走的，而只是柱子的一个装饰。可布道台下面的确站着一位神甫，K 惊讶得笑了。那神甫手扶在栏杆上，正准备走上台阶，他抬头看着 K，然后轻轻点了点头。K 赶忙在胸前画了十字，并向他鞠了个躬；他早就该这么做了。神甫一鼓劲，快步登上了布道台。真的就要开始布道了吗？也许教堂司事并没有完全失去理智，他是想把 K 引到布道神甫这边来，而在空荡荡的教堂里，这样做也的确极有必要。可教堂某处的圣母像前还有一位老妇人，她也应该到这里来。而且如果这是一场布道，那为什么又没有先奏响管风琴？管风琴静静地竖在那里，在高处的幽暗中闪着微弱的光亮。

K 考虑现在是否应该赶快溜走，如果现在不走，布道开始后他就不可能离开了，得一直等到它结束，而他浪费了许多办公时间，早就没有继续等那位意大利人的义务了；他看了看他的表，已经十一点了。可真的会布道吗？K 一个人就能代表整个教区的信徒？如果他仅仅是一个陌生人，只是想来参观一下教堂，那又怎么能代表教区呢？从根本上说他正是一个陌生人。现在是十一点钟，是一个工作日，而且天气又这么糟糕，要布道的话可真是太荒唐了。那位神甫——毫无疑问他是一位神甫——是一个年轻人，脸黑黝黝的，皮肤很光滑，他到布道台上去显然是为了把本来不该打开的灯关掉。

可并非那么回事儿，神甫反倒检查了一下灯，又把它往亮里旋了旋，然后慢慢地走向栏杆，用手抓住了有棱角的栏杆的上沿。他就那样站了一会儿，头一动不动地往下面望着。K 往后退了一大截，双肘撑在教堂最前排的长凳上。他糊里糊涂地看到教堂司事在什么地方——可他确定不了准确地点——像完成了任务似的，安详地弓着背蹲在那里。大教堂里现在多么寂静啊！然而

K 不得不打破这种寂静，他不打算待在这里；如果神甫有义务在规定的时间里讲道，而不管情况如何，那就让他讲好啦，没有 K 也能行，反过来就算有 K 在场也不会增强效果。于是他慢慢地开始移动身子，踮起脚沿着长凳摸索着往前走，然后来到宽敞的主通道上，仍旧小心翼翼地走着，只有他轻轻的脚步敲打着石板地，拱顶发出重重叠叠的回声，轻微却又持续不断。K 独自一人穿过空无一人的长凳时，有种被遗弃的感觉，也许神甫正在观察着他，他觉得大教堂之大已到了人所能够承受的极限。当他来到他刚才的座位那儿时，他没有停留，拿起放在那里的画册就走。他差不多就要离开最后一排长凳，来到长凳与大门之间的空地上了，这时他第一次听见了神甫的声音，这是训练有素的声音，十分洪亮有力。这声音是怎样响彻了整个准备接受它的大教堂的啊！然而，神甫呼喊的却不是教区信徒，他呼喊的人明确无误，K 再也无法逃避了；他叫道："约瑟夫 · K！"

K 顿时站住了，眼睛盯着面前的地。他暂时还是自由的，可以继续往前走，附近有三扇又矮又黑的木门，他能够从其中一扇溜出去。这样的话就意味着他没有听懂，或者说听懂了但不想去管它。可假如他转过身去，那他就被抓住了，因为那样的话，就等于承认他完全听清楚了，他就是那个被呼喊的人，而且也愿意听从吩咐。假如神甫再喊一声，K 肯定也就走了，可由于 K 停在那儿的时候，一切都那么安静，他稍稍回过头去望了一眼，想看看神甫在干什么。只见神甫仍像刚才一样安然站在布道台上，但很明显他已经发现 K 转过了头。K 要是现在不把头完全转过去的话，这就不过是一场小孩子们玩的捉迷藏游戏而已。然而K却完全转过身去了，神甫伸出手指示意他走近点儿。现在一切都暴露无遗了，所以K便迈开大步朝布道台跑过去，一方面出于好奇，另一方面也为了尽快了结此事。他停在头几排椅子那儿，可神甫似乎还是觉得距离太远了些，他伸出手，指头向下弯，指着紧靠布道台的一个地方。K按照指示，站在那里，得使劲向后仰头才能看见神甫。“你就是约瑟夫·K。”神甫说着举起手，在栏杆上面做了一个意义不明的动作。“是的。”K说，想到以前报自己的姓名总是十分爽快的，可一段时间以来，这却成了他的一个负担，而且很多他第一次碰到的人都知道他的名字。先做自我介绍，然后才与人相识，那该多好啊！“你受到了控告。”神甫说，声音压得很低。“是的，”K说，“有人这么通知过我。”“那你就是我要找的人。”神甫说，“我是监狱神甫。”“噢，原来如此。”K说。“是我让人把你叫到这儿来的，”神甫说，“我想和你谈谈。”“这我不知道，”K说，“我到这里来是要陪一位意大利人参观大教堂的。”“不谈枝节问题了吧。”神甫说，“你手里拿的是什么？是祈祷书吗？”“不是，”K说，“是市里的名胜古迹画册。”“把它放下。”神甫说。K使劲一扔，画册被扔得翻开来，在地上滑了一段路，书页顿时被弄得皱皱巴巴的。“你知不知道你案子的情况不妙？”神甫问。“我想得到，”K说，“我尽了一切努力，可到现在为止却没有收获。不过我的申辩书还没写好。”“你想象过结果会是怎样的吗？”神甫问。“以前我想肯定会有一个好的结果的，”K说，“现在连我自己有时候都对此产生了怀疑。我不知道结果会怎样。你知道会有什么样的结果吗？”“不知道，”神甫说，“可我担心结果不会好。他们认为你有罪。你的案子也许根本出不了低级法院。起码目前他们认为你罪行确凿。”“我没有罪，”K说，“这是一个误会。一个人怎么会有罪呢？我们不都是人吗？彼此都一样。”“你说得对，”神甫说，“可有罪的人都喜欢这么说。”“你对我也有偏见吗？”K问。“我对你没有偏见。”神甫说。“谢谢你。”K说，“可其他参与诉讼案的人都对我有偏见，这种偏见还影响到没有参与诉讼案的人，我的处境越来越困难了。”“你误解了真实情况。”神甫说，“判决并非一下子做出的，而是由审讯逐渐进入判决。”“原来如此。”K说着低下了头。“你下一步准备为你的案子做些什么？”神甫问。“我还想寻求帮助。”K说，他抬起头来，想看看神甫有何反应，“有些机会我还没有利用。”“他人的帮助你已经找得太多了，”神甫不以为然地说，“特别是女人的帮助，你难道没有发现，那都不是真正的帮助吗？”“在有些情况下，甚至在很多情况下，我都会认为你说得对，”K说，“可并不总是对。女人拥有很大的权力。如果我让我认识的几个女人联合起来为我工作，我应该能够成功。特别是这个法院，里面全是些追女人的能手。你要是把远处的一个女人指给预审法官看，为了及时追上那女人，他甚至会撞倒审讯桌和被告的。”神甫向栏杆弯下头来，这时布道台的拱顶好像要把他压倒似的。外面是什么鬼天气啊！已经不是昏暗的白天了，简直就是深夜了。大窗户的彩绘玻璃已经不能给黑蒙蒙的墙带来一丝光线了。可偏偏此时，教堂司事开始把主圣坛上的蜡烛一支支地吹灭。“你生我的气吗？”K问神甫，“你也许不知道，你为之服务的是一个什么样的法院。”他没有得到答复。“这仅仅是我的经验而已。”K说。上面仍无声息。“我不想惹你生气。”K说。这时神甫对着下面喊道：“难道你的目光如此短浅，看不到两步之外的事情吗？”这是愤怒的吼声，同时又像是看见有人跌倒了，自己吓了一跳，于是情不自禁地喊出声来。

两人都沉默着，良久不语。由于下面光线太暗，神甫肯定看不清K，可因为那盏小灯，K却能够清楚地看见神甫。神甫为什么不下来？他并没有讲道，不过是向K通报了一些情况，如果K认真对待这些情况的话，它们或许有百害而无一利。可K觉得神甫的用意无疑是好的，如果他下来的话，跟他取得一致意见并不是不可能的，从他那儿得到一个关键的、可以接受的建议也不是不可能的，这建议不是要他怎样去影响官司，而是告诉他怎样摆脱官司，怎样避开它，又怎样在官司之余正常地生活。这种可能性应该是存在的，最近一段时间，K常常想到这一点。要是神甫知道有这样的一种可能性，如果向他提出请求的话，他也许会说出来的，虽然他本人是法院的人，虽然在K攻击法院的时候，他一反他温和的性情，甚至大声地斥责了K。

“你不想走下来吗？”K说，“又不是要布道。下来到我这儿来。”“现在我可以下来了。”神甫说，他也许后悔刚才那样大声喊叫。他一边把灯从钩子上取下，一边说：“我得先站在远处跟你说话。否则的话我很容易受影响，会忘记自己的职责的。”

K在阶梯底下等着他。神甫还在上面的台阶上，就边走边向他伸出了手。“你可以给我一点儿时间吗？”K问。“随便你要多少时间都行。”说着，神甫便把那盏小灯递给K让他拿着。即使在近处，他也不失某种庄重的神情。“你待我真好。”K说。他们在昏暗的侧廊里并肩来回走着。“你是法院所有人里面的一个例外。在我认识的人里面，我最信任你。我可以推心置腹地跟你谈话。”“你别弄错了。”神甫说。“我在哪一点上会弄错呢？”K问。“你误解了法院，”神甫说，“关于这种误解，在法律的导言部分是这样写的：在法律门前站着一个守门人，一个乡下人来到这个守门人跟前，请求守门人让他进去，可守门人说自己现在不能让他进去。那人想了一下又问，他是否可以晚一些时候进去。‘有可能，’守门人说，‘可现在不行。’因为通向法律的大门总是敞开着的，而守门人又走到了一边，乡下人便弯着腰，想通过大门往里面看。守门人发现了，笑着说：‘既然里面那么吸引你，你不妨不管我的禁令，试试往里闯。可你记住，我的权力很大，而我只是最底层的守门人，每一个大厅前面都站着一个守门人，一个比一个强壮，到了第三个守门人，连我都不敢看一眼了。’这个乡下人没想到会有这么大的困难，他想，法律的大门不是应该随时都对每个人敞开吗？可他现在端详了一番穿着皮大衣的守门人，看了看他那尖尖的大鼻子，那长而稀疏的鞑靼人的黑胡子，决定最好还是等一等，等得到允许时再进去。守门人给了他一个小板凳，让他坐在大门旁边。他在那里坐了一天又一天，一年又一年。他做了很多次尝试，想让守门人放他进去，他的乞求把守门人都搞厌烦了。守门人不时地盘问他一下，提一些有关他家乡和其他方面的问题，可这都是些无关痛痒的问题，就像大人物们提的那些问题一样，而每次到了最后守门人总是告诉他，还不能放他进去。乡下人为了来这里一趟准备了很多东西，他把哪怕再值钱的东西也用来贿赂守门人了。守门人虽然收下了一切，却说：'我收下这些东西，这样你就不至于会认为疏忽了什么。'乡下人年复一年不断地观察着守门人。他忘记了还有其他的守门人，在他看来，这第一个守门人是他进入法律大门的唯一障碍。头几年里，他还大声诅咒自己运气不好，后来他年老了，只剩下喃喃自语。他变得幼稚起来，因为在长年对守门人的观察中，他也认识了这守门人皮大衣领子上的跳蚤，于是他也请跳蚤帮助他说服守门人。最后他的视力也衰退了，他不知道究竟是自己周围真的黑暗起来了呢，还是他的眼睛在捉弄他。在这黑暗之中，他却看见从法律大门里射出一道永不熄灭的光辉。可他现在活不久了。临死之前，他这些年来积累起的所有经验在他的脑海里汇集成一个问题，这个问题他还从来没有向守门人提过。他示意守门人过来，因为他僵硬的身子已经挺不起来了。守门人不得不朝他深深地弯下腰去，因为两个人个头的差别现在更大了。'你现在还想知道什么？'守门人问，'你简直不知足。''大家都在寻求法律，'乡下人说，'为什么这么多年里除了我没有人要求进去呢？'守门人知道乡下人的大限已到，他的听力已经衰弱，为了让他听得到，就对着他大声喊道：'这儿除了你，谁也不能获准进去，因为这扇门就是为你开的。我现在就去把门关上。'"

"就是说守门人欺骗了乡下人。"K说，这个故事立刻就吸引住了他。“别那么着急，”神甫说，“不要不假思索就接受他人的看法。我按原话给你讲了这个故事。里面没有欺骗一说。”“可事情不是明摆着的嘛！”K说，“而且你开始的解释是对的。守门人一直到什么都没用了的时候，才把原本能拯救乡下人的消息告诉他。”“乡下人起先一直都没问他。”神甫说，“要知道，他不过是个守门人，作为守门人，他是履行了自己的职责的。”“你怎么认为他是履行了职责的呢？”K问，“他没有履行职责。他的职责也许是不让一切陌生人进去，可大门是为这个人开的，他本来就应该放这个人进去。”“你不尊重原文，篡改了这个故事。”神甫说，“故事里守门人关于进入法律之门有两次重要的解释，一次是在开头，一次是在结尾。前面一处说‘自己现在不能让他进去’，而在后面则说‘这扇门就是为你开的’。要是这两个解释之间有矛盾，那你就说得在理，是守门人欺骗了乡下人。可两者之间并没有矛盾。恰恰相反，第一次解释已经暗示了第二次解释的意思。简直都可以说守门人逾越了他的职责范围，因为他向乡下人许诺他将来有可能进去。在当时，他的责任似乎只是把乡下人拦在门外。事实上，很多诠释者都对故事里守门人所做的这一暗示大为惊讶，因为他似乎很认真，而且忠于职守。那么多年他都坚守在自己的岗位上，直到最后才关上了大门；他知道他的职务的重要性，因为他说‘我的权力很大’；他敬畏上级，因为他说‘我只是最底层的守门人’；为了履行职责，他既不动感情也不恼怒，因为故事里说那个乡下人的‘乞求把守门人都搞厌烦了’；他不饶舌，因为那么多年他只提了一些‘无关痛痒的问题’；他拒腐蚀，因为他接受礼物时说‘我收下这些东西，这样你就不至于会认为疏忽了什么’；就连他的外表，尖尖的大鼻子，长而稀疏的鞑靼人的黑胡子，也显示了他过分认真的性格。还能有比他更忠于职守的守门人吗？可守门人的性格中也掺杂有别的特征，这些特征对于那些要求进入法律之门的人很有利，也解释了他为什么要逾越他的职责权限，暗示将来的某种可能性。无须否认，他有些头脑简单，相应地也就有些自负。即使他关于自己的权力、关于其他守门人的权力以及他看见他们都害怕的说法，我是说所有这些说法本身都没错，可他的表达方式却显出幼稚与自负对他的理解力的影响。那些诠释者对这一点的看法是：正确地理解一件事和对同一件事的误解彼此并不完全排斥。不过得承认，哪怕是只表现出很少的一点幼稚和自负，也会削弱对大门的防卫，这是守门人性格中的缺陷。再加上守门人天生看起来就是个可亲的人，他并不总是扮演着官方角色。他一开始就开玩笑地请乡下人进入大门，虽然他说这是严格禁止的。后来他也没有把乡下人打发走，而是像故事里说的，给了他一个小板凳，让他在门旁边坐下。年复一年，他一直耐心地忍受着乡下人的请求，不断地盘问对方，接受礼物，并大度地允许乡下人在他跟前诅咒自己运气不好，允许他说自己偏偏在这里就碰上了一个守门人——这一切都可以说是出自他的怜悯心。不是每一个守门人都会这样做的。最后，他甚至在乡下人的示意下还朝他深深地俯下身子去，好给他提最后一个问题的机会。只有‘你简直不知足’这一句话流露出守门人的一丝不耐烦，因为他知道乡下人的大限已到。有些人的解释甚至还要过分些，他们甚至认为‘你简直不知足’这句话包含着某种友好的赞赏，尽管也有一些居高临下的态度在里面。总之，守门人的形象跟你理解的完全不同。”“你比我更清楚这个故事，了解的时间也更长。”K说。他们沉默了片刻，然后K说：“这么说来，你认为乡下人没有受骗？”“别误解我的话，”神甫说，“我只是把各种看法告诉你。你用不着太注重这些看法。文字是不变的，而看法往往只是一种绝望的表达。在这个问题上，甚至有人认为受骗的恰恰是守门人。”“这看法过分了些，”K说，“是怎么得出来的呢？”“这看法，”神甫说，“是由守门人的幼稚得出来的。他们说，他不了解法律的内部情况，只知道大门口他老要走的那条路。他关于法律内部的想象被认为是幼稚的，人们猜想，他用来吓唬乡下人的那些东西其实他自己也害怕，甚至比乡下人还要害怕，因为乡下人即使听说里面有可怕的守门人把守着，也还是一门心思要进入法律大门，而守门人却不想进去，起码没有告诉我们他要进去，虽然其他一些人说他肯定到过法律内部，因为他毕竟是被吸收进来为法律服务的——而这只可能发生在法律内部。对此可以做出的答复是，虽说他是通过内部的任命才成为守门人的，但他起码不可能完全深入到最里面，因为第三个守门人他连看都不敢看一眼了。另外，除了就其他守门人发表的一些看法外，没有任何关于他介绍法律内部情况的内容。可能是有禁令，不许他讲法律内部的情况，可即使这个禁令他也没有提到过。由这一切可以推断出，他对里面是什么样子以及它的意义一无所知，他对此所拥有的只是错觉。即使关于这个乡下人，他所拥有的也只是错觉，因为他隶属于这个乡下人，自己却浑然不知。他把乡下人当成下属来对待，这在许多地方都看得出来，你也可能还记得；可根据那些人的看法，很明显，他实际上是从属于乡下人的。首先，自由人总比受限制的人要高一等，而乡下人事实上是自由的，他想去哪儿就可以去哪儿，只是不准进入法律的大门，阻拦他的只有一个人，就是那个守门人。至于他坐在门旁边的小板凳上度过了自己的一生，那是他自愿的，故事里没有讲什么人强迫过他。可守门人则相反，他的职务把他禁锢在了他的工作岗位上，他不能随便离开，看上去似乎也不能往门里边走，即使他想进去。另外，他虽说是为法律效劳，可也只是为这扇大门服务，也就是说是为这个乡下人服务的，因为这扇大门是专门为他而开的。即使就这一点而言，他也是乡下人的下属。可以设想，在那么漫长的岁月里，可以说是在他的整个壮年时期，他都在做着毫无用处的工作，因为故事里说来了一个人，即是说来了一个成年人，这就是说守门人是不得不等了很久才派上用场的，一直等到乡下人——因为他是自愿的——想起要来的时候。就是说他的服务期限也是由乡下人生命的长短来决定的，直到乡下人生命的终点，他都隶属于乡下人。人们总是强调守门人似乎对这一切都一无所知。可在这一点上并没有发现什么引人注目的事情，因为根据这一观点，守门人受到的蒙骗还要严重些，这关乎到他的职务。最后他提到大门，说‘我现在就去把门关上’，可开始的时候说，通向法律的大门一直是敞开着的，既然是一直敞开着，就是说不受为之而开的人的生命年限的影响，那么守门人也就不能关上它。守门人宣布他将去关上大门，到底只是给个答复呢还是要强调他的职责，或者是想让乡下人在临终前后悔和悲伤，在这些问题上，人们的意见不一。但在一点上，许多人的意见都是一致的，那就是他不可能把大门关上。他们甚至认为，至少在最后一刻，他在知识方面也处于乡下人之下，因为乡下人看见了从法律大门里面射出的光辉，而作为守门人，他则可能是背朝着大门，没有任何迹象表明他发现了什么变化。”“很有道理。”K 说，他一直在低声重复着神甫的某些解释，“你说得很有道理，我现在也认为是守门人受了蒙骗。可我并没有因此而改变我原来的看法，因为这两种看法在某些方面是一致的。关键不在于守门人看得很明白还是受了蒙蔽。我说过，乡下人受了骗。如果守门人看得很清楚，人们可以对此产生怀疑；如果守门人受了蒙骗，那他受到的蒙骗就必然要传给乡下人。那样一来，虽然守门人不是欺骗者，可他头脑那么简单，应马上革职才对。你想想看，守门人受到的蒙骗对他自己虽然没有什么害处，可对乡下人却有千百倍的损害。”“在这一点上也存在着与你完全相反的意见。”神甫说，“有些人说，故事没有给任何人评判守门人的权利。不管他在我们的眼里如何，他都是法律的仆人，是属于法律的，也就是说不是别人所能够评判的。那么也不能认为守门人从属于乡下人。即使职务把他限制在法律的大门口，那也比自由地活在世上要有意义得多。乡下人刚刚到达法律门口时，守门人已经在那里了。他受到法律的聘用，怀疑他的功绩就等于怀疑法律本身。”“我不同意这个观点，”K 摇着头说，“因为如果赞同这种观点，那么凡是守门人说的，就都要被看成是正确的。但这是不可能的，这一点你已经做过详尽的阐释了。”“不，”神甫说，“不用把什么看成是对的，只需把它视为必要的。”“可悲的观点，”K说，“谎言变成了世界的秩序。”

K最后这么说，可这并不是他的最终断言。他太疲倦了，无法考虑从故事中得出的所有结论，再说这都是些非同一般的思路，是一些不真实的东西，更适合于法官们聚会的时候谈论，而不适合于他。很简单的一个故事被弄得走了样，他想从脑子里抹掉它。神甫现在显得很是宽宏大量，容忍并默默地接受了K的话，尽管它与他自己的观点肯定不一致。

他们不作声，继续走了一阵。K紧挨着神甫，黑暗中不知身在何处。他手里的灯早就熄灭了。他前面有一尊银色圣人塑像偶然闪烁了一下，随即又消失在黑暗之中。为了不再依赖神甫，K问道：“我们现在是在大门附近吗？”“不是，”神甫说，“我们离大门远着呢。你想走了吗？”虽然K恰恰这会儿没想到要走，可他立刻说：“当然，我得走了。我是一家银行的襄理，有人在等着我呢。我来这里只是为了陪一个外国人参观一下大教堂。”“那好，”神甫说着向K伸出了手，“你走吧。”“可这么黑，我自己找不着方向。”K说。“朝左走到墙那儿，然后沿着墙根走，不要离开它，你就找得到大门了。”神甫刚刚离开了几步，K就大声叫起来：“请等一等。”“我等着呢。”神甫说。“你对我没有别的要求了吗？”K问。“没有。”神甫说。“你刚才对我很友好，”K说，“给我解释了那么多东西，可现在你就这么让我离开，好像根本不在乎我。”“你不是得走了吗？”神甫问。“是呀，”K说，“这你总得理解。”“你先得理解我是谁。”神甫说。“你是监狱神甫。”K说着走到神甫跟前，他并不是像他自己所说的那样必须马上返回银行，完全还可以在这儿再待一会儿。“我是法院的。”神甫说，“我为什么要对你有所要求？法院不想要求你做什么。你来了它就接纳你，你要走它就放你走。”

结局

K三十一岁生日的前一天晚上，约莫九点钟左右，大街上一片寂静，有两位先生来到了他的寓所。这两个人身穿礼服，面色苍白，人长得很肥胖，头上戴着似乎歪不了的大礼帽。在大门口，他们为谁第一个进门彼此谦让了一番，到了K的房门前更是谦让不休。并没有人通知K会有人造访，可他此时也是一身黑色礼服，正坐在门近旁的扶手椅上，慢慢戴着紧绷手指的新手套，仿佛正在等候客人。他马上站起身来，好奇地注视着这两个人。“你们是被派来找我的？”他们点了点头，手里拿着大礼帽，相互指了指对方。K暗自嘀咕，他等的原本是别的客人，不是他们。他走到窗前，朝着黑咕隆咚的街上望了望。街对面的窗子还都黑着灯，其中很多都放下了窗帘。楼上的一扇窗户后面，有两个小孩儿正在护栏后面玩耍，他们还不会行走，只是用小手相互抓着对方。“派些蹩脚的老演员来找我，”K心里说，向四周望了望，想再证实一下，“想轻而易举地了结我。”他突然转向那两个人，问道：“你们在哪个剧院演戏？”“剧院？”其中一位先生嘴角抽搐着向另外一位讨主意。可这一位却像个哑巴，拼命控制着自己不听话的身体。“他们没有准备回答别人的问题。”K对自己说，然后走过去拿起他的帽子。

来到楼梯上，这两个人就想架起K的胳膊，可K说：“到了街上再说，我没有病。”可刚到大门口，他们就架起了他，K还从来没跟哪个人这么走过呢。他们用肩紧紧抵着他的肩膀，不是把胳膊弯起来，而是伸直钩住K的整个胳膊；他们严格按照规定办事，熟练地在下面死死抓住K的手，不容他反抗。K挺直身体走在两人中间，三人构成了一个整体，打倒其中一个，大家都得趴下。这样一个整体，几乎只能由无生命的东西组成。

在房间里时，由于太黑，他没法看清楚他的两位陪同者，所以一到路灯底下，K就试图看清楚两人的样子，尽管这么并排走着，看他们是很困难的。也许他们是男高音吧，看着他们肥胖的双下巴，他心想。两人干净整洁的脸让他感到恶心。他似乎真的看见一只总在清洁着自己的手，一会儿擦擦眼角，一会儿揉揉嘴唇，还不时地抹一抹下巴上的皱纹。

K一看到这些，便站住了脚，于是其他两人也停了下来。他们来到了一个空无一人的广场的边沿，广场上有一些花坛。“他们为什么偏偏就派了你们来呢？”他与其说是在问，不如说是在吼。先生们显然不知道该怎样回答，他们垂下空出来的那只胳膊，站在那里等候着，就像护理人员在病人要求休息的时候那样。“我不走了。”K试探地说。这个问题那两位先生不用回答，他们不松手，只是从两边用力试图把K推走；K挣扎着。“我再也用不着使力气了，我现在就要把力气全都用上。”他心想。他突然想起捕蝇胶竿上挣扎着的苍蝇，即使挣断那细细的小腿也要拼命飞走。“得让先生们费些力气。”

这时，毕尔斯特奈小姐出现在他们前面，她从一条低洼的小巷走出来，上了几层台阶，来到广场上。也不知道是不是真是她，只是看上去很像。不过K并不在乎是否真是毕尔斯特奈小姐，他只是突然意识到自己的挣扎毫无用处。就算反抗，就算他现在给两位先生制造点儿麻烦，或者在抵抗中再享受一下最后的生命之光，那都算不上什么英雄行为。他迈开步子往前走去，他给两位先生带来的愉快多多少少也感染了他自己。他们现在允许他来确定路线，而他走的正是前面那位小姐走的路，他跟着她，并非要追上她，也不是想尽量多看她几眼，而是不想忘记她对他的警告。“我现在唯一能做的，”他对自己说，他均匀的步伐以及另外三个人均匀的步伐都证实了他的想法，“我现在唯一能做的就是保持理智，冷静地安排一切，直至最后。我一向巴不得向这个世界伸出二十只手去，为着一个别人难以赞同的目的。这是不对的。难道现在还要表现出一年的官司都没使我接受教训的样子吗？难道我要作为一个愚笨的人离开人世吗？难道要让别人在我死后说诉讼开始的时候我想结束它，而现在诉讼结束时我又想重新开始吗？我不愿意别人这么说我。他们派了这么两个哑巴似的不解事理的人陪我上路，让我对自己说需要说的话，对此我感激不尽。”

这时，前面那位小姐拐进了旁边的一条小巷，可K已经不需要她了，而是把自己交给了他的陪同者。三个人配合默契，踏上月光照耀下的一座桥。那两个人现在也允许K做一些小动作，当K微微朝栏杆转过身去时，他们也一齐转了过去。河水在月光下微波粼粼，在一座小岛处分作两股，小岛上树和灌木的叶子茂盛得仿佛堆积起来似的。下面的石子路时隐时现，多少个夏日里，K曾在路旁舒适的长凳上舒展过身体。“我原本没想要在这里停下来。”他对两个陪同者说，他们的殷勤让他觉得难为情。那两人中的一个好像在K的背后轻声责备另一个人，因为他们误解了K的意思，停了下来。接着，他们又继续往前走去。

他们穿过几条地势渐高的小巷，不时看得见警察，他们或站在那里，或正在行走，时而在远处，时而又在近旁。其中一个长着浓密的小胡子，手按在军刀柄上，似乎有意走近这几个形迹可疑的人。那两个人住了脚，警察好像已经张开了嘴巴，可K使劲拽着他们朝前走去。他一边走，一边还小心地回过头来看警察是否跟了上来。等他们拐了一个弯，看不见警察时，K拔腿就跑，那两个人尽管透不过气来，也只好跟着跑了起来。

就这样，他们很快出了城。这个方向，一出城就是农田。在一栋完全还是城市式样的房子附近，有一座被遗弃的小采石场，荒凉冷清。先生们在这里停了下来，可能这个地方打一开始就是他们的目的地，也可能是因为他们太累了，再也跑不动了。他们现在放开了默默等候着的K，摘下礼帽，一边用手绢擦拭着头上的汗水，一边四下打量着这座采石场。月光洒落在大地上，自然而幽静，这光辉独一无二，无与伦比。

为了到底由谁来完成接下来的任务，那两位先生又彼此谦让了一番，看来他们在接受任务的时候没有分好工。然后，其中一人走到K身旁，把他的外套、坎肩和衬衫都脱了下来。K不由得瑟瑟发抖；为了安慰K，这人在他背上轻轻地拍了一下。然后他把衣服整整齐齐地叠好，好像过一段时间还会用到这些东西似的。为了不让K一动不动地站在夜里的寒风中，他抓住K的胳膊来回踱着步，而另一人则在采石场上寻找着合适的地点。找到后他挥了一下手，这一位就带着K走了过去。这里靠近峭壁，有一块采好的石头放在那儿。两人把K放在地上，让他靠着石头，把头搁在石头上。虽然他们费了九牛二虎之力，虽然K也十分配合，可他的姿势还是非常僵硬，很不自然。于是其中一位先生就说让他单独来试试，可是摆来摆去也没好到哪儿去。最后他们任凭K就那么躺着，也顾不得这姿势还没有刚才的好。接下来，他们中的一人解开了礼服，里面的背心上扎着一条皮带，他从挂在皮带上的刀鞘里抽出一把又长又薄的双刃屠刀，高高举起，在月光下检查刀是否锋利。两个人又开始了令人厌烦的谦让，在K的头顶上方，一个刚把刀递过去，另一个又把刀递过来。K心里明白，他现在应该做的是，抓过在他头顶上传来递去的刀子，然后朝自己胸膛戳进去。可他并没有这么做，而是来回转动着还可以自由活动的脖子，四下里张望着。他不能完全经受住考验，不能代替当局完成所有的工作；这最后的错误，应归于那没有给他最后一点儿力量的人，而这力量又是他所必需的。他的目光落在采石场旁边那栋房子的顶层。那里有灯光跳动了一下，紧接着一扇窗户打开了，有一个人影猛地探出身子来，在远处和高处显得很模糊、很瘦削，两只手臂伸得长长的。那是谁？是一个朋友吗？或者是一个好人？一个同情者？一个想来帮忙的人？那是一个人吗？还是所有的人？还有救吗？有什么异议是人们忘记了？肯定有这样的异议的。逻辑固然不可动摇，可它抵挡不住一个想活下去的人。他从未谋过面的法官在哪里？他从未去过的高级法院在哪里？他高举双手，张开十指。

可一位先生已经把手放到了 K 的咽喉处，而另外一位则把刀戳进了他的心脏，并在里面搅了两下。K 翻着白眼时还看见两位先生脸挨着脸，靠近他观察最后的结果。“活像一条狗！”他说，仿佛羞耻被留在了人间，没有随他一块儿逝去。

残篇

B的女友

在接下来的一段时间里，K连跟毕尔斯特奈小姐说几句话的机会都没有。他想尽一切办法接近她，可她总是设法避开他。他一从办公室出来就径直回家，黑灯瞎火地待在房间里，只顾坐在沙发上观察门厅里有没有什么动静。女佣经过时，误以为房间里没人，便关上了门，他隔一会儿就又站起来去把门打开。清早，他比往常早起一个小时，为的是在毕尔斯特奈小姐去办公室时或许能单独碰上她。可所有这些尝试全未奏效。于是他便给她写信，一封寄到她的办公室，一封寄到她的住所。在信中，他再次为自己的行为做了解释，提出愿意做出任何补偿，答应以后不再越雷池一步，只请求给他一次机会跟她谈谈，尤其是在跟她商量之前，他不能去找格鲁巴赫太太说什么；最后他通知她，他下个星期天将一直待在房间里等候她的消息，要么她答应他的请求，要么至少解释一下，在他已许诺一切听命的情况下，她为何还不能满足他的要求。信没有被退回来，却也没有回音。到了星期天，却有了一个再清楚不过的信号。一大早，K 就通过钥匙孔发现门厅里有异样的动静，他很快就明白是怎么回事了。一位法语女教师搬到毕尔斯特奈小姐的房间里来了，这是一个德国人，叫蒙塔格，身体很弱，脸色苍白，走路还有点儿瘸，迄今为止她一直是自己单独住一个房间的。只听她踢踢踏踏地在门厅里来回走了好几个小时。她一会儿是忘了衣服和被子，一会儿又是忘了书，总之都得专门跑一趟，把它们拿到新房间里去。

当格鲁巴赫太太给 K 送来早点时——自从 K 对她发脾气以来，哪怕是再小的事情她都不让女佣来做——K 五天来第一次忍不住跟她攀谈起来。“今天门厅里闹哄哄的是怎么回事儿？”他边倒咖啡边问，“不能停下来吗？非得在星期天打扫屋子吗？”虽然 K 并没有抬头看格鲁巴赫太太，可他发觉她如释重负般舒了一口气。K 的问话虽然严厉，可她还是把这看作一种原谅或者原谅的开头。“不是打扫卫生，K 先生，”她说，“是蒙塔格小姐搬到毕尔斯特奈小姐的房间了，在搬东西。”她不再说下去，而是等待 K 的反应，看他是否允许她继续说下去。可 K 偏偏难为她，他若有所思地用勺子搅着咖啡，一声不吭。然后他抬起头来说：“您是不是已经放弃了您以前对毕尔斯特奈小姐的怀疑？”“K 先生，”格鲁巴赫太太叫道，她一直在等着这个问题，现在她朝 K 伸出合拢的双手，“我随便说的一句话，您竟那么认真。我根本没想到要伤害您或者别的什么人。我认识您已经很长时间了，K 先生，您应该相信这一点。您不知道我最近几天有多么难过！说我诽谤了我的房客！而您，K先生，竟然相信这个！还说我应当让您搬出去！让您搬出去！”她泣不成声，最后一句哽咽在喉咙里，甚至撩起围裙抹着脸，大声哭了起来。

“您别哭啊，格鲁巴赫太太。”K说，眼睛望着窗外，心里只想着毕尔斯特奈小姐，想到她让一个陌生的姑娘搬进了自己的房间。“您别哭啊。”他又说了一遍，回过头来的时候，格鲁巴赫太太还在哭。“我当时并没有把事情看得那么严重。我们彼此都误会了。就算是老朋友之间也难免会发生这种误会的。”格鲁巴赫太太把围裙从眼睛上移开，想看看K是不是真的不再生气了。“好啦，就这样吧。”K说。从格鲁巴赫太太的态度上看，那个上尉并没有向她透露什么，于是他又大胆地补充道：“您真的相信我会为了一个姑娘和您翻脸吗？”“是这么回事，K先生，”格鲁巴赫太太说，倒霉的是，她心里一放松，就又说出些蠢之又蠢的话来，“我不断问我自己：K先生干吗这么关心毕尔斯特奈小姐？他干吗要因为她跟我吵架？他明明知道他每一句不友好的话都会让我睡不着觉。再说我除了自己亲眼看到的东西，也没说毕尔斯特奈小姐别的什么呀。”K对此未加评论，本来她一开口就该把她撵出房间去的，可他不愿意这么做。他只顾喝着咖啡，让格鲁巴赫太太自己感觉到她待在这儿是多余的。外面又传来蒙塔格小姐拖沓的脚步声，显然她又在门厅里来回走着。“您听见了吗？”K用手指着门问。“听见了。”格鲁巴赫太太叹口气说，“我想帮她一下，也想让女佣帮帮她的忙，可她很固执，什么都要亲自搬。我真不明白毕尔斯特奈小姐为什么要这样做。我常常觉得蒙塔格小姐住在这儿是个累赘，可毕尔斯特奈小姐居然让她住到自己的房间里去。”“这您根本不必担心。”K说着把残留在杯底的糖渣捣碎，“这对您有什么损失吗？”“没有。”格鲁巴赫太太说，“其实这对我还是一件好事，这样会腾出一间房子来，我可以让我的侄子，就是那个上尉住进去。我早就担心他会打搅您，前几天不得不让他住在隔壁的起居室里。他不太顾及别人。”“您这是些什么想法呀！”K说着站起来，“这根本谈不上。您似乎把我看得太敏感了，就因为我忍受不了蒙塔格小姐的这种来回走动吗？——现在她又走回去了。”格鲁巴赫太太不知道如何是好。“要我告诉她以后再搬剩下的东西吗，K先生？如果您愿意，我马上就去说。”“可她是要搬到毕尔斯特奈小姐那儿去！”K说。“是啊。”格鲁巴赫太太说，她没完全明白K的意思。“那好吧，”K说，“那就让她把东西搬过去吧。”格鲁巴赫太太只是点点头。她无可奈何地沉默着，表面上看这更像是在固执己见，K因此更加恼火。他开始在房间里来回走动起来，先从窗户走到门口，又从门口返回窗户，格鲁巴赫太太也被弄得无法离开，而她本来早就想离开的。

当K又一次走到门口时，有人敲响了门。女佣进来说蒙塔格小姐想跟K说几句话，因此请他到餐厅去一趟，她在那儿等着他。K若有所思地听完女佣的话，然后转向惊慌失措的格鲁巴赫太太，用近乎讥讽的眼神望着她。这眼神似乎在说，蒙塔格小姐的这一邀请他早就料到了，这与他这个星期天从格鲁巴赫太太的房客们那里得到的折磨倒也不谋而合。他让女佣去说一声他随即就到，然后走到衣箱旁，想换件外套；格鲁巴赫太太还在那里嘟嘟囔囔地抱怨着那个讨厌的蒙塔格，作为回答，K请她现在就把早餐盘端走。“您几乎还没吃什么呢。”格鲁巴赫太太说。“您把它端走吧。”K吼道，他觉得什么事似乎都有蒙塔格小姐在掺和，让人心烦。

经过门厅时，他看了看毕尔斯特奈小姐紧闭着的门。可人家并没有请他去那儿，而是让他到餐厅去，于是他门也没敲就拉开门走了进去。

这是一间又窄又长的房间，只有一扇窗户，地方不大，门这一面的角落里歪歪斜斜地立着两个柜子，剩下的空间被一张长餐桌占得满满的，桌子的一头从门口开始，另一头几乎抵到了大窗子，人很难走到窗户跟前。餐桌上已经摆好了餐具，而且是给许多人准备的，因为星期天差不多所有的房客都在这儿吃午饭。

K一进去，蒙塔格小姐就从窗子那头沿着桌子朝他走来。他们彼此默默地打了个招呼。蒙塔格像往常一样把头挺得直直的，说：“我不知道您是否认识我。”K眯缝着眼看着她。“当然认识，”他说，“您不是已经在格鲁巴赫太太这里住了很久吗？”“可我觉得，您向来不大关心公寓里的事。”蒙塔格小姐说。“是不大关心。”K说。“您不想坐下来吗？”蒙塔格小姐说。两人默默地分别从桌子的顶头拉出一张椅子来，面对面地坐了下来。可蒙塔格小姐随即又站起来，她把自己的小手提包忘在窗台上了，于是踢踢踏踏地穿过整个房间，走过去拿。当她拎着手提包又走回来时，说道：“我不过是受我的女友的委托，跟您说几句话。她本来要亲自来的，可她今天感觉不大舒服。请您原谅，就听我替她说几句吧。她要说的我都会告诉您的。我甚至能告诉您更多一些事情，因为我毕竟是旁观者。您不相信这一点吗？”“有什么可说的呢？”K答道，蒙塔格小姐始终盯着他的嘴看，这让他厌烦。她自以为这样就能控制他将要说出的话。“看来毕尔斯特奈小姐是不肯答应我跟她面谈的请求了。”“是这样，”蒙塔格小姐说，“或者也可以说根本不是这样，您表达得过于严厉了。一般说来，谈话并不是肯与不肯的问题，而是可能觉得没有必要，现在就是这种情况。既然您这么讲，我也就可以开诚布公地谈了。您用书面或者口头形式请求我的朋友跟您谈一次。可我的朋友肯定知道，至少我这么认为，这次谈话将要涉及什么，所以出于某种我不清楚的原因，她确信，若真要进行这次谈话的话，对谁都不会有什么好处的。另外，这件事她昨天才告诉我，而且只是粗略地说了一下；她还说，您不会太在意这次谈话的，您只是因为一件偶发的事情才产生了这个想法，也用不着怎么特别解释，您现在或许很快就能看出这一切毫无意义。我当时回答说，她说的或许都是对的，可我还是觉得最好能够澄清一切，给您一个明确的答复。我提出由我来完成这个任务，我的朋友犹豫一下也就答应了。我希望这样做也符合您的想法，因为哪怕是一件微不足道的小事，只要有一点儿不明确，也会很折磨人的，就像现在这件事情一样，如果能马上说明一切，就应当尽早去做。”“谢谢您。”K迅即说道，他慢慢站起身来，先瞧瞧蒙塔格小姐，然后看着桌子，接着又朝窗外望去，只见阳光正照在对面的房子上，他转身向门口走去。蒙塔格小姐仿佛不相信似的，尾随着他走了几步。可到了门口两人都不得不后退了几步，因为门被推开了，上尉兰茨走了进来。K第一次离这么近看见他。这是一个高个子男人，四十岁左右，肉乎乎的脸晒得黑黑的。他微微哈了哈腰，算是跟K打了个招呼，然后走到蒙塔格小姐跟前，毕恭毕敬地吻了吻她的手。他的动作十分潇洒，对蒙塔格小姐彬彬有礼的态度与K对她的态度形成鲜明的对比。尽管如此，蒙塔格小姐显然并没有生K的气，K看出来她想把他介绍给上尉。可K不愿她介绍，他无法对上尉和蒙塔格小姐友好起来；在他看来，吻手已使他们结成了一伙，表面上看他们似乎根本不怀恶意，且毫无私心，但都是要阻止他接触毕尔斯特奈小姐的。K自以为不仅识破了这一点，还看出蒙塔格小姐选择的方法虽十分巧妙，但也有利有弊。她夸大毕尔斯特奈小姐和K之间的关系，尤其夸大他要求谈话的意义，同时又试图反过来说是K在夸大一切。可她想错了，K不想夸大什么，他知道，毕尔斯特奈小姐不过是一个小小的打字员，不应该长时间抗拒他。这里他有意没把从格鲁巴赫太太那里听到的关于毕尔斯特奈小姐的事考虑进去。他这样想着，几乎招呼都没打一个就离开了房间。他想马上回到自己的房间去，可从他身后的餐厅里传来蒙塔格小姐轻轻的笑声，这使他产生了也许能让上尉和蒙塔格小姐大吃一惊的念头。他四下望了望，看看周围的房间里是否有动静。周围一片寂静，只听得见餐厅里的谈话声和从通向厨房的走廊里传来的格鲁巴赫太太的声音。看样子机会难得，K走到毕尔斯特奈小姐的房门前，轻轻敲了敲门。由于没有应声，他又敲了一下。还是没动静。她睡着了吗？还是她真的不舒服？或者是她故意不答应，因为她猜到这么轻轻敲门的只可能是K？K猜想她是故意的，于是又使劲敲了敲；由于一直没有人搭腔，他终于小心翼翼地推开了门，不无某种干坏事而且是干毫无用处的坏事的感觉。房间里一个人也没有；另外，它和K曾经看见过的房间已几乎没有任何相同之处了。现在靠墙前后摆着两张床，门旁有三张沙发，上面堆满了衣物，衣柜的门敞开着，显然蒙塔格小姐在餐厅劝说K的时候，毕尔斯特奈小姐就出去了。K对此并不怎么感到吃惊，他本来也没指望那么轻而易举地找到毕尔斯特奈小姐，他这样做几乎只是为了气气蒙塔格小姐。可令他难堪的是，当他重新关上门的时候，看见蒙塔格小姐和上尉正站在敞开着的餐厅门口说着话，他们装出根本没有观察K的样子，轻声聊着，目光追随着K的动作，却又像人们聊天时不经意地看向周围一样。这目光压得K几乎抬不起头来，他赶快沿着墙根跑回自己的房间去了。

检察官

虽说K长期在银行工作，有鉴别人的能力，也积累了不少的生活经验，可他一直觉得，定期跟他在一起聚餐的那个圈子里的人特别令人敬重。他自己也从来都不否认，能属于这样一个圈子对他来说是莫大的荣耀。这个圈子里的人几乎都是法官、检察官和律师，一些年轻的官员和律师助手也获准加入，可他们只能坐在桌子的最下端，只有回答针对他们的特殊问题时，他们才被允许参加辩论；可这样的问题大多是为了供人们逗乐的。一般都坐在K旁边的哈斯特勒检察官尤其爱用这种方法让年轻人难堪。只要他叉开满是汗毛的手，把它放到桌子中间，然后转过头去看着桌子下端时，大家就都竖起了耳朵。如果那儿有人接过问题，却又不解其意，只是若有所思地望着自己的啤酒，或者下巴直抖却说不出话来，或者——这是最令人恼火的——喋喋不休地大谈某个错误的或未经认可的观点，这时，这些年长的先生便开始微笑着在自己的座位上扭动起来，仿佛现在他们才觉得舒服了。有关真正严肃的专业问题的讨论则被他们留给了自己。

K是通过一位律师加入这个圈子的，此人是银行的法律顾问。有一段时间，K和这位律师在银行谈事一直谈到很晚，于是他就自然而然地跟着他一起去了律师定期去的地方吃晚饭，也喜欢上了这个圈子。在这里，他见到的都是些有学问、有声望，从某种意义上说也有权势的人，对于他们来说，竭尽全力去试图解决极其困难且与日常生活几乎不搭边的问题是一种休息。虽然K本人很少能够参与谈话，却获得了许多了解信息的机会，这迟早会给他带来好处的；另外，他也可以通过这种渠道和法院建立私人关系，这些关系总会有用处的。圈子里的人似乎也很欢迎他。作为商界的专家，他在这一方面的观点被视作权威，虽然也会伴随着某些嘲讽；下面这种情况也并不少见：两个对同一法律问题有不同判断的人会要求K发表他的看法，这之后，在陈述和反驳之间，甚至一直到最抽象的思辨中，K 的名字不断出现。而 K 自己早就不知所云了。不过很多东西会慢慢得到澄清，特别是因为他身旁的哈斯特勒检察官是一个很好的顾问，他待 K 也的确很友好。K 甚至经常夜里陪他一起回家。不过，很长时间里，他都不习惯跟这个人高马大的人并肩行走，他的大衣完全可以把 K 遮掩起来。

随着时间的推移，他们越来越接近，以至于教育、职业和年龄上的差别都变得微不足道。他们彼此交往，仿佛两人从来就是一伙儿的，如果他们之间有时某一个人表面上似乎占了上风的话，那这个人不是哈斯特勒，而是 K；因为在大多数情况下，K 的实践经验都是正确的，这些经验都是直接产生的，是任何时候在法庭的宣判桌上都得不到的。

当然，他们之间的友谊在圈子里很快就尽人皆知了，人们差不多忘记了是谁把 K 带到他们中间来的。如今掩护 K 的理所当然是哈斯特勒，如果有人怀疑 K 有什么权利坐在这里的话，那他就可以搬出哈斯特勒来。这样一来，K 就获得了一个特别优越的地位，因为人们对哈斯特勒是既敬仰又畏惧。他法学思想的有力和灵活虽然非常令人钦佩，但在这方面其他许多先生至少跟他势均力敌；没人比得上的是他捍卫自己观点时的那种疯狂劲儿。K 的印象是，如果哈斯特勒不能说服他的对手，那他至少要让后者感到害怕，只要他伸出食指来，许多人就会退却。每当此时，对手仿佛忘记了他是与熟人和同事在一起，大家讨论的只是理论问题，事实上不会出什么事的，而他只得停住嘴，摇摇头就算是有胆量的了。几乎令人难堪的是，如果对手坐得很远，而哈斯特勒发现距离太远无法统一意见时，他往往会把盛饭菜的盘子往后一推，慢悠悠地站起身来亲自去找那个人。每当此时，周围的人就把头偏到后面去观察他的脸色。当然，相对而言，这种冲突毕竟很少发生，他为之激动的几乎都是法律问题，而且主要是他自己经办过的或正在经办的官司。不涉及这些问题时，他是一个友善而又冷静的人，笑声很亲切，热衷于吃喝。有时候他甚至根本不管别人在谈什么，只顾转过身子朝向 K，胳膊放在 K 的椅子把手上，声音不大不小，询问一些银行的事，然后聊起他自己的工作或者与女人间的风流韵事，这些事带给他的麻烦不比法院的少。没看见他跟圈子里的哪一位这么谈过话，而且真有人为了求哈斯特勒什么事——大多是想让他跟一个同事和好——常来找 K 做调停，这是 K 很乐意也极容易做到的。K 并没有利用他和哈斯特勒之间的关系，他在所有的人面前都表现得虚心而彬彬有礼；更为重要的是，他懂得正确区别这些先生的地位，并根据他们的地位区别对待他们，这一点比礼貌和虚心还要重要。不过在这方面，哈斯特勒也不断对他耳提面命，这也是哈斯特勒本人在激烈的辩论中唯一不违反的规定。正因为如此，他对坐在桌子下端的还没有任何地位的青年人说话时，从来不单独对哪一个人，仿佛他们不是单个的人，而是被捏成一团的东西。可恰恰这些人都对他表现出极大的尊敬，每当快到十一点钟他站起身准备回家时，总有一位年轻人等在那儿，帮助他穿上笨重的大衣，而另一位年轻人则毕恭毕敬地给他把门打开，当然还一直拉着门，直到 K 也跟在哈斯特勒身后离开房间。

开始的时候，要么是K陪着哈斯特勒，要么是哈斯特勒陪着K走一段；到后来，这样的晚上往往是哈斯特勒请K到他住处再去小坐一会儿。于是他们舒舒服服地坐在那儿，喝着酒，抽着烟，这样度过一个小时。哈斯特勒很喜欢这样的夜晚，以至于有几个星期他那儿住着一个叫海伦妮的女人时，他也不愿意放弃这样与K共处的机会。海伦妮已是个半老徐娘，皮肤黄黄的，一头黑色的鬈发罩在额头上。K起先只是在床上瞧见过她，她常常几乎不顾羞耻地躺在床上，喜欢看分册出版的小说，并不关心先生们的谈话。只是到夜深之时，她便开始伸展她的胳膊和腿，还打着哈欠；如果其他方法都不能引起对她的注意，她会把正读着的小说扔向哈斯特勒。每到此时，哈斯特勒就会微笑着站起身来，K也就告辞了。到了后来，哈斯特勒开始厌烦海伦妮，当他们在一起时，她很敏感，不断打扰他们。她这时总是穿戴整齐地等着他们，一般都穿的是一件她自以为很昂贵、很合身的连衣裙，可事实上那不过是一件旧的、装饰繁缛的晚礼服，特别显眼和难看的是那几排作为装饰物的长长的流苏。这裙子到底是什么样式K根本就不知道，他几乎拒绝注视她，几个小时一直垂着眼皮坐在那里；而她则要么一摇一晃地在房间里走动着，要么坐在他的身边。到后来，当她的地位越来越不稳固的时候，她情急之下，甚至想通过对K好来让哈斯特勒嫉妒。当她裸着胖得圆鼓鼓的背，倚在桌子旁，脸不断挨近K，想逼他抬起头来时，不过是出于无奈，并非有什么恶意。可她这样做的结果，却是K拒绝再到哈斯特勒那儿去了，等他过了一段时间再去时，海伦妮已经彻底被打发走了；K心安理得地接受了这一事实。那天晚上，他们在一起待的时间特别长，在哈斯特勒的提议下，他们喝酒、吸烟，庆贺他们结下的友谊，回家的路上，K甚至都有几分醉意了。

恰恰在第二天早晨，银行经理在跟K谈生意上的事时，突然说，他相信自己昨天晚上看见K了。他说假如他没看错的话，K是和哈斯特勒检察官一起手挽着手走的。经理似乎对此感到很奇怪，他甚至——不过这也符合他一贯讲求准确的习惯——说出是在教堂侧面喷水池附近碰到他们的。倘若要他描述什么幻景的话，他大概也会这么表达的。K解释说，检察官是他的朋友，他们昨天确实从教堂边经过了。经理惊讶地微笑着，请K坐下来谈。这便是那种让K热爱经理的时刻，每当此时，这个体弱多病，总有些咳嗽，又被责任重大的工作压得喘不过气来的人，就会流露出某种对K的幸福与前途的关切来，这种关切，根据别的在他那儿经历过类似情况的职员的说法，也可以说是冷漠的和表面上的，充其量也不过是一个很好的手段——只需花两分钟，就把能干有为的职员长年捆绑在自己的身边。可不管怎么说，碰到这种时候，K就只能是经理的手下败将了。也许经理跟K谈话时同别人不太一样，他并不会忘记自己高高在上的地位，也不会用这种方式与K达成一致——反倒是在普通的业务交往中他往往会这样做——在这时，他恰恰似乎全然忘记了K的地位，跟K谈话就像跟一个小孩子谈话那样，要么就是把K当成一个一无所知的青年，好像是刚来找工作的，由于某种难以言喻的原因引起了经理的喜欢。若不是觉得经理的关心是真诚的，若不是每当这种时候他表现出的关切的可能性完全令K陶醉的话，他肯定不会容忍经理或别的什么人这样跟他谈话的。K知道自己的弱点，也许是因为在这方面他身上的确有些孩子气的东西，也许由于他父亲年轻时就过世了，以致他从来没有得到过父爱，而且很早就离开了家的缘故。K的母亲是个半瞎子，依然生活在那丝毫未变的小城里。对于她的柔情，K更多是拒绝，而不是期盼；他最后一次看望母亲已是两年前的事了。

“你们的友谊我一点儿都不知道。”经理说。由于他脸上带着一丝和善的微笑，这话听上去才不那么严厉。

去艾尔萨家

一天晚上，K就要下班的时候接到一个电话，要求他马上到法院办公处去一趟。他们警告他，不要太不听话。他那些放肆的话，说什么审讯没有用，没有结果也不可能有什么结果，说他不会再去了，无论电话还是书面通知他都将置之不理，还将把送信人赶出门外，等等，诸如此类的话都已经被记录了下来，并已经给他带来很多不利。他为什么就不能顺从一些呢？法院不顾时间与费用，不是正在努力把他的案子理顺吗？难道他要故意捣乱吗？要法院对他采取迄今没有用在他身上的强制性措施吗？今天的传唤是最后一次尝试。他想怎样做都行，不过得记住一点，至高无上的法院是不允许谁对它进行嘲讽的。

可K这天晚上已告诉了艾尔萨，说要到她家去，单是出于这一原因他就不能去法院了。他很高兴能借此理由来为他不去法院做辩解，虽然他永远不会真的去为自己辩解。再说，即使他今晚没有别的应酬，他也很可能不会去法院的。尽管如此，他还是在电话里理直气壮地问，他要是不去的话会怎么样。回答是："我们会找到您的。""我会因为不是自愿去法院而受到惩罚吗？"K问，微笑着等候下文。回答是："不会。""太好了，"K说，"那我还有什么理由一定要接受今天的传讯呢？""人们一般不会故意逼着法院对自己使用权力手段的。"话筒里的声音越来越小，最终消失了。"如果不这样做，那才是极不小心呢。"K离开时想，"还是应该见识一下权力手段。"

他没再犹豫，坐上了一辆车去艾尔萨家。他一上车，就惬意地靠在角落里，双手插在大衣口袋里——已经有些冷起来了——望着车外熙熙攘攘的大街。他怀着某种满足感想到：假如法庭真的行动起来了，他给他们造成的麻烦可不少。他没有明确说他去还是不去法院；那就是说，法院在等着他，也许全体听众也在等着他，只有K没到，这尤其会令楼座上的那些人失望。他不受法院的影响，径直坐车去他想要去的地方。有一阵子他拿不准会不会因为心不在焉，刚刚给赶车人说的是法院的地址，于是他大声说了艾尔萨家的地址；赶车人点头说，刚才告诉他的就是这个地址。打这一刻起，他才渐渐忘记法院，又像从前一样，把整个思绪都放在了银行里的事情上。

与副经理的明争暗斗

一天清晨，K感觉到比往日精神饱满了很多，抵抗力也强得多。他几乎没有想起法院；即使想起它，也仿佛只需抓住一个——当然只有在黑暗中才能触摸到的——把柄，就能轻轻抓住这个窥视不到全貌的庞大组织，撕裂它，并打碎它似的。K非凡的状态甚至诱使他邀请副经理来到他办公室，跟他一起商量一段时间来已经很紧迫了的生意上的事。在这种时候，副经理总是做出他与K之间的关系没发生任何变化的样子。像以前跟K不断竞争的时期一样，他从容不迫地来到K这里，平静地听着K的讲述，不时说上一句知心和亲密的话，以示关心；这倒使K迷惑起来，可又看不出什么意图，似乎什么也不能分散副经理对主要生意问题的注意力，仿佛他内心深处很乐于接受此事，而K在心里马上就对这种履行职责的典范崇尚起来，以至于几乎毫无反抗地把生意拱手让给了副经理。有一次更糟糕，K发觉副经理竟然一声不吭地站起来回自己的办公室去了。他不知道发生了什么事，可能是谈话很正常地结束了，但也有可能是副经理中断了它，因为K不小心得罪了他，或者他胡说了些什么，或者副经理坚信K没有注意听，而是在考虑别的事情；甚至有可能是K做出了一个可笑的决定，或者是副经理诱使他做出了可笑的决定，为了损害K，他现在急于去实现这个决定。再说也不可能重新提起这件事，K不愿意再回忆起它，而副经理则保持缄默；不过暂时还看不出什么明显的后果。反正K并没有因为这一事件而受到惊吓，只要有合适的机会，只要他状态不错，他便又站在副经理办公室的门前，或准备去他那儿，或打算邀请他到自己这边来。没有时间再像以前那样躲避他了。他不再希望马上就能获得决定性的成就，能让他从一切烦恼中解脱出来，并恢复与副经理之间的老关系。K明白，他不能放弃，只要他一退却——也许形势会要求他这样做——就会有永远也翻不了身的危险。不能让副经理认为K已经被干掉了，不能让他抱着这一想法平静地坐在办公室里，要让他不安，要不断让他知道K还活着，就像一切活着的东西一样，有朝一日会出人意料地东山再起，哪怕今天看上去再怎么没有危险。有时候，K对自己说，他用这种方法只是在为自己的荣誉而斗争，别的什么也争取不到，因为这本来对他并没有用处；假如他总是在软弱的时候向副经理叫阵，只会增强对方的权力感，让他有机会静观事态，并根据情况采取措施。然而K根本不可能改变自己的行为，他在自欺欺人，有时确信，恰恰现在他可以放开胆子跟副经理较量；那些可悲的经验教育不了他，十次尝试都成功不了的，他以为第十一次尝试时能够实现，尽管结果都毫无例外地对他不利。每经过这样一次会面，他都筋疲力尽，浑身冒汗，头脑空空；他不知道促使他去见副经理的究竟是希望还是绝望，可到了下一次，他却分明是满怀着希望又匆匆奔向副经理办公室门口的。

今天也是如此。副经理马上就过来了，可又在门口停住了脚，按他新近才养成的习惯，站在那儿擦了擦他的夹鼻眼睛，先看了一眼K——为了使他对K的注视不至于太明显——又仔细打量了一番整个房间。仿佛他在利用这个机会检验自己的眼力似的。K顶住了他的目光，甚至还微笑了一下，随即邀请副经理坐下。他自己倚在靠背椅上，并把椅子拉得尽量靠近副经理，然后从桌子上拿过涉及的文件，开始陈述起来。副经理一开始似乎没大注意听。K办公桌的桌面上有一圈很矮的雕花栏杆，整个办公桌做工很是精致，包括栏杆也牢牢地镶嵌在木头里。可副经理却做出一副恰恰现在发现那儿松动了的样子，用食指在栏杆上面敲打着，似乎这样就能够排除故障。K要中断他的报告，可副经理不许，解释说他全都听到了，而且也理解了。K一时无法做出客观的评判，而副经理这时却好像觉得有必要采取什么特殊措施，因为他现在掏出他的小刀，又拿过K的尺子顶在另外一面，试图把栏杆撬起来，这样也许是为了然后更轻松、更深地把栏杆再插进去。K在他的报告中提出一项新的建议，他相信这项建议会在副经理那儿产生特殊的效果，当他说到这项建议时，简直止不住嘴，他完全被自己的工作迷住了，或者说他太喜欢这种日渐减弱的意识了：他在银行里还是具有重要的地位的，而他的思想也还有力量为自己辩护。也许这种为自己辩护的方式不仅在银行，而且在诉讼案中也是最好的，也许比他已经尝试过的和计划中的辩护要好得多。在急切的讲述过程中，K没有时间明确阻止副经理摆弄桌子的栏杆，只有那么两三次用空出的手像安慰似的摸了摸栏杆，为的是——尽管他自己也并不是十分清楚——告诉副经理，栏杆没有什么问题，而即使有问题，眼下注意听也比去摆弄它更重要些，更礼貌些。可这件手艺活让副经理干得那么上心——就像所有充满活力却只从事脑力劳动的人经常会有的那种情况——有一段栏杆现在果真被撬了起来，这下就看怎样才能把小柱子重新插入它们各自的洞眼里去了。这比刚才所有的工作还要困难。副经理不得不站起身来，试图用双手把栏杆往桌面上插，可无论怎样用力都不行。K 在念报告的过程中——不过一边念还一边加进去许多临时想到的话——隐隐发觉副经理站了起来。尽管他一直都没有忽视副经理的小动作，可他还是以为副经理的行为怎么也应该跟他的报告有关系，于是他也站了起来，用手指着一个数字，把一页纸递给副经理。副经理这时发觉单用手劲儿不够，干脆就把他整个身体的重量都压了上去。这下倒是成功了，小柱子咔咔嚓嚓地被按进了洞眼里，可由于用力过猛，有一根小柱子折断了，它上面纤细的木条也断成了两截。“这木头太不结实了。”副经理生气地说，停止摆弄办公桌，坐了下来。

那栋房子

K 起初利用种种机会寻找最初对他发出指控的机构的地址时，并非怀有一定的目的。他没费多大力气就了解到了。他一问，无论是迪托莱利还是沃尔夫哈尔特，就都马上告诉了他那栋房子的门牌号。后来迪托莱利还微笑着为他的回答做了补充——他总是在有什么秘密的、不归他判定的计划时这么微笑——声称恰恰这个机构是最不重要的，它只宣布别人要它宣布的消息，只不过是庞大的检察机关的外围组织，而检察机关则是不对当事人开放的。如果对检察机关有什么希望——人当然总是存有很多希望，可把这些希望说出来就不一定那么聪明了——得找指定的下属机关，不过用这样的办法，你本人进入不了检察机关本身，你的愿望也永远不会被转达上去。

K已经非常了解画家的性格，所以他并没有反驳，也不再询问，只是点点头，表示所说的他都知道了。像最近一段时间经常发生的那样，他又一次觉得，在折磨人方面，画家足以替代律师了。区别仅仅在于，K不那么受迪托莱利的摆布，只要他乐意，他可以毫不费力地摆脱迪托莱利；另外，迪托莱利极爱说话，很饶舌，虽说以前比现在还要厉害些，而K从他那一方面也是完全可以折磨迪托莱利的。

在这件事上他也这么做，不时用一种口气说到那栋房子，仿佛他对迪托莱利隐瞒了什么，仿佛他和那个机构建立了联系，又仿佛这些联系还未进展到可以放心大胆地说出去的程度，一旦迪托莱利想要他说出详细情况，他便突然把话题岔开，很长时间内不再提起此事。他很高兴取得这样一些小小的胜利，以为他对法院周围的这些人更加了解了，他已经可以跟他们玩游戏了，自己几乎已加入他们之中，比起他们所在的初级法院在某种意义上允许他们所能拥有的粗略的了解来，他知道的情况要更多一些。就算最终失去他在这下层的地位，又怎么样呢？即使那样，他在这里也还有被拯救的可能，他只需混入这些人的队伍中就行了；尽管他们由于自身的渺小或其他什么原因，在他的官司上帮不了他的忙，但他们能够接纳他并掩护他。如果他把一切都考虑得很周全并能够秘密实施的话，他们甚至根本无法拒绝用这一方式为他服务，尤其是迪托莱利，因为K现在已经是他的熟人和施舍者了。

K并没有每天都用这样或者类似的希望来安慰自己，一般情况下，他严格区别并注意不忽视任何困难。可有些时候，尤其是晚上下班后筋疲力尽的时候，他便在白天发生的小事中寻找安慰，虽然这些小事极其微不足道而且可以做各种解释。他往往躺在办公室的沙发上——他现在不在沙发上休息个把小时就没法离开办公室——在脑子里黏合着一样样观察到的东西。这并不完全局限于与法院有关的人；在半睡半醒之中，所有的人都混杂在一起。他往往会忘记法院伟大的任务，仿佛自己是唯一的被告，一些像法官或法学家的人在法院大楼的走廊里来来往往，那些最呆头呆脑的则把下巴颏耷拉在胸前，噘着嘴巴，目光呆滞，一副认真思考的样子。格鲁巴赫太太的房客们成群结伙地不断出现，他们头挨着头，大张着嘴，像是一个控告合唱团。他们中间有许多K不认识的人，因为他有很久根本就没再关心过公寓里的事儿了。因为有陌生人，K跟这群人打交道时感到很不舒服，可当他在他们中间寻找毕尔斯特奈小姐的时候，他又不得不与他们虚与委蛇。比方说正当他的目光掠过这群人的时候，会突然发现有一双全然陌生的眼睛正朝着他炯炯闪烁，并把他吸引了过去。于是他就找不到毕尔斯特奈小姐了，为了防止弄错，他重新寻找，却发现她站在那群人中间，两只胳膊分别搭在她身旁的两位先生身上。这几乎没有给他留下什么印象，特别是由于这一情景并不新鲜，反而是对一幅海滩留影的回忆难以消除，这幅照片他曾在毕尔斯特奈小姐的房间里看到过。尽管如此，这情景还是把K从那群人那儿引开了，他迈着大步迅速穿过法院大楼，即使常常又要回到那里。他熟悉所有的房间，认识那些他不可能到过的偏僻的走廊，仿佛他一直住在这里似的，各种细节不断涌入他的脑海，清晰得让人难受：有一个外国人在一间接待室里散步，他的穿着类似于一名斗牛士，腰像是用刀切出来的似的。他那紧紧绷在身上的短上衣是用淡黄色的粗线网眼布做的，这人任凭K惊奇地看着他，一边片刻不停地继续着他的散步。K弯着腰，踮着脚来回围着他转，拼命睁大了眼睛看他。他熟悉网眼布的所有图案、所有粗制滥造的流苏以及上衣的曲线，就这样他总也看不够。确切地说，他早就看够了，或者更确切地说，他从来就没想过要看，可又放不下。“国外的服饰多么怪异啊！”他心想，把眼睛睁得更大。他追逐着这个外国人，一直到自己在沙发上翻过身去，把脸埋在皮革里为止。

探望母亲

中午吃饭的时候，他突然想起应该去看看母亲。如今春天即将逝去，算起来他已经有三年没见到她了。当时她请K过生日那天去她那儿，尽管有其他事情，他还是答应了她的请求，甚至许下诺言，每年的生日都到她那儿去过，当然至今他已有两次没有遵守诺言了。可这一次，虽说再过十四天才是他的生日，他却不想再等，而是想立刻就去。他对自己说，没什么特殊的理由，就是要马上去；相反，他每两个月定期从一位表兄那里得到的消息最近比以前任何时候都令人宽慰，这位表兄在母亲住的小城镇上开了一家商行，K寄给母亲的钱是由他管理的。母亲的视力虽然越来越弱，但鉴于医生多年来的说法，K也未曾有过别的期望；何况她的其他情况还变好了，各种老年病不仅没有恶化，而且还减轻了，至少她自己很少抱怨了。在表兄看来，这与她最近几年变得非常虔诚不无关系，这一点，K上次去看她的时候几乎也察觉到了，虽然不乏某种反感。在一封信中，表兄形象地描述了这位从前连行走都很困难的老太太在他陪同下去教堂时，挽着他的胳膊，走得如何精神。K尽可以相信表兄，因为他知道，表兄在信中更多地是夸张坏消息，而不是夸张好消息。

不管怎样，K决定现在就坐车去母亲那儿；最近，除了别的令人不快的事情外，他还发觉自己有了某种伤感，这是一种几乎毫无道理的追求，企图满足自己所有愿望。而现如今，这一坏毛病至少派上了一个好用场。

他走到窗前，稍稍整理了一番思绪，然后让人把饭菜端了下去，并派听差到格鲁巴赫太太那儿去，通知她他将出一趟门，并顺便去取他的手提包，请格鲁巴赫太太把她觉得必要的东西装进手提包里；接着他向屈内先生交代了他不在期间应做的几件生意上的事，屈内先生已养成了一种坏习惯，他别过脸去听K给他交代，好像他完全知道该干些什么似的，因而将K的交代仅仅视为一种不得不忍受的仪式，K这一次对此几乎没有生气；最后他去了经理室。当他向经理提出想请十二天假去看望母亲时，经理自然问道，K的母亲是否生病了。“没有。”K说，没有再做解释。他站在房间中央，背着手，皱着眉头思索着。也许他动身的准备工作太仓促了？待在这里是否更好一些？他去那儿干吗？难道要因伤感而去那里吗？由于伤感而有可能耽误这里的一些重要的事情，并失去干预的机会吗？几周来，官司表面上风平浪静，几乎没有什么确切的消息传到他耳朵里，越是这种时候，机会越是时刻都可能出现。再说，他会不会吓老太太一跳？当然他并没有打算这么做，可这很容易在违背他意志的情况下发生，因为现在很多事情都与他的意志相左。而母亲也并没有提出想见他。以前，在表兄的信中，常常都有母亲急切的邀请，可这已是很久都没有过的事了。很显然，他并不是因为母亲的缘故而要去的。可倘若他是因为自己的缘故而抱着某种希望去的，那他就是一个十足的傻瓜，他必将在绝望之中为自己的愚蠢付出代价。然而，仿佛所有这些怀疑都不是他自己的，而是别人试图强加给他的，他从沉思中清醒过来，仍决计要走。或出于偶然，更有可能是出于对K的照顾，经理这期间低下头去看一张报纸，这时，他抬起头来，一面站起身来，一面向K伸出手去，祝他旅途顺利，没有再提任何问题。

K回到自己的办公室，在房间里来回踱着步，等候听差回来。副经理进来了好几次，想探问他出门旅行的原因，他几乎未吭一声地拒绝了对方的提问。终于拿到手提包后，他马上就匆匆往楼下已定好了的车那儿赶去。他已经到了台阶上，在这最后一刻，职员库里西出现在楼梯上端，手里拿着一封刚开了个头的信，显然是想从K这里得到什么指示。K朝他摇手表示拒绝，可这个长着金黄色大脑袋的人是如此迟钝，误解了这手势的意思，挥舞着手中的纸，不顾一切地追着K跑过来。K一气之下一把将信从他手里抓了过来，当下就撕了个粉碎。K坐在车里还回头望了望，发现库里西旁边的门卫摘下帽子正在深深地鞠着躬，可库里西还站在原地，望着开走的车子，显然还没明白做错了什么事。K毕竟还是银行里的高级职员之一，如果他不承认这一点，门卫会反驳他的。而母亲多年来干脆就认为他是银行经理，再怎么说都没用。在母亲看来，不管他的声望受到多大的损害，他都不会跌下来的。刚好在出发之前，能够确信他可以从一个职员——这职员甚至还和法院有关系——手中夺过信来，并不做任何解释地撕碎它，这或许还是个好兆头呢。只不过他最想做的还不能做，这便是在库里西那苍白的圆脸上扇上两耳光。

后记

当弗朗茨·卡夫卡 1915 年 1 月中断他头年 8 月开始写的小说《审判》时，他大概还抱有希望，认为总有一天他会完成这部作品的。不管怎样，他仔细保管原稿的方式暗示了这一点。稿子是手写在练习簿上的，作者很喜欢使用这种练习簿，不仅用于他的文学创作，也用于记日记。他拆开这些本子，把单页的纸跟一些装订好的小册子放在一起，这些小册子里写的或是一个章节，或是一个章节的开头。他给已经完成的章节都配上了封面，成了所谓的带封面的“断片”，并在上面概要地记录了内容。

小说的写作却并未得以继续。卡夫卡虽然把“在大教堂里”一章中所包含的守门人故事冠以“在法律面前”的题目单独发表，但整部小说——正如他在 1918 年给马克斯·布罗德的一封信中所说的——被他列入“艺术上失败了的”尝试。

布罗德很早就把自己当作卡夫卡的良师益友，多次催促他发表作品，也曾试图动员他完成并出版《审判》一书。1914 年起他就熟悉作品的某些章节，因为作者本人曾给他朗读过，约在

1918年间，又把整部书稿给他阅读。1919年，在他与莱比锡库尔特·沃尔夫出版社的业务负责人亨利希·迈埃尔因个人事务谈判时，他显然更是向后者展示了朋友的这部小说的手稿，或是告诉了他这部小说的情况，该出版社当时已出版了卡夫卡的几部作品。总之，他写信告诉卡夫卡，迈埃尔"想让你的一部小说获得轰动性的成就"，还开玩笑地补充道："我会自行负责，把你的《审判》剪辑完毕的。"根据许多卡夫卡专家的看法，他后来也的确这样做了。

布罗德付出了许多努力，这些努力包括他1921年发表的文章《诗人卡夫卡》，文中称《审判》是"卡夫卡最伟大的作品"。尽管如此，他仍未能够说服他的朋友修订这部作品，并使其有一个"可付印"的形式。1924年卡夫卡去世后，布罗德本人着手完成此项工作。到1925年，作为一系列卡夫卡遗作出版工作的开端，《审判》在他的过问之下面世。

布罗德出版卡夫卡未曾发表过的作品的决定在当时引发了激烈的争论。毕竟，他本人也并未隐瞒他的朋友曾在两张所谓的"遗嘱纸条"上，请求他焚毁一切"日记、书稿、信札，别人写的和自己写的，草稿和其他凡能找得到的东西，并不要阅读它们"。布罗德没有遵循这一意愿，在埃姆·威尔克（托马斯·特里姆的笔名）看来，这是对艺术家人格缺乏尊重的明证。在一篇充满火药味的文章里，威尔克就《审判》一书写道："辜负一位即将死去的朋友的信任，好让一群好事之人对一本书吹毛求疵——三千人阅读此书，而其中顶多只有一千人真正对卡夫卡感兴趣——这是不可原谅的。"可另一方面，布罗德却得到了瓦尔特·本雅明的辩护，后者认为："作者不愿发表其作品源于他确信作品尚未完成，而非源于要把它秘密保存下来。他在自己的实践中受这一信念的支配，这同另外一个人，他的朋友，不受这一信念的支配一样可以理解。"根据本雅明的看法，卡夫卡肯定知道，"对方会拯救他的作品，从而使自己从良知的重压下解脱出来，避免亲自同意付印或者不得不销毁它"。关于布罗德的做法是否符合道德这一问题在后来的几十年间几乎没有人再提起。小说在20世纪30年代便被译成了外语，有了数以百万计的读者，要说谁违背了作者的意愿的话，那每一位读者都以某种方式对此负有责任。随之而来的是，布罗德因为他颇成问题的编辑实践遭到了——大多是文学研究者的——猛烈抨击。正如弗里德里希·柏斯讷所表述的，人们的主要不满在于他表现出的那种"乏味的、教书匠式的准确性"，认为他以这种方式篡改了原文。

正如布罗德1925年在出版《审判》的后记中所通报的，为了出版，他从很多方面对这本遗著做了修改：他不仅删除了"未完成的章节"，而且在语言与风格上做了改动，还"纠正"了正字法和标点符号方面的问题，简言之，按照规范德语的标准对小说进行了改动。1935年，当由他负责的小说二度出版时，他在回顾中再次为自己的这一做法辩解："当时是要展现一个独特的、令人惊异的诗人境界，有必要避免强调片断性和削弱可读性的东西。"这一版本虽然包含了未完成的章节，但在后来一段时间大家仍对它多有指责，因为人们觉得手里拿的并不是真正的卡夫卡的作品，而是由布罗德改动了的作品。直到1990年，马尔科尔姆·帕斯雷在卡夫卡著作、日记、信件考订本这一框架里出版了这一小说，推出可靠的校勘本的要求才得到满足。这一版本构成本次版本的样本，它与布罗德版本的区别在于，它依据的是卡夫卡的手稿："手稿的特征——它并不是誊清稿——被保留了下来，在（向读者）展示原文的时候，没有试图通过规范化或者修正，根据所猜想的（或臆想的）作者的意思来清理或润色手稿，只是对明显的疏漏（如笔误）和别的明显影响意义和理解的用词、正字法和标点符号方面的问题做了改动。"（见帕斯雷在参考资料卷中就《审判》一书的说明）

这一文本展示原则意味着卡夫卡的所有书写特征都被保留了下来。这包括一些老的书写方法，例如"终于"写的是 endgiltig，而不是 entgültig，"怀抱"写的是 Schooß，而不是 Schoß，"行走"写成 gieng，"捕捉"写成 fieng（有时也用它们新的写法 ging 和 fing）；保留下来的还有老的连写和分写法，如 irgendjemand，undzwar 和 tagaus 等；还保留了地域性表达形式（即所谓具有奥地利和布拉格特点的德语方言），vergessen an[1] 这样的搭配以及把 trotzdem（尽管）作为从属连词，等等。此外，卡夫卡极其节俭的标点也几乎未做任何改动。对于读者来说，这种无规律和对人们熟悉的规则的偏离是要有一定的适应过程的，但他能够得到更多的补偿，因为他手中的小说是作者自己留下来的，没有他人的添加与侵犯。

米夏埃尔·米勒

---

1 动词 vergessen（忘记）今天一般作及物动词用，不要求介词 an。

致父亲的信

马嫽 译

亲爱的父亲：[1]

你曾问起，为什么我称畏惧你，而我却不知从何说起。一方面正是这份畏惧，另一方面则是它涉及的缘由之多，令我无法统统凝练于话语。当我试图借文字来回答，发觉依然无法尽述，因为在书写过程中，那畏惧及它的恶果遏制着我，也因为材料之繁多已远超我的记忆与理解。

任何事情在你眼里都不难，至少你对我，或对不论是谁的许多旁人都如此说过。在你看来大概如此：你燃烧生命般工作，一切都是为了你的儿女，尤其是为我，我也因此享受荫庇，随心所欲地求知求学、不愁吃穿、无忧无虑。为此你并未要求我感恩，你知道"子女的感恩"是怎么一回事，但我至少要透露一丝理解，要做出一点妥协。相反，我却一直躲着你，躲进我的房间，躲进书本，躲去我疯狂的朋友那里[2]，躲入一个个虚幻的念头。我

1 1919年，卡夫卡因病在谢莱森疗养。11月，他写下了这封信，并想请母亲转交父亲，但母亲并未这样做。卡夫卡此后也并未再找其他途径让父亲读到该信。

2 除了马克斯·布罗德（Max Brod，1884—1968），弗朗茨·卡夫卡的朋友圈还包括来自东欧的犹太演员伊兹查克·勒维（Jizchak Löwy，1887—1942），他与他的剧团表演意第绪语戏剧，自己也创作小说。布罗德鼓励卡夫卡的文学爱好，勒维唤醒了卡夫卡对犹太正统信仰的兴趣。赫尔曼·卡夫卡不希望儿子专注于这两个领域，在他看来，这分散了卡夫卡对生活中更重要的事情（争取物质成功和社会认可）的注意力。——原注（本书中其他注释均为译注和编注，不再另作说明）

们从未开诚布公地谈过。我没有与你一同去过教堂，没有去弗兰岑巴德看望过你，亦不曾有所谓家族观念，对生意或其他事情漠不关心，我把工厂的事务丢给你一人担着，我支持奥特拉的固执任性[1]，我未对你尽过一点心力（甚至没有给过你一张戏票），却可以为朋友付出一切。总结一下你对我的判断，你并未直说我是个俗人或恶人，而是指责我冷漠、疏离、忘恩负义。你如此指责我，似乎一切都是我的过错，似乎只要我痛改前非，事情就会截然不同，而你不觉得自己有一丁点儿责任，即便是有，也只是在于对我的溺爱。

你惯常的这些言论中仅有一点是正确的，即我也同意，我们的关系疏远至此，错不在你。但同样，错也不在我。假若我能让你意识到这一点，那么——全新的生活当然不太可能了，我们都到了这个年岁，但至少可以获得一种平静，不是终结，仅是缓解你无休止的责备。

可我要说的任何话，你都能诡异地有所预感。比如不久前你对我说："我一直是喜爱你的，有时候我可能看起来与其他父亲不同，因为我不像他们那么会做样子。"其实父亲，我基本上没有怀疑过你的爱，但我不赞同你这样的说法。你不会做样子，这是事实。但是仅仅因此就宣称别的父亲是在装模作样，这要么就是一种不容讨论的蛮横，要么就是在隐晦地表明——我偏向这样

1 奥特拉（Ottla/Ottilie Kafka，1892—1943）是卡夫卡最小的妹妹。她可能是卡夫卡最喜欢的妹妹，也是他最亲近的亲人，在他困难的时候给予他支持。他们之间的通信以《给奥特拉的信》为名出版。她在大屠杀中遇难。

认为——我们之间出现了问题，导致问题的原因你也有份，但你没有过错。如果你是这个意思，那么我们便达成一致了。

当然我并不是说，我成为现在的样子是你一手造成的。这样讲未免过于夸张（可我甚至倾向于如此夸张）。很有可能，即便我的成长丝毫未受你的影响，我也很难长成符合你心意的那个人。我更有可能会是软弱胆小、犹豫不安的，既不会是罗伯特·卡夫卡，也不会是卡尔·赫尔曼[1]，但一定和现在的我有天壤之别，那么我们之间就可以和睦相处了。我会很乐意拥有你作为我的朋友、上司、叔叔、祖父，甚至是（尽管有些犹豫）岳父。而仅仅作为父亲，你对我来说太强大了，尤其是弟弟们早夭，而妹妹们很久后才出生，我不得不独自承受第一轮的打击，而我又如此弱小。

比较你我二人：我，简而言之，是一个拥有某种“卡夫卡气质”的勒维[2]，然而激发这种气质的并非卡夫卡式的生存意志、经商天赋或者征服雄心，而是一种勒维式的刺激，它更加隐秘、更加虚弱，涌动自另一个方向并常常彻底消匿。相反，你是一名真正的卡夫卡，强壮、健康、食欲旺盛、声音洪亮、能言善辩、自命不凡、轻视一切、坚毅顽强、沉着果断、善察人心、慷慨大方，当然也难逃这些优点背后的错误和缺点，你的坏脾气和你的

1 赫尔曼·卡夫卡的兄弟菲利普·卡夫卡的儿子罗伯特·卡夫卡是一个有活力的、事业成功的人。弗朗茨·卡夫卡的大妹妹埃莉（Elli/Gabriele Kafka，1889—1942）嫁给了卡尔·赫尔曼；此人在性格和身材上与弗朗茨的父亲很相似，也是一个雄心勃勃的商人。

2 勒维家族是卡夫卡的母族；此处指的是他的家谱中相互冲突的血统交汇。勒维家族代表着敏感和智慧，而卡夫卡家族则代表着清晰的商业意识。——原注

暴躁会暴露它们。但如果将你与叔叔菲利普、路德维希、海因里希做比较，就你的世界观而言，你又并不是一个真正的卡夫卡。很奇怪，这一点我也看不太明了。他们似乎更快乐、更活跃、更放松、更随性，不像你那么严厉。（顺便说一句，我从中遗传的不少，却不像你一般，天性中就存在对它们必要的制衡。）另一方面，你也经历了不同的时期，曾经你可能很快乐，在你的孩子们，尤其是我，让你失望、让你在家中失去笑容之前（外人在的时候，你会换一张面孔），现在你大概又快乐些了吧，因为子女们没能带给你的温暖——除了瓦莉[1]——你在外孙和女婿那里又找到了。总而言之，我们如此不同，这种迥异令我们在对方眼中是那样危险，如果设想一下，一个缓慢成长的孩子和一个成年人该如何相处，人们或许会看到，你抬脚从我头上踩下去，直到把我踩进尘埃里。这倒是没有发生，生命的力量难以估量，不过真实的情况恐怕更加不堪。我会始终请你不要忘记，我从不相信你有任何错。你对我的影响是不由自主的，只是你不应该认为，我被你的影响淹没是因我心怀恶意。

我曾是一个怯懦的孩子，同样，我肯定还有点儿孩童式的固执，母亲定然也溺爱我，但我不能相信自己是难管教的，也不相信，一句友善的话、一次默默的相助、一道友好的目光都不能让我百般顺从。你本性是一个友善柔软的人（下面所言与这并不矛盾，我指的只是你在孩子心中的印象），但不是每个孩子都有

---

1 瓦莉（Valli/Valerie Kafka），生于 1890 年，是卡夫卡的第二个妹妹，1942 年死于库尔姆霍夫（Kulmhof）集中营。

如此毅力和勇气去探寻，直至发现你的好。你只能按照自己被塑造的样子去塑造你的孩子，用力气、用吼叫、用怒火，你认为它们在某些情况下是适当的，尤其当你想养育一个强壮而勇敢的男孩。

时至今日，你早年是如何教育我的，我实在无法直接回溯了，但从后面几年的状况及你对待菲利克斯的样子，我能想象一二[1]。甚至更糟糕，你那时更年轻，也就更精力旺盛、更暴躁、更原始、更肆无忌惮，并且你被生意拴住，我们平日几乎很少碰面，因此你留下的印象这样惊心深刻，绝不是什么屡见不鲜的事。

最初几年的事，我能清楚回忆起来的只有一件，你大概也记得。一天半夜，我哭哭啼啼要水喝，但肯定不是出于口渴，部分原因是赌气，部分因为觉得好玩。你几番严厉威胁仍然无济于事，于是你把我从床上拎起来，拽到阳台[2]，留我一个人穿着睡衣在紧闭的门外罚站。我不想说你做得不对，也许当时为了恢复宁静已经没有别的办法，我只想借此解释你的教育方式和它对我造成的影响。自那以后，我听话多了，但我的内心受到了伤害。无意义的“要水”在我看来天经地义，被拽出去这件事则简直可怕无比，我的天性使我无法建立两者之间的关联。即便多年以后，我仍然被这种恐惧折磨，一个巨人、我的父亲、终审法官，走近

1 卡尔·赫尔曼和埃莉·卡夫卡婚后育有三个孩子：菲利克斯·赫尔曼（1911—1940）是赫尔曼·卡夫卡最喜爱的外孙子，两个女儿分别是格尔蒂（1912—1972）和汉娜（1920—1941）。

2 布拉格公寓楼内侧的阳台式走道。——原注

我，几乎是无缘无故地将我一把从床上扯到阳台，那一刻的我对他来说什么都不是。

这仅仅是个不值一提的起点，但我从此时常陷入虚无感（换一角度看则是崇高的成就感），它很大程度源于你的影响。原本我在路途中需要收获一点鼓励、一丝善意、一些包容，而不是你那些尽管出于好意的阻挠，你指望我去走一条完全不同的路。可那并不适合我。我敬礼和正步做得好时，你会鼓励我，而我没有从军的打算；我狼吞虎咽，甚至来上几口啤酒，或者跟唱意义不明的歌，又或是复述你的口头禅时，你也会鼓励我，而这些都不会进入我的未来。一个典型的例子，你实际上只有在自己也被牵累，在你的自我感受被践踏（比如我有结婚的意图时[1]），或者我受伤（比如佩帕[2]骂我）时，你才真正地鼓励我。于是，我在你的鼓励中想起自己的价值，意识到我有资格一争高下，而佩帕则被贬得一无是处。且不说如今我已经到了无法轻易受鼓舞的年龄，假如它们仅仅发生在与我无关的情形下，那于我又有什么帮助呢？

从前的我时时处处都需要鼓励。单单你的体格就已经要“压扁”我。我想起我们常一同在更衣室里脱衣服的场景。我瘦小、嫩弱、纤细；你强壮、魁梧、厚实。那间小屋里的我只觉得悲惨

1 赫尔曼最初对菲丽丝·鲍尔（Felice Bauer）成为他儿子的新娘有一些反对意见。他对卡夫卡的第二位未婚妻尤丽叶·沃里泽克（Julie Wohryzek）则完全不屑一顾，她的社会地位对他来说太低了。——原注

2 约瑟夫·波拉克（Josef Pollak，1882—1942）的昵称，他于1913年与卡夫卡的妹妹瓦莉结婚，但因无法为妻子提供理想的物质保障而没有被赫尔曼·卡夫卡接受。——原注

羞耻，不仅在你面前，也在全世界面前，因为你就是我衡量万物的尺。之后我们走出屋子走向人群，我拉着你的手，小小的、瘦骨嶙峋又战战兢兢，赤脚踩在地板上，心中满是对水的恐惧；我无法模仿你游泳的动作，尽管你一直好心示范，但事实上却让我更觉无地自容，陷入绝望中，各种糟糕的经历一瞬间都涌上心头。我最舒适的时候是你偶尔会先脱完衣服出去，我可以独自待在更衣室里，推迟公开露面的耻辱时刻。我很感激你似乎没有注意到我的窘迫，我也为自己父亲的体格自豪。此外，如今我们之间仍存在着类似的差距。

这种差距的另一个体现是你精神的高高在上。你凭一己之力走到今天，因此从不怀疑自己的判断。幼年我对此的感受远没有长大后这么明晰。你坐在扶椅里统治世界。你的想法是正确的，别人的想法都是疯狂、荒诞、异想天开的。你的自信如此膨胀，以至于你不必始终如一，你从来都是对的。另外一些时候，你对一件事情没有看法，那么与之有关的一切观点无不是错误的。比如你可能咒骂捷克人，然后是德国人，接着是犹太人，不仅揪着一点骂，任何一点都要骂，直到除了你无人幸存。对我来说，你拥有所有暴君都具有的神秘特质，你们的正当性基于你们是谁，而不是你们的思想。至少在我看来是这样。

其实面对我你果真常常正确，在谈话中自是不用说，因为我们很少谈话，其余情况下也是。这倒没有什么难以理解的。我的所思所想都在你的重压下，尤其那些与你不一致的想法，更是如此。我所有看似与你无关的念头，早在一开始就背负着你否定的评判，圆满而持续地践行成为几乎不可能的事。我指的不是什么高尚的思想，而是我孩童时的每一步尝试。人大多会因某件事感到幸福，获得满足，可回到家讲起它时，得到的回应却是一声嘲讽的叹息，是一次摇头，是手指在桌子上的敲击声：“我见识过更好的东西”，或者“知道了，你说过你的苦恼了”，或者“我可没有这么闲”，再或者“不是什么大事！”，又或者“给自己买点东西去吧”。当然我也不能要求你对一个孩子的每一件小事都热情回应，你还要养家糊口。这不是重点。重点在于，面对孩子，你的本性注定你彻底并始终是个扫兴的人，随着你反驳的次数不断累积，最终凝固为一种习惯，即便偶尔我们想法一致，孩子感到的失望也不再是寻常的那种失望，因你要主宰、量度万物，他只能彻底气馁。假如你反驳我，哪怕我只要想到你会反驳我，任何的勇气、决心、信心和喜悦就都消偃在半途；我做的几乎所有事都逃不过这个结局。

不只想法，关于人也是这样。每次我对谁表现出一点点兴趣——鉴于我的个性，这种事并不常发生——你从不顾虑我的感受，不尊重我的判断，只是责骂、污蔑、羞辱我。像犹太演员勒维那样无辜天真的人就这么遭了殃。你根本不认识他，就用一种可怕的方式将他比作害虫，具体词句我不记得了，应该就像你常常在提及我喜欢的人时，顺嘴便蹦出有“狗”“跳蚤”字眼的谚语那样。这位演员给我的印象尤为深刻，因为对你的品评，我记录了如下感受：“我的父亲这样谈论我的朋友（一个他并不认识的人），只因他是我的朋友。将来他要是责备我不孝顺、不知感恩，我就用这件事回答他。”我无法理解，你对于你的言语可能带给我的痛苦和耻辱全然不知，就如你对自己的威力毫无概念。我知道我也屡屡在言语上冒犯你，但我一直都能意识到，它们也在刺痛我，我无法控制自己，无法将那个词吞下去，出口的一刻我就已经后悔了。而你，毫无顾忌地中伤我，没有歉意，说的过程中没有，之后也没有，你让你的对手无从抵抗。

这就是你对我的全部教育。我认为你是有一些教育天赋的；和你一样的人想必能受益；他能理解你话中的道理，会直接照做，而不多想一点儿。对于作为孩子的我来说，你的叫嚷就是天条，我从没忘记，它们仍然是我判断这个世界，尤其是判断你这个人最重要的标准，然而你却是彻底的反面例子。小时候我们最多的接触发生在饭桌上，因此你的大部分说教与用餐礼仪有关。凡是桌上的都必须吃完，不许讨论食物的好坏——不过你可以时常抱怨饭菜难吃，说它们是“饲料”，说“畜生”（厨娘）搞砸了它们。你食欲旺盛，尤其爱吃得快、吃得烫，一大口接着一大口，那么孩子也必须抓紧，餐桌上笼罩着压抑的沉默，直到“吃完再讲话”、“快点儿，快点儿，快点儿”或者“你看看，我早就吃完了”的催促打破它。不准咬碎骨头，但你可以。不能吸溜醋，但你可以。首要一点，面包必须切整齐，但你用滴答着酱汁的刀来切则没有关系。务必小心，饭菜不能掉到地上，但你脚下洒落的饭渣是最多的。坐上餐桌只能专心吃饭，但你修指甲、削铅笔、用牙签掏耳朵。父亲，请你正确地理解，这些原本全是无足轻重的小事，我之所以感到沮丧，是因为对我来说，你这样一个必得做一把尺的人，没有遵守你为我制定的戒律。由此世界在我眼中被一分为三，在第一个世界里，我是个奴隶，生存在仅为我一人而设的法条之下，而这些法条，我不知为何，从来没能完全遵守；然后是第二个世界，它与我的世界相隔山海，因为那是你生活的地方，你全神贯注地统治和发号施令，并愤怒于不服从的行为；最后是第三个世界，那里没有什么命令和服从，其余的人幸福地生活着。我始终活在耻辱中，要么我听从你的命令，这是耻辱，因为它们只针对我；要么我顽抗，这也是耻辱，因为我怎能在你面前固执己见呢；或者我根本没能力服从，因为我没有你的力量、你的胃口、你的灵活，尽管如此，你理所当然地强加给了我，这是最大的耻辱。以上不是我思考后的结论，它们是一个孩子的切身感受。

将我的处境与菲利克斯对比一下，情况可能更明朗。你对待他的方式和对待我差不多，甚至是一种尤其严苛的教育方法，当他在吃饭时有什么不合你意的举动，你并不只满足于——像当初骂我时那样——呵斥他“你真是一头蠢猪”，还要加上一句“一个名副其实的赫尔曼”或者“是了，跟你的父亲一个样儿”。不过也许——只能说也许——你并没有怎么伤害到菲利克斯，因为你对他而言只不过是一位非常重要的外祖父，并非他的全部，这与我不同，再加上菲利克斯禀性沉着，已经长出几分男人的样子了，他或许会被雷鸣般的嗓音震住，但这持续不了多久，最重要的是你们待在一起的时间相对少一些，其他人同样会影响他，在他的心里你亲切有趣，他只需照着自己喜好挑选一副你的面孔。

而我可不觉得你是这样，我没有挑选的权利，不得不接受一切。

我也不可以反驳，你从一开始就不能平心静气地谈论你不认同或者不是你先提出的事情；你专横的脾气不允许你这么做。过去几年中，你一直将此归咎于你的焦躁症，但我不知道你每次生气在本质上有何不同，你充其量是以疾病作为自己施以专断的借口，因为别人一想到这儿自然就咽下了到嘴边的话。当然这不是指责你，只是陈述事实。比如奥特拉，你常说“根本没办法跟她讲话，一开口就一副要吃人的样子”，但其实她压根儿没那么凶[1]；你将事情与人混为一谈；是事情要吃了你，你却即刻打定主意，不听人的声音；事后要再说什么只会更加惹怒你，绝不可能说服你。然后人们从你那里听到的是：“你愿意做什么就做什么吧，我管不了你，你已经长大了，我也没什么建议可给你。”你用一种骇人的、沙哑的嗓音吐出这一个一个字，它们是愤怒也是彻底的鞭笞，今日令我颤抖的程度比童年时少了一些，因为孩子独有的负罪感多多少少被你我皆是可怜人的领悟取代了。

不可能心平气和地交流还有另一个很自然的后果：我的语言荒废了。尽管我大概也不会成为一位伟大的演说家，但我至少可以使用正常的人类语言。可你一早就禁止我讲话。你威胁道：“不许顶嘴！”自那时起，你那只扬起的手一直伴随着我。我在你面前时——你呢，只要事情与你有关，就会化身为一位杰出的说话者——话说得断断续续、磕磕巴巴，即便这样，你仍然觉得

1 卡夫卡对奥特拉有一种亲切感；他鼓励她尝试职业解放，鼓励她违背父亲的意愿选择自己的丈夫。——原注

我多嘴，最终我沉默了，起初大概是因为倔强，后来是由于在你面前我既不能思考，也无法说话了。同样因为你是我真正的教育者，这种影响后来满布我的生活。如果你以为我从未屈服过，那么这真是个离奇的误解。“事事作对”实则并非我待你的准则，就如同你坚信和责怪我的那样。相反，如果我少听话一点儿，你或许会更满意我。确切地说，你的所有教育措施都正中靶心，我没有逃过其中任何一个；我如今的模样（当然除了我的本性以及生活的印记外），正是你教育加上我服从的结果。尽管如此，这个果实仍令你难堪，你下意识地否认亲手栽育了它，你的手和我这块材料简直没有半点儿关系。你说：“不许顶嘴！”你想借此让我内心令你不悦的反叛之力噤声，可它的影响过于猛烈了，我变得格外顺从，彻底沉默下来，在你面前蜷缩成一团，只有当我远离你，至少是你的力量无法直接触及我时，才胆敢放松一些。而只要你目睹到我的松弛，你就会认为我又在跟你“对着干”，然则这只是你的强势和我的软弱下理所当然的局面。

你效果极为显著的教育手段，至少是对我从未失手的一种语言模式便是：责骂、威胁、讽刺、冷笑以及——匪夷所思的——自怨自艾。

我不记得你直接用脏话骂过我。你也没有必要这样，你还有很多其他手段，在家里，尤其在铺子里谈话时，你对别人吐出的脏字从我耳边飞过，我一个小男孩几乎被吓到呆傻，没有理由不认为它们也与我有关，因为你辱骂的对象定然不比我差，你对他们的不满定然也不会超过对我的。这又是你谜一般的无辜和不可侵犯之处，你骂人时从不犹豫，却指责并禁止别人骂你。

你用威胁来为辱骂加码，现在也用在我身上了。很可怕，比如“我要把你像鱼一样撕碎”这种话，虽然我也知道接下来不会有什么更糟糕的事发生（小时候并不知道），但这基本符合我对你力量的设想，你完全能撕碎我。又比如你怒吼着绕着桌子跑，要去逮人，这也很可怕，很明显你并不想真的抓住谁，但你要做出抓人的样子来，唯有母亲最后假装来搭救我们。孩子们又一次相信，是因为你的恩典才保住了命，往后的日子里也不得不承受这份受之有愧的礼物。接着，还是你的威胁，有关不服从的后果。当我开始做你不喜欢的事情时，你用失败来威胁我，我对你的敬畏这样强烈，以至于我觉得失败哪怕不是在当下，那也是在所难免的。我对自己的作为失去了信心。我变得反复无常和多疑。随着年龄增长，你手中关于我一无是处的证据就越来越多，渐渐地你在某种程度上真的正确了。再一次，我要谨防将我成为这样的原因单独归咎于你；你只是加强了我原本就有的，而你用力太猛，相较于我你强大异常，更别说你为此动用了全力。

你对讽刺式的教育有一种特别的信赖，它也最适宜彰显你之于我的优越感。你的挖苦通常是：“你就不能这样或那样做吗？这对你来说已经过分了？你当然没时间吧？”诸如此类。每一句发问都搭配着你的冷笑以及垮下的脸。某种意义上它让一个人在知晓自己做了坏事之前就已经接受了惩罚。斥责中的第三人称同样令人恼火，责备的对象甚至连直接被骂的资格也没有。当你一本正经地对母亲讲话，实际是在说给我听，比如“那位儿子先生自然是指望不上的"，等等。（之后就演变成对手戏，比如只要母亲在场，我就会出于害怕——后来成了习惯——甚至没有想过直接问你。在一个孩子看来，向坐在你身旁的母亲询问你的情况要安全得多，他会问："父亲怎么样？"这样可以确保自己免于惊吓。）当然在某些情况下，我也会对你最辛辣的讽刺感到十分赞同，即它们落在别人头上时，就比方说埃莉，我数年以来的宿敌[1]。每顿饭都能听到点你数落她的话："她就非得坐在离桌子十米远的地方，这个胖丫头。"彼时我的恶意和幸灾乐祸简直像在享用盛宴。接着你愤怒地落座到扶椅上，脸上一丝善意和玩笑的痕迹也没有，像一个凶狠的仇人一样夸张地模仿起她来，表明以你的眼光她这顿饭吃得多糟糕。同样的场景重复得有多频繁，而你借此实际取得的成效又是多微小。我想问题的关键在于，你的盛怒与凶狠似乎与事情本身的严重程度不成正比，人家没有体会到例如"坐得太远"这样的小事足以激起如此怒火，而是怒火已经酝酿，只是一件小事正好引燃了它。人家相信，既然这样一件小事总是可以找到，便不会事事留神，加之在不间断的威胁中已经麻木；人家也逐渐放下心来，知道不可能被打，于是变得闷闷不乐、老是走神、不听话起来，心中反复盘算着逃离，通常至少是精神的逃离。你痛苦，我们也痛苦。从你的角度来看你是有理的，你紧咬牙齿，发出咕咕的笑声，那模样让孩子们好像第一次见识到地狱的景象，你习惯苦涩地说（就如你前几天因为一封君

1 1941 年，卡夫卡的大妹妹埃莉和她的女儿汉娜被送到位于利茨曼施塔特（Litzmannstadt）的隔离区，可能于次年死于库尔姆霍夫集中营。——原注

士坦丁堡来的信[1]）：“这就是人性！”

你对众人诉苦，是的，不是一次两次，这似乎与你面对孩子时的立场很不相容。我承认，我还小的时候（长大后也许还是）对此没有任何感觉，也不明白你怎么竟然需要别人的同情。你在任何一方面都是个巨人，哪里会在乎我们的同情或者是帮助。你本来定然会唾弃这种行为，就像唾弃我们一样。因此我并不相信你诉的苦，也试过挖掘背后某些隐秘的意图。后来我才懂得，你的孩子们确实让你狠狠遭了罪，不过在当时，那些抱怨假如发生在别的状况下，将会收获纯真的、包容的、毫不怀疑并随时准备好提供帮助的回应，但事实上，它们只是又一种过于明显的教育和羞辱手段，本身并不算厉害，却附带着一些害处，即让孩子们习惯于不认真对待那些本该认真对待的事情。

所幸还有例外，通常在你默默忍受痛苦时，爱与善良的力量会跨越所有的障碍刹那间占据心灵。这种情况很罕见，却那样美妙。比如某个盛夏的中午，我看见饭后疲惫的你，胳膊撑在桌子上，在店铺中打起了盹儿；或是许多个周日，你风尘仆仆地赶到我们的避暑屋；抑或是你在母亲重病时，哭得发抖，不得不扶住书橱；再或者是我上次生病，你悄悄来到奥特拉的房间，停在门槛上，只伸长了脖子探视卧病在此的我，因怕打搅我，只是朝里面挥了挥手。想起这些，我会躺倒在床上，幸福地哭起来，此刻我就一边写着，一边泪流满面。

1 这里很可能是指父亲的商业信件。——原注你也有一种极为少见但特别美好的微笑，透露出平和、满意和赞许，你对谁笑，谁都能备感幸福。我不记得童年时你是否明确地向我展露过这样的笑容，应该是有的，为何要拒绝呢，那时的我在你眼里仍旧无辜，也是你殷切的期盼。再说这样友善的形象除了不断增加我的负罪感，令我更加难以理解世界之外，并没有什么坏处。

我宁肯抓住那些实实在在的、持续不断的东西。为了能够在你面前稍微维持下自我，也为了满足一种报复的心理，我觉察到你身上的一些滑稽之处，并很快开始观察、收集和夸大它们。比方说你很轻易就被那些貌似地位很高的人迷惑，并忍不住不停地谈论他们，例如某个宫廷里面的人物（另一方面，我也感到悲哀，你，我的父亲，不仅认为自己需要这些一文不值的东西来证明你的价值，还夸张地炫耀它）。或者，我观察到你对不雅之词的嗜好，你会尽可能大声讲出来，随即开怀大笑，好像自己说了什么不得了的金句似的，但实际那只是些庸俗的、上不了台面的玩意儿罢了（但这同时又是你生命力的一种让我汗颜的表现）。诸如此类的观察自然是五花八门；它们创造了窃窃私语和取乐的契机，令我雀跃不已，你有时也会注意到，因而火冒三丈，把这当作恶意、失敬，可是相信我，对我来说这不是什么别的，仅仅是一种并不管用的自我保护的手段，是一些玩笑话，就像人们散布的关于神和国王的笑话一样，不但饱含了最深切的敬意，甚至恰恰源于敬意。

相应地，你也企图找到一种办法来对付我。你惯于指出我的日子好得过分了，人们待我事实上也好得过分了。这些倒没错，但我不认为自己当下的境遇因此获得过实质性的改善。

母亲无止境地对我好，这是事实，但我仍看到这一切与你的关联，一种不算好的关联。母亲无意识地扮演了一场狩猎中围猎者的角色。如果你的教育在某种难以想象的状况下制造了逆反、厌恶甚至仇恨，推我走向独立，那么母亲则用她的温暖善良，用冷静的语言（在童年的混乱中，她是理性的象征），用为我说情的方式消解掉了那些动因，我又被推回到你的范围中，然则我可能有机会冲破它的，这于你于我都是好事。或者说，没有什么真正意义上的消解，母亲只是在偷偷保护我，她私下给我一些东西，允许我做某些事情，随后我在你面前又变回那副怕见天日的样子，变回一个骗子，一个因为自己一无是处，只能靠偷盗来获得原本就属于他的权利的负罪的人。当然，后来我习惯了沿着同一条路寻求一些我自己都认为无权求取的东西。这再次增强了我的负罪感。

你没有真正打过我，这也是事实。但你的怒吼，你涨红的面颊，你匆忙间解下又搭在椅背上的吊裤带，这些对我来说几乎更加可怕。我就像一个要被送上绞刑架的人。假如他真的被绞死了，那么死就死了，一切都结束了。不过如果他务必目睹绞刑前的所有准备，并直到绞绳垂到眼前的一刻才获得赦免，那么他的余生都将被这阴影折磨。而且很多次，你明确地表示我应该挨打，却又因着你的恩典侥幸逃脱，巨大的负罪感再次向我袭来。无论我怎么选，我都欠你的。

你总是责怪我（单独地或者当着别人的面；你对后一种情况下我的屈辱毫不知情，只要是你的孩子，便没有了隐私），说幸亏你努力工作，我才能不知疾苦地在平静、温暖和富足中长大。我想起个别在我脑中深深烙下印记的话，例如："我七岁时就得推着小车东奔西跑了。""我们所有人必须挤在一个房间里睡觉。""有土豆吃我们就很高兴咯。""因为没厚衣服穿，我腿上常年露着冻疮。""我跟着皮塞克学做买卖的时候还是个小孩子。""家里没给过我什么东西，甚至到了军队里也没有，我还得往家里寄钱。""但无论如何，无论如何——对于我来讲，父亲永远是父亲。今天谁还能明白啊？孩子们知道什么？没有人受过这种苦！现在的孩子懂这些吗？"倘若换一种情形，这些故事可能会是很出色的教育手段，赋予孩子鼓舞和力量去战胜父辈经历过的磨难与窘困。这根本不是你想要的，你努力的结果便是创造了另一种生活，如你一般出头的机会已经不存在了。如此一来，契机只能靠暴力和颠覆来获取，人们必须与家庭分割（前提是这人有相应的决断和力量，而且母亲也没有另寻他法加以阻挠）。然而这一切都不合你的意，你宣称这是忘恩负义、偏激乖张、拒不服从、离经叛道以及脑子错乱。一方面你搬出榜样和故事来，通过制造羞愧引诱我们，另一方面又坚决地禁止。否则，抛开细枝末节，你一定会为奥特拉前往曲劳的冒险感到高兴[1]。她想去农村，

1 奥特拉并不满足于在父亲的店铺里做临时工，她于1917年申请进入农业学院学习。同年，她接管了位于波希米亚西北部曲劳（Zürau）的一个农场。该农场属于她被征召入伍的姐夫卡尔·赫尔曼。卡夫卡的父母对奥特拉的决定并不理解。——原注

去你出身的农村，想和曾经的你做一样的事、吃一样的苦，而不想坐享你的奋斗成果，就像你不依赖自己的父亲。这些是可怕的意图吗？与你的榜样和教导相去甚远了吗？好吧，奥特拉的愿望最终还是落空了，经历了太多的混乱和吵闹，后来竟有些可笑起来，她没有为父母着想。难道这完全是她的错吗？没有成长环境的影响，尤其是你同她如此疏远的问题？难道她在店里时与你不算疏远（正如你后来试图自欺的那样），到了曲劳反而疏远起来了吗？难道你的强大就不包括（前提是你能够战胜自己）用鼓励、建议和监督，哪怕是容忍，让她的冒险有一个好的结果？

你习惯以一个心酸的玩笑来为忆苦的说教收尾，你会说我们过得过于好了。但这个玩笑实则并非玩笑。你必须奋斗才能得到的东西，我们抬手就从你那里拿了过来，但那场你即刻便奔赴的、为外在生活所做的战斗，我们自然也难以逃过，只不过晚一些，在成年的岁数用孩童的力气去拼搏。我并不是说，我们如今的条件一定比你当初的更不利些，它们很可能相差无几（基本资质并不在比较之列），我们的劣势单单在于，我们不能像你那样颂扬自己的苦难，也不能借此来制造他人的自卑；我也不否认，我本有可能真的享受你伟大且丰硕的劳动果实，站在你的肩膀上，为了取悦你而继续耕耘下去，但你我之间的鸿沟阻碍了这一切。你给我什么，我可以就享受什么，不过是一种怀着羞耻、疲惫、软弱和内疚的享受。因此，你能得到的只是我乞丐般的感激，而不是我的行动。

这整个教育显现出的最直观的结果便是，我从一切，哪怕只是模糊地让我想到你的东西旁逃开。首先是铺子。我小的时候，它只是巷子里的一爿小店，却带给我很多快乐[1]，因为那里颇为热闹，晚上灯火通明，能看到、听到很多，可以四处帮帮忙，表现一番，但最重要的是得以惊奇于你出色的商人天赋，看你如何卖东西，如何与人打交道，如何开玩笑，如何不知疲倦又如何在两难之时当机立断，等等。还有你如何包上或者打开一个盒子，真是一幕值得一看的戏剧表演，总而言之，一切比最差劲的幼儿学校强。不过随着对你的恐惧蔓延至方方面面，你的生意与你逐渐融为一体，我在店铺中也开始感到不适。那些起初我认为理所当然的事情折磨我、让我羞愧，尤其是你对待员工的态度。我不知道，可能大多数商铺都是这样（比如我在忠利保险公司的情形就差不多，我向主管解释辞职原因时，说的不完全是实话，但也不完全是假话，我说我受不了辱骂，尽管不是冲着我的；我只是在家里已经受够了，非常敏感[2]），但童年时，别的铺子里发生什么，我根本不关心。可我听到和看到你在店里吼叫、谩骂、火冒三丈，在幼小的我眼中，全世界都难以找到同样的场面。况且不仅是骂，还有其他暴力的举动。比如说你把不想弄混的货品从柜台上用力砸下来——能为你略微开脱一下的只有你当时气昏了头——而店员不得不把它们再捡起来。或者你谈起一位身患肺病

1 这段关于卡夫卡父亲生意的描述可能是指他早年从事零售贸易的时期。——原注

2 忠利保险公司（Assecurazioni Generali）于 1831 年 12 月在意大利的里雅斯特成立，原名奥地利-意大利皇家特许专营忠利保险公司，1848 年正式改名为忠利保险公司。1907 年 11 月，卡夫卡被该公司聘用，他在这里工作了将近一年的时间，而后因为工作使他难以专心于越来越重要的写作，在 1908 年 7 月辞职。

的店员，经常说："他死了算了，这条病狗！"你称员工为"花钱雇来的敌人"，就算他们的确是，在他们成为"花钱雇来的敌人"之前，在我看来你已经是"雇他们的敌人"了。我在店里还收获到一个重要观察：你可能并不公正。我在自己身上没有那么快就注意到这一点，我积攒了太多的负罪感，总觉得你是正确的；但是按照一个孩子的观点——后来稍微有所修正，本质上区别不大——那些为我们工作的陌生人，不得不一直活在对你的畏惧中。当然，我夸张了些，因为我不曾深想就相信他们像我一样怕你。如果真是如此，他们果真就活不了了；但他们都是成年人，有着卓越的神经，能不费吹灰之力就抖落你的辱骂，到头来你受的伤比他们要深得多。可是铺子这地方变得让我难以忍受，它总提醒着我与你之间的关系：撇开商业利益和你的控制欲，作为一个商人，你远比那些曾在你店里做过学徒的人优秀，于是他们的任何成绩都无法令你满意；而同样，你也必然永远不满意我。那么我更有必要站在店员这边了，况且我出于怯懦，难以理解怎么可以这样辱骂一个陌生人；同样出于怯懦，我希望能用某种方式在我看来已经处于爆发边缘的店员们和你、和我们的家人之间寻求和解，这也是为了我自己的安全。仅用日常的、礼貌的方式对待他们已经不够了，甚至谦逊都不行，不如说，我必须要低声下气，不仅要先打招呼，还要尽可能阻止他们回礼。但哪怕是我这个无关紧要的人跪下舔了他们的脚底，也无法弥补你这位老板在上面对他们砍出的刀刀剑剑。我在此与他人建立的这种关系，余波早已荡出铺子的范围，蔓延到了未来（类似但没有我的那么危险和波及深远的行为，例如奥特拉对与穷人打交道感兴趣，她和女仆们坐在一起等，都让你非常生气）。最后，我几乎是害怕起做生意这件事，且不管怎样，它早已不是我的兴趣所在，上了高中之后它离我的世界就更远了。况且以我的不才恐怕也不堪重任，因为正如你所说，连你都被搞得筋疲力尽。然后你试图（这在今天令我既动容又感耻辱）从我对生意、对你产业的反感中努力为自己攫取一丝甜味，你说我缺乏经商的意识，说我脑子里有更高的想法，诸如此类。母亲自然对你强加于自己的这番说辞感到喜悦，我也因虚荣和拮据放任它说服我。可是，如果“更高的想法”真的只是或主要是我远离生意的原因（我现在，直到现在，才发自内心地、真实地憎恨这件事），那么它们定然会寻求另外的出口，而不是让我默默无闻、战战兢兢地从高级文法中学一路混到了法学院，直到最后坐在公务员的办公桌前。

我若想逃离你，就必须逃离家庭，甚至包括我的母亲。人们总能在她那里寻求到保护，尽管它只与你有关。她太过爱你也太过忠诚，以至于在孩子们的抗争中难以成为一股持续的、没有牵绊的精神力量。这是一个孩子准确的直觉，母亲与你，随着岁月流逝，越来越难以分割；虽然就她自身而言，她始终在最小的限度内美丽又温柔地维持着独立性，从未在本质上冒犯到你，但慢慢地，她越来越盲从，感性多于理性地全然接受你对孩子们的评判或批评，特别是在奥特拉这件棘手的事情上。毫无疑问，我们不能忘记，母亲在家庭中是一个多么煎熬和疲惫的角色。她为生意、为家务劳神费力，家人的每次病痛都让她加倍受罪，但所有这些都不及她夹在我们和你之间咽下的苦楚。你倒是向来爱她、体贴她的，但你和我们一样，实在没有珍惜她。你从你那边，我们从我们这边，没有顾及地伤着站在中间的她的心。哪怕是一种误伤，谁都并无恶意，一心只想着战斗，你和我们战，我们和你斗，所有人的情绪全部宣泄在了母亲的身上。你——当然你并不觉得有什么问题——因为我们而折磨她，这对于孩子的教育来说可不是什么好事。这甚至貌似佐证了我们对她不合理行为的合理性。因为你，她在我们这儿受了多少苦，而因为我们又在你那里受了多少苦，更不用说你占理的时候，比如你怪她惯坏了我们，即便这种“惯坏”有时只是向你的体系发起的一种无声的、无意识的示威。若母亲不是从对我们的爱以及因爱而生的幸福感中获得了力量，她自然是无法承受这一切的。

妹妹们仅仅是我一段路上的同路人。瓦莉的处境是最幸运的。她同母亲最亲近，也像母亲一样顺着你，没怎么被困扰过，也没受太多伤害。而你从她身上看见母亲的影子，待她也更和善一些，尽管她缺乏卡夫卡的气质。但这或许反倒对了；一个没有任何卡夫卡气质的人，即使是你也不能强求什么；你也不会像面对我们其他人那样，感觉她身上丢失了些东西，是必得靠暴力来挽救的。对了，你也许从来没有特别喜欢过女性暴露出的卡夫卡气质。如果不是我们这些人横插一杠的话，瓦莉和你的关系没准儿还可以更和睦些。

埃莉是唯一一个几乎成功冲出你的圈子的例子。而她是我在小时候最不看好的。她曾是一个迟钝、无精打采、畏首畏尾、闷闷不乐、总像犯了错，又卑微、刻薄、懒惰、嘴馋、小气的孩子，我简直不能看到她，完全不能和她说话，她让我想到自己，我们如此相似地被同一个教育的紧箍套住了。我尤其憎恨她的吝啬，因为我自己的吝啬只会比她更严重。吝啬是指向极度不幸的最可靠的标志之一。我对一切没有安全感，唯有手中握住的与嘴里吃到的，或者至少是快要握住与吃到的才是我实实在在拥有的，而这些恰恰是她——出于和我相同的原因——最喜欢抢走的东西。不过随着她年纪尚小——这才是最重要的——就离家、结婚、生子，她变得开朗起来，无忧无虑、勇敢、慷慨、无私又充满希望，我们之间便完全不同了。让人难以相信，你竟对这种变化毫无察觉，起码是没有认可一番，你的双眼被你对埃莉的怒气遮住了，你向来恼怒于她，至今也没有什么本质上的改变，只是埃莉不再和我们生活在一起后，你的怒火失去了活生生的对象，加上你对菲利克斯的爱，卡尔也挺合你意，这种愤怒逐渐不重要了，只有格尔蒂偶然还能撞上那股火气。

我不大敢写奥特拉，我清楚我是在拿这封信承载的全部厚望做赌注。正常情况下，假如她没有陷入困境或危险，你对她就只有恨；你自己也向我坦白，你认为她故意不断给你制造痛苦、惹你生气，你为此难受的同时，她满意欢心。也就是说，她是一个魔鬼。你和她之间一定存在巨大的隔阂，甚至比你我之间的还要大，才会产生如此深刻的误解。她已经离你很远了，远到你几乎见不到她，而你仍在同样的位置看到她的幽灵。我承认，她是让你最为头疼的一个。我还无法全然看透这种复杂的关系，可是不管怎样，她有着勒维的底子，装备着最好的卡夫卡的武器。我和她之间没有真正的争斗；我很快就被干掉了；残留下逃跑、苦涩、悲伤和内心的挣扎。你们两人却永远处于争斗的状态，永远精力充沛，永远全力以赴。这一幕既壮观又凄凉。首先，你们过去肯定非常亲密，因为即使今天在我们四人当中，奥特拉大概也算是你和母亲的婚姻、你们姓氏的结合最为纯粹的诠释。我不知道是什么夺走了父女间的天伦之乐，我只能倾向于相信，与我所经历的大致相同。你这边是你本性的暴虐，她那边是她勒维式的执拗、敏感、正义感和不安，统统出自对于卡夫卡式力量的自觉。也许她也受了一些我的影响，并非我刻意为之，而是通过我的存在这么简单的事实。也就是说，她出生得最晚，最后一个踏入已经形成的权力模式，她得以从大量现成的样本中建立起自己的判断。我甚至可以想象，她的内心曾一度摇摆，不知是该扑入你的怀抱，还是投奔你的对手，显然你错过了这个机会，把她推了回去，但如果可能的话，你们会是一对绝妙的、和谐的拍档。尽管我因此失去一个盟友，但只要看一眼你们俩，我便得到巨大补偿，而你会因为至少一个孩子能让你十足满意，无法按捺这种幸福，转而也对我好一些。不过如今看来，一切都只是个梦。奥特拉与自己的父亲心意上并不互通，她需独自摸索前路，就像我，但她比我多了些信念、自信和健康，又少了些顾虑，在你的眼中，这些差异让她显得比我更坏、更大逆不道。我都明白；从你的角度来看，她只能是这样。没错，她有能力看到你眼中她自己的样子，感同身受你的痛苦——仍然不至于绝望，绝望是我的事——为此悲伤。你并不喜欢却能经常目睹到我们挤在一处，低声说话，笑声连连，时不时还能听到我们谈起你。在你的印象中我们就像无耻的阴谋家。引人注意的阴谋家。你必然向来是我们谈论的主题，我们的脑子里想的也都是你，可真相是，我们坐在一起，确实不是为了想出什么对付你的计策，而是为了用我们所有的努力，以幽默，以严肃，以爱，以恨，以愤怒、反感、屈服和愧疚，以头脑和心灵的全部力量，将我们与你之间这场悬而未决的、可怕的诉讼，从每一个细节、每一个角度，抓住每一次机会，远观或近看地细说分明；这是一场你自诩为法官的诉讼，而你，至少在大多数情况下（我不把话说绝，肯定有我说错之处）是和我们一样软弱、一样迷茫的一方。

伊尔玛[1]就是一个很好的实例，完全彰显出你的教育成果。一方面，她作为外人，来到你的店铺时已经成年，你基本以老板的身份同她打交道，她处在有能力反抗的年龄，受你的影响有限；另一方面，她也是有血缘关系的亲戚，你是她父亲的兄长，她尊敬你，你的权威远非一位雇主能比。尽管身躯瘦弱，但她是如此地勤劳干练、聪慧谦虚、值得信赖又无私真诚，她爱你如叔叔，敬你如老板，无论此前还是之后她都证明了自己的能力，可在你眼里她却不是个好雇员。她只能，当然也是被我们逼着，退回到

1 伊尔玛·卡夫卡（Irma Kafka，1889—1919），是1911年去世的路德维希（Ludwig）叔叔的女儿，受雇于赫尔曼·卡夫卡。她与奥特拉成为朋友，但像奥特拉一样，她也很难适应商业上的工作。——原注

孩童的姿态来面对你，你的存在即权威，几乎摧折了她，她（尽管只在你面前如此，但愿没有造成更深的创伤）变得粗心健忘，生出些绝望中的幽默，只要她可以，甚至能凝聚一点儿叛逆，且不说她原就体弱多病，肩负贫寒家境的重担，并不是个幸福的人。你曾以一句话描述你与她的关系，可谓经典之语，虽然亵渎了上帝，但恰如其分地概括了你无可指摘的待人方式："这个虔诚的人给我留下一堆烂摊子。"

我本可以一一细数你的影响所激起的层层波澜，包括我与它们的抗争，然而这一步已令我不安，只得拼词凑字；再者，你呢，你越是远离生意和家事，越能表现得友善谦和、顾全大局、彬彬有礼且充满同情心（我认为也是表面上的），举例来说，即使是独裁者，一旦他迈出国界，就失去了暴政的理由，甚至可以与最底层的人谈笑风生。比如，在弗兰岑巴德的集体照上，一群眉头紧锁的普通人总能衬托出你的魁梧和愉悦，你俨如巡游的国王。你的孩子们原本也能从中学到点什么，前提是他们在童年就得有所意识，可这根本不可能，就像我，我本不应始终无法挣脱你的影响，被圈禁在最狭窄、最靠近震心的那一圈波纹中，而它确实在我身上发生了。

因此，我并非像你说的那样缺乏家庭观念，相反我很早就知晓家庭的意义，尽管基本都来自对你消极影响的剥离（永不会终结）。我家庭之外的人际关系受到的牵累则更多。你彻底误解了，以为我出于爱和忠诚愿为他人做任何事，却对你和家庭冷漠无为甚至背叛。我第十次重申：也许我生性就孤僻怯懦，但达到如今这个程度，我走过了一段漫长黑暗的路。（到目前为止，我在这封信里刻意回避的事相当少，但从现在起我将不得不隐瞒一些——倘若摊在你我面前——将过于沉重的事情。我之所以这样说，是因为假如故事的全貌存留些模糊之处，你不至于归咎于我空口无凭，凭证只会让画面不堪直视。因此我很难再找回适当的立场。）此处回忆一下过往就够了：面对你，我的信心被抽空，取而代之的是无止境的负罪感。（当这无边无垠的感受荡回我的脑海，我准确地刻画过一个人物："他害怕，羞耻不会随着身死而逝去。"[1]）我与其他人相处时，无法突然像换了一个人，对他们只有加倍的愧疚，因为正如我已经说过的，你令他们在生意上蒙受的损失，我也有责任去弥补。再者，你对所有与我交好的人都有意见，公开或私下发泄你的不满，为此我不得不请求他们谅解。无论是在工作中还是在家里，你努力给我灌输不要信任大多数人的观念（能举出一个童年时对我重要的人，你没有不止一次把他批到一文不值吗？），奇怪的是这并没有特别困扰你（你足够强大，可以承受，况且它实际也许是统治者的一种象征）——你怀疑的目光中的世界，我一个小孩根本无法亲眼证实，我目之所及都是高不可攀的卓越之人，于是那不信任变成了我对自己的怀疑和对周围一切永久的恐惧。总之，靠着朋友，我无法拯救自己。你会产生偏见，大概源于对与我交往的人一无所知，却出于怀疑和嫉妒（我否认了你对我的爱吗？），坚信我挣脱家庭生活后

1 本句引文与卡夫卡小说《审判》的"结局"一章最后一句相近，此处翻译参考冯亚琳译本。

不得不从别处找寻安慰，在外面过着另一种日子。就此而言，我从童年时代就习得了某种自洽，它正好源于我对自己判断力的不信任。我告诉自己："你太夸张了，年轻人都会这样，对琐事格外地大惊小怪。"但是这点安慰随着世界的帷幕在我眼前拉开而近乎丧失了。信仰犹太教同样拯救不了我。我曾经也许看到过一丝希望，更看到，我们在犹太教中找到了彼此，甚至齐步齐心走向终点。但是我从你那里得到了什么样的犹太教啊！这些年来我迈出的那三步又是怎样的？

作为幼童，为了迎合你，我责怪自己去教堂不够勤快，不斋戒[1]或其他种种。我深信我不是辜负了自己，而是对你不义，我永远蠢蠢欲动的自责喷涌出来。

后来到了少年时期，我想不明白你怎能用你对犹太教的无所谓态度来指责我，说我（即使出于虔诚——就像你表述的那样）不去努力做一个类似的无所谓的人。事实上，在我看来，那就是一种无所谓，一个笑话，甚至连一个笑话都不是。一年里你只有四天去教堂，比起恭敬严肃地祷告的人群，更接近于一个满不在乎的人，有时我惊讶于你居然能给我指出祈祷书上刚好在诵读的段落。另外，只要我不离开教堂（这是主要原因），我就被允许随便闲逛。几个小时里我都在打哈欠、打瞌睡（日后令我同样百无聊赖的还有舞蹈课），尽可能寻一些无伤大雅的消遣，比如

1 犹太教的一种宗教仪式，亦称"禁食"。对于虔诚的犹太教徒而言，在斋戒这一天完全不吃、不喝、不工作，并到犹太会堂祈祷，以期赎他们所犯的或可能犯下的罪过。

当约柜[1]被开启，我会想到打靶游戏，只要击中一个黑靶，柜门就会自动打开，里面总能弹出一些有趣的玩意儿，而这里只有些无头的破旧玩偶[2]。除此之外，我心中是很害怕的，不但因为，当然了，我恐惧与人近距离接触，更因为你曾顺嘴提过我也有可能被唤上台去诵读妥拉[3]。为此我担惊受怕了好多年。其余无所事事的时间倒很少受到打扰，至多是需要参加坚信礼[4]，应付下那些可笑的背诵，表现得好像经历一次可笑的考试；接下来则是涉及你的一些无足轻重的小事，比如你被召唤诵读妥拉，我觉得，这纯属一种你能轻松应付的社交活动，再比如，你在教堂里参加追悼仪式，我则被打发到外面，显然由于时间过长，也由于我"被驱赶"而缺乏深层的共情，只能几乎不自觉地感到你们在进行什么不体面的事情。——教堂里已经如此，家里则更糟，仅限于逾越节[5]的第一个晚上，而随着孩子们不断长大，逾越节日益化为一场哄笑嬉闹的喜剧（为什么你必须容忍？因为它是你一手造成的）。这即是你留给我的与信仰有关的记忆，最多还有一只伸出的手，

1 又称"法柜"，外形为一个华丽的镀金木箱，是以色列民族的圣物。"约"是指上帝跟以色列人所订立的契约，而约柜就是放置上帝与以色列人所立契约的柜子。

2 这里指的是布封面的卷轴。——原注

3 被选中的教区居民会被召集到祭坛前诵读妥拉（Thora）。妥拉广义上指上帝启示给以色列人的真义，亦指上帝启示人类的教导与指引；狭义上指《旧约》的首五卷（《希伯来圣经》），又称《摩西五经》。

4 音译作"巴米茨维"（Barmizw），即犹太成人礼。年满十三岁的犹太男性通过这一仪式获得宗教上的成熟。——原注

5 逾越节（Passah）是犹太人的主要节日之一，一般是公历三、四月间，源于《圣经》的《出埃及记》。节日庆祝八天，首尾放假两天。在节日的当天晚上，要遵照传统举办家宴。逾越节的前一天被用来为仪式做准备。

指着《百万富翁福克斯的儿子们》，他们会在盛大的日子跟随父亲去教堂。我想不出还有什么比尽快摆脱这些记忆更好的办法；我想，忘记才是最虔诚的表现。

不过此后我产生了不同的看法，逐渐明白你为什么认为我在信仰方面也不怀好意地背叛了你。你出身于犹太人聚居地的一个小村落，在那里接受了犹太教教义，虽然不多，而且在迁往城市和参军途中又被消磨掉一些，但至少旧年的宗教烙印足够你维持一种犹太教式的生活，你不大需要这方面的引领，你来自一个内心强大的家族，以你的个性，假如宗教问题没有牵扯社会利益的话，你很难有所触动。归根结底，某种犹太社会里毋庸置疑的阶层观念构成了你的生存信条，这种观念本就是你天性的一部分，所以你信仰的实际是你自己。很难说其中没有一点犹太教的痕迹，但还不足以被代代相传，当你打算把它传递到下一代手里时，它已经枯竭到几乎一滴不剩了。一部分原因是你年少时的印象无法传递，另一部分则在于你本身令人畏惧。即便以犹太教之名，你也不可能让一个极度害怕又过度察言观色的孩子领悟到你的那种出于无所谓又不以为意的态度中包含着什么高深的奥义。信仰只是你追忆往昔的一点凭借，因此你想把它给我，但它本身于你已经失去了价值，你只能要么劝说，要么威胁；结果彻底失败，又表明你完全没有意识到自己在这件事上不再是掌控者，对我表现出来的顽固自然是恼羞成怒。

你的情况不是个例，从相对虔诚的乡村迁居到城市的这一代犹太人中，多数也遇到了类似的问题，他们被称为过渡一代；

这原本不难理解，却让你我本就矛盾重重的关系又增加一些痛苦。虽然你和我一样认为自己在这件事上并无过错，但你用本性使然和时代环境为自己开脱，而不仅仅是寻些表面的借口，比如还有太多工作和烦心事足够你应付了。你一向如此，为了维护自己无可厚非的清白，将不公正的指责转移到他人身上。无论何时何地，这些指责都极易驳斥，在我这里也一样。问题的关键大概不在于你应该给子女上怎样的一课，而在于如何成为生活中的榜样；可想而知，如果你的犹太信仰更坚定，你的榜样作用会更有说服力；我仍不想指摘你，这只是对你发起的责难的一种辩护。不久前你读了富兰克林青年时期的回忆录。确实，是我特意给你看的，但并不是想让你讽刺书中关于素食主义的一小段描写[1]，而是想让你注意到作者笔下与父亲以及与自己儿子之间的关系，后者也正是他写作这本回忆录的初衷。有关细节我就不再赘述了。

近几年你似乎觉得我过于关注犹太教的事情，我也从你对此事的态度中进一步确认了自己对你信仰观的判断。既然你从一开始就反感任何我从事的，尤其是感兴趣的事，那信仰方面也不例外。即便如此，我也期待存在例外。毕竟这一回打动我的犹太教是你的犹太教，它可能成为我们关系的转机。但我不否认，如果你对它表现出兴趣，反倒会令我起疑。我并没有想过在这件事上强过你。可是没有机会验证了。因为我掺和了进来，犹太教在你眼里变得面目可憎，犹太文字简直无法阅读，它们“让你恶

---

1 卡夫卡很早就开始只吃素食，因此激怒了他的父亲，也使自己在这一方面难容于整个家庭。——原注

心”。——这或许意味着，你坚持认为你在我童年时期灌输给我的信仰观念才是犹太教里唯一正确的东西，其余则一无是处。我无法理解你的这种坚持，不过，“恶心”（除了一开始并非针对犹太教而是针对我本人外）只能说明，你无意中知晓了你的信仰观和教育方式的缺陷，转而用不掩饰的恨意回避了它们，拒绝任何提醒。顺带一提，你推翻我的新犹太教是过于夸张的做法；首先，它带着你的诅咒；其次，它的成长根本上取决于周围人的影响，在我这里，这就决定了它的短命。

你对我的写作以及于你而言陌生的、与此有关的一切的反感倒是合理一点儿。我确实借此自主地远离了你一些，尽管这有点让人联想到一条被踩住的虫子，挣断自己的半截身体蠕动到一边。你对我写作的反感我欣然接受，因为在某种程度上这让我感到安全，我松了一口气。你曾以那句我们熟知的名言“放在床头柜上吧！”（每当有书送来，你通常都在打牌）来对待我的书，我的虚荣之心和远大志向虽然受到了打击，但基本上我仍感觉良好，并非仅是叛逆作祟，并非仅因我对我们关系的看法有了新的例证而愉悦，还有相当原发的感受，因为它如同向我宣布：“现在你自由了！”这当然是个假象，我不自由，在最好的时候我都未拥有自由。我的写作是关于你的，我只能在创作中宣泄无法依偎着你宣泄的怨忿。这是一场我刻意拖延的、与你的告别，尽管是受你迫使，但它沿着我划定的方向发展。然而一切又是多么微不足道！仅仅因为发生在我的生命中，所以它才被提及；若在别处，甚至根本不会引起注意，所以，童年时期写作是召唤，之后变为希望，再后来是常常笼罩着我生活的绝望，它能——如果可以，又是以你的面目出现——左右我的一些小决定。

比如职业选择。当然，你以大度甚至耐心的方式给予了我无限的自由。但是你效法犹太中产阶级或者至少遵循它的价值观念，以之作为处理父子关系的基本准则。最后，你对我个人的误解也起了推波助澜的作用。因父辈的自大，对我本真的陌生，以及从我的瘦弱得出的推断，你自始至终相信我格外勤勉。你认为我儿时总是埋首书堆，之后又不间断地写作。现在看来，事实远不是如此。可以毫不夸张地说，我在学习方面总是浅尝辄止，所以收获寥寥；这么多年，我的记忆力只有中等水平，但依靠不算平庸的理解能力在脑子里留下点东西也不足为奇；无论如何，与我为维持一种表面上无忧无虑、平安宁静的生活所耗费掉的时间和金钱，尤其与我认识的几乎所有人相比，我的知识，特别是基础知识，实在是一副凄惨的样子。纵然凄惨，但之于我就是理所当然。自从会思考那一日起，我就对精神存在之立场产生了一种分外深沉的忧虑，以至于外在的一切事物都无法触动我心。在我们这儿，犹太高级文法中学的学生们都有些怪异，人们在他们身上发现了最不可能的事情，但我那种不加掩饰、不可摧折，又天真无助的、近乎可笑的、如动物般自我满足的冷漠，却从未在别处看到，我是个活在幻想世界里的孩子，这是保护我不被恐惧和内耗折磨到神经崩断的唯一办法。我的苦恼只围绕自己，但这些苦恼有各种各样的角度。例如我对健康的担忧；我很容易因为这里或那里的一点不舒服而陷入焦虑，像消化不良、脱发、脊柱变形等，随着焦虑感层层压来，小病终成痼疾。我对任何事都不确定，所以随时需要新的证据来验明存在，没有什么是我本来就拥有、归属性无人可质疑并完全由我掌控的，现实里我是个被剥夺了继承权的儿子，自然对最亲近的即自己的身体也失去了把握；我个子日渐蹿高，这让我茫然无措，重负压弯了我的脊背；我几乎不敢运动，完全不做体操，体质一直很弱；我惊讶于尚且可控的一切，将其当作奇迹，比如良好的消化系统；一旦我产生了如此感觉，就足以失去它了，从此我在疾病缠身的道路上再无阻碍，之后为了结婚付出了远超常人的努力（稍后会谈到），以至从肺里咳出了血，其间我搬进舍恩博恩宫[1]的居所——我需要住在那儿是因为我相信那里适合写作，所以在这里也提到它——也是健康恶化的部分原因。所以一切并非像你一直认为的那样，由过量的工作导致。我即使体魄康健却缩在躺椅里虚度的时日比你一辈子，包括因身体抱恙而休息的时间都多。当我手忙脚乱地躲开你，通常就是为了能在自己的房间里躺一会儿。无论是在办公室（这里懒惰并不惹眼，此外我也因胆小而有所收敛）还是在家，我的工作成效微乎其微；如果你大概了解一下，一定会震惊。也许我生性不是如此，但实在是无事可做。我生活的地方否定我、谴责我、把我痛击在地，我无比努力地逃离，但这种努力无关乎工作，因为逃离根本不可能，即使有小小的例外，以我的力量也

1 舍恩博恩宫（Das Palais Schönborn）位于布拉格老城区，是一座建于 1699—1704 年的巴洛克式宫殿。1917 年 3 月，卡夫卡在这里租下了两个房间，房间潮湿阴暗，暖气也很差。8 月，他在这处居所发生严重咯血。

还不足以实现。

这就是我获得的选择职业的自由。但我真的能够驾驭它吗？我仍相信自己还能拥有一份名副其实的职业吗？比起别的任何事情，我的自我评价，例如对外在成功的看法，更加依赖你。成功只能唤起稍纵即逝的能量，再无其他，而你的力量永远在另一边狠狠地拽我落地。我从未想过会通过小学第一阶段的课程，但我成功了，甚至还获得了奖学金；我以为一定会搞砸高级文理中学的入学考试，但我还是成功了；我相信高中第一年的课业一定会不及格，没有，我及格了，一次又一次，我都成功了。这些未能唤起我的信心，相反，我一直坚信——在你不屑一顾的表情中真正明白——我获得的成功越多，等待我的结局就越糟糕。我的脑海里常浮现出可怕的教师会议（高级中学仅是一个最典型的例子，我在别处的梦魇也一样），他们，如果我从一年级毕业，就会在二年级，如果我通过了二年级，就会在三年级被召集，讨论一个独一无二、骇人听闻的案例，那就是我，一个最无能，至少是最无知的人是如何成功混入这个年级的，当然所有人都注意到了我，如此一来，我将被即刻扫地出门，每一个正义之士都会因摆脱了噩梦而欢呼。——这样的恐惧对一个孩子来说可不轻松。这种情况下我还关心什么课业呢？谁能点燃我心中一点兴趣的火花？课业吸引我——不仅仅是课业，还有处于关键年龄的我的周遭世界——就像银行里的寻常业务吸引一个贪污犯，身为雇员的他日日重复着这些，待在岗位上，因害怕被发现而瑟瑟发抖。除了装在他心中的那件最重要的事，剩下的一切都如此渺小遥远。

我就是这样一路混到了毕业，靠着一点歪门邪道通过了考试，然后一切突然停滞，现在我自由了。来自学业的压力都没能打扰我专注于自己，更何况现在，因为我是自由的。但我没有真正的自由去选择职业，我知道：除了那件最重要的事，其余在我看来都无所谓，就像高级文法中学里所有的课程一样，最关键的是找到一份工作，找到一份不会过分折损我的虚荣又最能纵容我的冷漠的工作。那么学习法律成了不二之选。出于虚荣心和毫无意义的期许，我做过一些小小的尝试，学习了十四天的化学和半年的德语文学后,我坚定了学法的基本信念[1]。我学习了法律。也就是说：考试前的数月中，我在精神上全然靠着已经被成千上万张嘴咀嚼过的木屑饲料获取养分，简直心力交瘁。某种意义上，我吃得津津有味，就像早年在高级文法中学，之后又做了公务员，这些完全契合我的处境。无论如何，对此我的确展现出了惊人的远见，早在很小的时候，我就已经对自己的学业和职业有了足够清晰的预感。至此我不再企盼得到拯救，我早已放弃。

然则我无法预知的是婚姻之于我的重要性与可能性；我生命中迄今为止遭受的最大震动就这样不期而至。那孩子长大得太慢，有些事似乎还很遥远，尽管结婚的必要时不时会涌入脑中，他却从未意识到这等同于要为一场持久的、决定性的甚至是最为艰苦的考验做准备。实际上，试图结婚是我最伟大也最有希望的自救之举。然而相应的是，失败的代价也足够惨烈。

---

1 1901 年 10 月，卡夫卡进入布拉格查理大学，开始了六年的大学生活。起初他学习化学和德语文学，不久改学法律，1906 年取得法学博士学位。

鉴于我在这件事上屡屡搞砸，我害怕我没办法向你阐明我结婚的念头。它甚至关乎到整封信的成败，为了结婚，一方面我积蓄起所有的积极力量，另一方面，全部消极的力量恰巧也裹着愤怒汇集到一处，我已经描述过了，它们是你的教育之果，像怯懦、缺乏自信和强烈的负罪感，在我与婚姻之间拉开一条分明的警戒线。要阐明很难，我已经经历了无数个日夜的反复思索和琢磨，如今眼前仍旧迷雾重重。但我相信你对此事的误解是彻底的，这减轻了些负担；对某个彻底的误解稍加纠正，似乎不算过于困难。

首先，你把成婚失败与我其他的失败等同对待[1]；对此我并不反对，前提是你接受我之前对于失败的定义。它确实属于这一行列，只是你低估了它的重要性，以至于当我们谈论它时，我们谈论的是完全不同的两件事。我敢说，你一生中从未经历过像想要结婚这种对于我如此意义重大的事。我并不是指你没有过什么重要的体验，相反你的生活远比我的更丰富，要操心的事情更多，步调也更急促，但这也正是它不会发生在你身上的原因。就好比一个人需爬五级低台阶，另一个人只需爬一级，但至少对这个人来说，一级台阶和那五级台阶加起来一样高；前一个人不仅爬了五级，还会爬上成百上千级，他将过一种伟大而艰难的生活，但

1 1914 年 6 月，卡夫卡在柏林与菲丽丝·鲍尔订婚，同年 7 月解除婚约。1917 年 7 月与菲丽丝再度订婚，同年 12 月解除婚约。1919 年 9 月与尤丽叶·沃里泽克订婚，次年 7 月解除婚约。《致父亲的信》写于 1919 年末，卡夫卡与尤丽叶的婚礼原本定在同年 11 月，但最终未能举行。

他登上的任何一级台阶之于他都不会像那一级台阶对另一个人那般重要，那第一级的、高高的、穷尽他的全力都无法登上的台阶，他踏不上去自然也无从跨越。

我坚信，结婚，组建家庭，接受随之而来的孩子，在这个未知的世界养育他们，一点一点地引导他们成长，是一个人能够实现的最极致的成就。许多人看似轻易做到了，但这难以反证，首先，真正的成功者实在寥寥，其次，少数人通常并不是因“做”而成，只是事情碰巧“发生”在他们身上罢了；这尽管不是最极致的，但仍旧了不起、值得敬佩（尤其因为“做”与“发生”并不能完美区分）。所以到最后，根本无关乎什么最极致，只是某种遥远的、恰到好处的近似；不必飞进太阳，攀至地球的一块纯净之地，只要阳光普照，也能获得温暖。

我是如何准备的呢？不能更糟了。前文所述就是佐证。鉴于已经直接具备了结婚的个别先决条件，大概的基础也有了，你表面上没有过多地干涉。这件事取决于大众眼里男女双方的社会地位、种族以及时代风俗，不存在其他可能。纵然如此，你也或多或少插手了，不过这种插手需基于彼此间的强烈信任，长期以来每每关键时刻我们都没有做到，所以结果并不愉快，因为我们的需求截然不同。令我动容的，难以触及你心，反之亦然；你视为无辜的，我认为有罪，反之亦然；对你毫发无伤的东西可能就是我的棺材盖。

我记得有一天晚上我同你和母亲散步，行至如今国家银行附近的约瑟夫广场，我开始出于一股愚蠢的坦荡，怀着骄傲和优越感，沉着地（这是伪装）、冷淡地（这是真的）、结结巴巴地，就像我以往同你说话时一样，跟你聊起几桩趣事，埋怨你们对我避而不谈，直到我的同学们不得不提醒我，我才意识到自己处在巨大危险的边缘（为了表现勇敢，我用我的方式不知羞耻地撒了谎，因为我胆子小，对何谓“巨大危险”并无清晰的概念），最后我暗示，我很庆幸如今已经明白了，不再需要建议，一切尽在掌握。无论如何，我谈起了它，因为聊它能给自己找点乐趣，再者是好奇，最后也是为了随便怎么报复你一下。你只轻描淡写地说——完全符合你的个性——可以给我一些建议，教我如何安全地做这种事。也许这就是我打算从你口中挖出的答案，它配得上一个被大鱼大肉填满、四体不勤、永远只操心自己的孩子的欲念；纵然如此，你的回答还是伤了我的面子，或者说我认为它必该被伤，所以我无法再违心地与你讨论下去，傲慢且粗鲁地中断了谈话。

评价你当时的回答并不容易，一方面它包含一些匆忙间的无须多言，还有某种原始的东西，另一方面，就传授的经验本身，它又是现代的、百无禁忌的。我不记得我当时的年龄，一定不比十六岁大许多。在年少的我看来，这是个怪异的答案，我们之间的鸿沟又清晰起来，因为它本质上是我从你那里得到的第一个直白又全面的教诲。答案真正的含义彼时已沉入我内心深处，直到很久以后才隐约浮现出来：你建议中的事，在你心里，在当时的我心里，是最污脏的事。你想确保我不会把身上的任何污垢带回家，这是次要的，你只是在保护自己，保护你的家。最紧要的是你务必要置身事外，一个已婚的、纯洁的人只可超然于这些龌龊事之上；这样的想法继续根深蒂固，可能因为当时我想象中的婚姻也是不耻的，我耳闻的那些关于婚姻之实的传言不可能与我的父母相配。这样一来，你就更纯洁、更触不可及了。我完全无法想象你在婚前会给自己类似的建议。所以，你身上没有一点俗世的泥垢。但你却用三言两语把我推入泥淖之中，仿佛是我活该。一个景象在不远处展开，倘若世间仅剩你我，那么所有的纯洁会随你而逝，而依照你的建议，所有的污秽则因我而存。你这样误判我，我根本无法理解，也许只有最初的罪责和最深的蔑视才能解释。我的心再次被撕碎，狠狠碎裂。

这也许最直观地说明了我们二人的无辜之处。A 给 B 一个坦率的建议，这个建议与 A 的人生观相符，不算顺耳，但在如今的城市中绝对是普遍的，大概还能规避健康的风险。对于 B，这个建议在道德上并没有什么优势，但是为什么 B 就不能久而久之自己从风险中挣脱出来，此外他根本无须听从这建议，无论如何仅凭一句劝言不可能使 B 的未来世界轰然倒塌。然而事情确实发生了，只因 A 是你，而 B 是我。

大约二十年后，在完全不同的情形下又一次发生了类似的冲突，我也因此看清了我们双方的无辜；事情本身是可怕的，但实际造成的危害要小得多，因为一副已经三十六岁的皮囊还有什么可伤之处呢？我指的是在我最近一次表达了结婚的意愿后，那段不安的日子里我们之间的简短谈话[1]。你对我说："她大约是精心挑

1 此处指的是与尤丽叶・沃里泽克的订婚。——原注

选过上衣，布拉格的犹太女人们很懂这套，然后你当然下定决心要娶她。一定要快，一周后，明天，今天。我不理解。你是一个成年人，生活在城市里，除了马上随便找个人结婚，你难道就没有别的办法了吗？如果你害怕，我可以亲自陪你去。”你讲得具体、清楚得多，只是我想不起更多的细节了，记忆中我眼前的画面朦朦胧胧，倒是母亲引起一些我的兴趣，虽然她完全同意你，但还是从桌上拿了点什么走出了房间。

你好像从未如此用言语羞辱过我，也从未如此明晃晃地亮出过你的蔑视。二十年前，当你跟我说了类似的话，人们甚至能够从你眼中看到对那位早熟的城市男孩的一丝尊重，你认为这是在引他直面生活，避免走弯路。如今你再想起这份初衷，只会更加鄙视我，因为当年那个跃跃欲试的男孩仍停在原地，在你看来，他并没有累积什么经验，只是徒增了二十年的痛苦。我为一位女士所做的决定于你无足轻重。你总是（无意识地）打压我的决策力，现在又（无意识地）自认为知晓其分量。你对我其他方向的自救努力一概不知，因此也没法明白我为何会产生结婚的念头，不了解就只能猜测，基于你对我的整体评判来推断，得出最丑陋、最愚蠢、最可笑的一种结论。并且你毫不迟疑地将它原封不动地吐露给我。你认为我结婚有损你的名声，与此相比，你对我的羞辱简直不值一提。

好吧，你的回答可以基于我数次结婚的尝试，你的确已经这样做了：你并不十分尊重我的决定，我两次取消了与 F. 的婚约，又两次重新订婚，我把你和母亲白白拽去柏林参加订婚典礼，诸如此类[1]。这都是事实，但它们是怎么发生的呢？

两次结婚的出发点完全正确：组建家庭，取得独立。这个想法你不反感，结果现实却如儿戏一般，一个人抓着另一个人的手，甚至死死按住，大喊道："哦，走啊，走啊，你怎么不走呢？"我们的情况则更复杂，你说"走啊"确是真心实意，而依着你的真性子，从来都是在不知不觉地拦住我，或者更准确地说，压制着我。

两位女士是尽管偶然，但都格外优秀的选择。这再次证明了你的误解是彻底的，你竟然相信，我，一个胆小谨慎、优柔寡断又生性多疑的人会因为一件上衣而头脑发热、非要结婚。我敢这样说，两次婚姻都是所谓理智的婚姻，我曾日日夜夜琢磨着这个计划，第一次数年、第二次数月，为此倾尽了全部思考的力气。

两位女士中谁也没有让我失望，是我让她们的期待落空了。如今我对她们的看法与我想同她们结婚时相差无几。

同样我也没有在第二次尝试结婚时无视第一次的经验，也就是说，我不曾鲁莽。这两次是截然不同的，后一次的情形更乐观，前一次的经历又给了我希望。有关细节我不愿在这里谈论。

那我为什么不结婚呢？个别的障碍谁都会遇到，但人生就是要克服这些障碍。与个别问题无关，我最实质的阻碍显然是精神上对婚姻的排斥。从我下定决心结婚的那一刻起，我就再也无法安睡，脑袋整日整夜被灼烧着，一丝生气也没有，在绝望中踉踉

1 此处指的是菲丽丝·鲍尔。——原注

跄跄。这本不是忧虑造成的，虽然无数的忧虑随着我的惆怅和迂腐而生，它们只是像蛆虫一样慢慢啃咬尸体，真正致命的一击却是别的东西。那是恐惧、软弱和自卑造成的无处不在的压力。

我试着进一步解释：在结婚这件事上，存在于你我的关系中的两种似乎是对立的东西，遭遇了比在其他地方更为猛烈的碰撞。结婚无疑是最有保证的一种自我解放和独立。我将拥有一个家庭，在我看来这等同于我个人所能实现的顶峰，也是你的顶峰；如此一来，我们就平等了，一切旧的或恒新的屈辱以及专横都将成为历史。这简直像个童话，也因此值得怀疑。太多、太多无法实现的目标。就好比一个进了监狱的人，他不仅打算越狱——这也许可以实现——同时还打算把监狱改建成自己的享乐宫。如果他逃跑，他就无法改建；如果他改建，他就无法逃跑。想要在你我这种格外不幸的关系中取得独立，我就必须尽可能做一些与你无关的事；结婚虽然是最伟大、最光彩的独立，但它同时与你的羁绊也最多。这样一来，逃跑变成了妄想，几乎每试一次就被惩罚一次。

正是与你紧密的捆绑吸引我走向婚姻。我相信你能史无前例地理解我们建立起的平等，它会如此圆满，我会成为一个无拘无束、懂得感恩、无罪且正直的儿子，而你会是一位不再咄咄逼人、暴虐专断，能够感同身受的、心满意足的父亲。但为了这个目的，一切往事的痕迹都得被抹除，我们自身也必须被抹去。可是依照现在的情况看，婚姻的大门对我紧闭，因为那里面是你的天地。我偶尔想象一幅铺开的世界地图，你伸展着身体横卧在上面。于是我感觉到生活留给我的领域只剩下你还没覆盖或你身长不及的地方。但据我对你庞大身型的印象，这样的领域并不多也无法特别安慰我，尤其是婚姻不在其列。

仅这个比较就足以证明，我绝不是说，你以自己为例，令我无论是在婚姻还是在经商方面再无立足之地。恰恰相反，尽管存在一些模棱两可之处，但你们的婚姻在诸多方面为我树立了典范，如忠诚、相互扶持、生育子女的数量等，甚至当孩子们的成长扰乱了平静，婚姻本身依然如故。也许，正是你们的例子塑造了我崇高的婚姻观；渴望婚姻但无能为力，则是其他原因。它们存在于你和孩子们的关系中，也是整封信的主题。

有一种观点认为，恐惧婚姻有时源于人们害怕对父母犯下的罪日后会由自己的孩子来偿还。于我而言，这没有多大意义，因为我的负罪感其实因你而生，渗透着一种独特性，是的，这种独特性磨人的本质在于人对它的感知，无法想象还有复制品。但是我必须说，假如我的儿子是这样一个沉默、愚钝、枯燥、颓丧的人，没有别的办法的话，我多半也会逃走、移居海外，就像你打算在我一旦成婚后做的那样。我没有能力结婚，恐怕也受此影响。

更重要的却是我对自己的担忧。可以这样理解：我已经说过，我在写作和与写作有关的事上谨慎尝试着独立和逃离，结果收效甚微，许多状况都证明了我已无法再向前一步。但是守护它们是我的责任，令它们免于我能抵御的危险，免于任何产生这种危险的可能性是我的人生命题。婚姻就是这种潜在的危险，哪怕有机会向前一大步，对我而言，停留在危险的边缘就够了。如果它真的成为危险，那我该如何面对？我如何能在这种或许无法证实，但绝对不容抗拒的危机感中维持婚姻啊！纵然会有起伏，但结局已经注定，我必须放弃。手中麻雀和屋檐上鸽子的比喻对我是不贴切的[1]。我两手空空，屋檐上却无所不有，我只剩下一个选择——受抗争形式和生活困窘所迫——握住那空空。在选择职业时也是类似的情况。

然而，结婚最大的阻碍不外乎一种根深蒂固的观念，即我在你身上看到了经营家庭乃至成为一家之主所必需的全部品质，好的或坏的，不分彼此地融汇为一体：强大和讥讽他人，健康和一定程度的放纵，说话的天赋和技巧的欠缺，自满和对其他人的不满，优越感和专横粗暴，善于识人和不信任大多数人，以及一些毫无瑕疵的美德，比如勤奋、坚毅、沉着和无畏。相较之下，我基本一样也不占，或者说只有可怜的一点；当我目睹你在婚姻中举步维艰，面对孩子几乎落到失败的田地，我还有什么胆量结婚？我确实没有明确地扪心自问过，也就无从获得一个明确的答案，否则，惯常的思考会涌进来，让我看到除你之外的别的男人（举一个身边和你完全不同的例子：理查德舅舅[2]），但他们也都结婚了，至少没有在婚姻中崩溃，这对我就足够了。但我没有

1 源于德语谚语“手中的麻雀胜过屋顶上的鸽子”（一鸟在手胜过双鸟在林），意思是人们应该满足于自己有把握拥有的东西，即使它可能没有很高的价值，就像人们可以牢牢抓住手中的麻雀，但屋顶的鸽子却随时都可能飞走。

2 卡夫卡的母亲有一个哥哥和两个弟弟，理查德·勒维（Richard Löwy）排行老三。除此之外，还有两个同父异母的弟弟，这两人均未结婚，被认为是不通世事的怪人。

提出这个问题，而是从童年开始经历着它。我并不是因婚姻才第一次审视自己，我的自我审视可以被一切小事触发；正如我描述过的那样，你的言传身教让我对自身的无能深信不疑，既然每件小事都证明了你的正确，那么像结婚这样最为重大的事情，你必然也是极其对的。直到有结婚的想法之前，我都成长得像个商人一般，忧心忡忡，对未来怀着不祥的预感，却过着没有仔细记账的日子。这个商人有过微薄的盈利，但过于少见，所以他在幻想中不停抚拭它们，感觉它们越变越多，而在其他情况下，只有日复一日的亏损。一笔一笔来了又去，却从未结算过。而如今一个非结算不可的时刻来了，那就是打算结婚。这次预计需要一大笔钱，以至于以前就像连一个钢镚儿也没赚过，一眼望去是满目的债务。这个时候结婚，那不是非发疯不可！

我有你参与的生活至此结束，它的前景又如何呢？

若你通览一番我畏惧你的理由，你可能会回答："你是说，我轻易地用你有罪来解释我们的关系，是我图自己省心，但我觉得，纵然你表面上这般那般，实际并没有因此吃多少苦，反而得了不少甜头。首先你拒绝承认你有错、有责任，就这点而言，我们的做法没什么不同。但接下来，当我坦诚地把心里话告诉你，让你背上我们中唯一的罪，你却想着既要'聪明过人'又要'温柔过人'，还打算免除我任何的罪。当然，你貌似只做到了后者（再多的你也不想要），尽管你关于存在、天性、对立和无助有那么多的'说法'，字里行间不外乎想表明我才是真正的攻击者，你的行为只是自卫。现在你的虚伪已经足够达到目的了，你证明了三件事：第一，你是无辜的；第二，我是有罪的；第三，你本着没有一丝杂质的宽容，不仅愿意原谅我，而且或多或少想证明，包括也让你自己相信——即使违背了真相——我同样是无辜的。到此为止，你该满意了，但你还不满意。你脑子里的想法是，你要完全靠我生活。我承认我们彼此对抗，但有两种形式。一种是骑士之战，独立地揣度对手的实力，各自为营，胜败全归自己。另一种是甲虫之战，不仅靠刺，还需吸血以维持生命。这才是真正的职业战士，这才是你。你在生活上是个废物；但为了让自己过上舒坦、无忧无虑、不再自责的日子，你摆明是我夺走了你所有的生活能力，塞进了我自己的口袋。你究竟在担心什么呢？你是生活的废物，责任都在我，你尽管大胆躺平，无论肉体还是精神上让我拽着你度过一生。举个例子：你最后一次打算结婚时，你在这封信中也承认，你同时又不想结婚，你不愿劳神费力，希望由我出手，借婚姻会'玷污'我之名声为由，指出是我禁止你结婚。这着实出乎我意料。首先，我从来不想成为'你幸福路上的绊脚石'；其次，我也不想听到亲生儿子的这番指责。但是，我克制自己，给你决定婚姻大事的自由，对事情又有何帮助？丝毫没有。我的反对恐怕并不能阻止你，相反，会刺激你更坚定地娶那位女士，如你所说的'逃离的尝试'也因此完满了。允许你结婚并不能让你停止责备我，因为你想证明的无非就是导致你结婚失败的过错无论如何都在我。然而你在这里以及其他一切问题上仅向我证明了一点，那就是我对你的指责完全合理，并且其中还少了尤为正确的一条：你是个虚伪的、为爱舍弃尊严的寄生虫。假如我没有过分误解，这封信就是你寄生于我的一个罪证。”

对此，我的回应则是：首先，这一段答复——部分也可以用来反驳你——并非出自你口，而是由我书写。你对他人的不信任远不及我对自己的不信任那么严重，后者正是拜你的教育所赐。我不否认这份答复有可取之处，它为我们关系的定性增添了新的东西。当然，现实生活中，事情不可能像信中描述的那样滴水不漏，生活更像一场耐力游戏；但上述答复以一种我既无法也不愿详说的方式完成了对此的修正，之于我，便已经取得了可以媲美真相的结果，能让我们两方都获得稍许平静，生与死皆轻松一些。

弗朗茨

卡夫卡年表

对我来说不存在高空和远方。……我是灰色的，像灰烬。

一只渴望在石头之间藏身的寒鸦。

——卡夫卡

1883 年

7 月 3 日，出生于奥匈帝国治下的布拉格，是家中长子。父亲赫尔曼·卡夫卡（1854—1931）是一位成功的犹太商人，母亲是尤丽叶·卡夫卡（1856—1934）。

1885 年

弟弟格奥尔格出生，后在十五个月大时因麻疹而夭折。

1887 年

弟弟海因里希出生，后在六个月大时因脑脊膜炎而夭折。

1889 年

9 月，入布拉格德意志人民小学读书。妹妹加布丽埃勒出生（又称埃莉，1941 年去世）。

1890 年

妹妹瓦莱莉出生（又称瓦莉，1942 年去世）。

1892 年

妹妹奥蒂莉出生（又称奥特拉，1943 年去世）。

1893 年

9 月，入布拉格旧城德语国立九年制高级中学。因入学成绩优异而跳级。

1896 年

6 月，在吉卜赛人犹太教会堂举行了成年礼。

1897 年

捷克民族主义者发起的反德意志活动很快波及犹太人的商业活动，不过卡夫卡家的男用饰品店幸免于难。

1901 年

7 月，顺利通过高中毕业考试后，首次出远门旅行，到达德国北海之上的诺德奈岛与赫尔果兰岛。

10 月，入查理德语大学读书。起初学习化学，两周后改学法律；就读期间，常去听哲学、心理学、德语文学、艺术史、拉丁语及希腊语的讲座和课程。

1902 年

10 月，在一次学生协会的活动上结识马克斯·布罗德（1884—1968）。布罗德是一位多产作家，后来成为卡夫卡亲密的朋友和其去世后出版作品的编者。

1906 年

获博士学位。按照当时规定，开始在布拉格法院进行为期一年的实习。

1907 年

10 月，进入意大利忠利保险公司布拉格分公司就职。

1908 年

因工作压力大、时间长而从忠利保险公司辞职，进入国家劳工工伤保险公司就职。在弗朗茨·布莱主编的《许培里昂》杂志上发表散文作品八篇。

1909 年

9 月，与马克斯·布罗德及布罗德的弟弟奥托到意大利北部加尔达湖畔的里瓦度假。回程中，在布雷西亚观看航空展，这次经历成为短篇作品《布雷西亚的飞机》的主题。

1910 年

10 月，与马克斯·布罗德和奥托·布罗德前往巴黎旅行，后来因为背上长有疖子而独自提前返回布拉格。

1911 年

8—9 月，与马克斯·布罗德前往瑞士、意大利北部和巴黎旅行。

10 月，在布拉格萨沃伊咖啡馆观看一个意第绪语剧团演出，与演员伊兹查克·勒维结为朋友，并从后者处了解到许多关于意第绪语戏剧、犹太礼节的知识。

1912 年

6—7 月，与马克斯·布罗德经莱比锡前往魏玛旅行。在莱比锡期间，拜访了布罗德的出版商库尔特·沃尔夫，双方就出版一部短篇小说集达成一致意见。旅行结束时，独自前往哈尔茨山的容博恩疗养院做了三周的自然疗法疗养。

8 月 13 日，在布罗德家遇见菲丽丝·鲍尔（1887—1960）。鲍尔在柏林工作，是布罗德的远亲。

9 月，寄出第一封给鲍尔的信。两天后，仅用一晚创作出被公认为其突破之作的短篇小说《判决》。开始着手创作首部长篇小说《美国》（亦称《失踪者》）。

11—12 月，创作《变形记》。

12 月，首部作品集《观察》由库尔特·沃尔夫在莱比锡出版，印数八百册。

1913 年

三次前往柏林见菲丽丝·鲍尔。

5 月，《美国》第一章以《司炉》为标题单独出版。

1914 年

6 月 1 日，在柏林与菲丽丝·鲍尔正式订婚。

7 月 12 日，鲍尔在与卡夫卡就他写给她的朋友格蕾特·布洛赫的密信当面对质后，解除了两人的婚约。

8 月，第一次世界大战爆发。卡夫卡开始创作第二部长篇小说《审判》（亦称《诉讼》）。

10 月，利用业余时间集中精力创作《审判》，最后却写出了《在流刑营》。

1915 年

1 月，放弃《审判》的写作；自分手后首次见到菲丽丝·鲍尔，为她朗读《审判》中守门人的故事。

12月，《变形记》由库尔特·沃尔夫出版。剧作家卡尔·施特恩海姆获冯塔纳文学奖，但把奖金转赠给了卡夫卡。

1916年

与菲丽丝·鲍尔和解。

7月，与鲍尔在波希米亚度假胜地马里恩巴德共同度过十天。《判决》由沃尔夫出版。

11月—次年4月，以妹妹奥蒂莉在城堡区租的一栋房子为写作基地，创作出多部短篇小说，后结集为《乡村医生》。

1917年

7月，与鲍尔前往布达佩斯拜访鲍尔的姐姐，两人再次订婚。

8月，两次夜间咯血，当时被诊断为结核病。

9月，搬去波希米亚村庄曲劳，与妹妹奥蒂莉一起生活。

12月，鲍尔前来探视，卡夫卡因对健康悲观而提出解除婚约。

1918年

5月，返回布拉格，重新开始工作。

10月，患上西班牙流感。

11月，奥匈帝国覆亡，捷克共和国成立。回公司上班四天后再次获准休假，前往谢莱森疗养。

1919年

1月，在谢莱森结识同在那里疗养、家境贫寒的尤丽叶·沃里泽克（1891—1944）。

4月，返回布拉格工作，得知菲丽丝·鲍尔已经结婚。

9 月，与尤丽叶 · 沃里泽克订婚，遭到父母极力反对。

10 月，《在流刑营》由沃尔夫出版。

1920 年

年初，职务升迁，权限扩大。

2—3 月，开始与已婚的记者、翻译米莱娜 · 耶森斯卡（1896—1944）密集通信。

5 月，《乡村医生》由沃尔夫出版。

7 月，解除与尤丽叶 · 沃里泽克的婚约。

12 月，再次因病休假，在塔特拉山中的一座疗养院待至次年 8 月。

1921 年

1 月，结束与米莱娜 · 耶森斯卡的通信。

9 月，返回公司工作，但 10 月起又请了三个月病假。

1922 年

1 月，病假延至 4 月。住在塔特拉山中的一家旅馆，撰写最后一部长篇小说《城堡》。

7 月 1 日，公司因卡夫卡健康问题而批准其提前退休。

1923 年

7 月，在波罗的海海滨的米里茨度假，与多拉 · 迪亚曼特（1898—1952）相识。

9 月，搬至柏林，与迪亚曼特一起生活；由于通货膨胀，两人的经济状况非常窘迫。

1924年

3月，由于健康状况持续恶化，返回布拉格；创作最后一篇短篇小说《约瑟芬，女歌手或者老鼠的民族》。

4月，经诊断，结核病已经蔓延至喉部。在迪亚曼特陪伴下，前往维也纳一家喉科诊所治疗，后来又至维也纳北部克洛斯特诺伊堡的一家小疗养院疗养。

6月3日，去世，身边有迪亚曼特陪伴。

8月，作品集《饥饿艺术家》由锻造出版社出版。

1925年

经马克斯·布罗德编辑的《审判》由锻造出版社出版。

1926年

经布罗德编辑的《城堡》由沃尔夫出版。

1927年

经布罗德编辑的《美国》由沃尔夫出版。

1939年

马克斯·布罗德在德国入侵前乘最后一班火车离开布拉格，前往巴勒斯坦，随身带着卡夫卡的手稿。